JN132296

ひとりぼっちの異世界攻略
life.11
その神父、神敵につき
五示正司
author Shoji Goji
イラスト 榎丸さく
illustrator Saku Enomaru

アンジェリカ
Angelica
遥
Haruka

ネフェルティリ
Nefertiri
スライム・エンペラー
Slime Emperor
見た事がない遥君の目の輝き。
妖しい金色の瞬く瞳。
あれは遥君が一度も使わなかった
羅神眼の『瞳術』なんだろう。
人の心を操る魔眼、
きっと目を覚ませば
悪い夢が消えて終わっている。

妹狼っ娘
Imotookamikko
獣耳美少女の双子
サンドイッチって……
うん、やっぱ宿に泊まって
二部屋に分けるべきだった！
姉兎っ娘
Aneusagikko

ひとりぼっちの異世界攻略

life.11 その神父、神敵につき

Lonely Attack on the Different World

life.11 The Priest is God's Enemy, so ...

五示正司
author — Shoji Goji
イラスト — 榎丸さく
illustrator — Saku Enomaru

CHARACTER

アンジェリカ
Angelica

「最果ての迷宮」の元迷宮皇。遥のスキルで『使役』された。別名・甲冑委員長。

遥
Haruka

異世界召喚された高校生。クラスで唯一、神様に“チートスキル”を貰えなかった。

ネフェルティリ
Nefertiri

元迷宮皇。教国に操られ殺戮兵器と化していたが遥の魔道具で解放。別名・踊りっ娘。

委員長
Iincyo

遥のクラスの学級委員長。集団を率いる才能がある。遥とは小学校からの知り合い。

アリアンナ
Arianna

教国の王女。教会のシスターでもあり、教皇と対立する派閥に所属。別名・シスターっ娘。

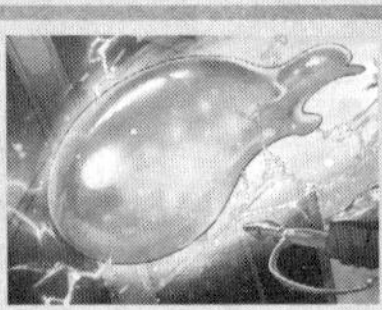

スライム・エンペラー
Slime Emperor

元迷宮王。『捕食』した敵のスキルを習得できる。遥のスキルで『使役』された。

STORY

使節団としてクラスメイトらとともに獣人国へ赴いた遥。その目的は王国と獣人国の協力体制の構築。王城にて親善の挨拶を終え次第、そのまま敵対する教国へと向かうはずが——待っていたのは遥へ注がれる獣人達の侮蔑であった。

亜人最強種とされる獣人族は強さを尊ぶレベル至上主義。Lv100を超えるクラスメイトに敬意を向ける一方、Lv25の遥を弱者だと見下していた。ついには獣人族の猛者達からルール無用の決闘を挑まれるが、感覚の鋭敏な獣人に強烈な臭いを放つ酢の雨を降らせるといった五感を潰す搦め手で封殺。すべての対戦相手を屈服させ、当初の思惑とは違う形ながらも協力体制を敷くことに成功した。

そして遥は獣人達に見送られ、一路教国へ。教国の検問を教会の神父に変装することで堂々と突破し、潜入を果たしたのであった。

副委員長A
FukuiincyoA

クラスメイト。馬鹿な事をする男子たちに睨みをきかせるクールビューティー。

副委員長B
FukuiincyoB

クラスメイト。校内の「良い人ランキング」1位のほんわか系女子。職業は『大賢者』。

副委員長C
FukuiincyoC

クラスメイト。大人の女性に憧れる元気なちびっこ。クラスのマスコット的存在。

ビッチリーダー
Bitch Leader

クラスメイト。ギャル５人組のリーダー。元読者モデルでファッション通。

裸族っ娘
Razokukko

クラスメイト。元水泳の五輪強化選手。水泳部だったギョギョっ娘と仲良し。

ギョギョっ娘
Gyogyokko

クラスメイト。異世界で男子に追い掛け回されて男性不信気味。遥のことは平気。

イレイリーア
Erailia

ヴィズムレグゼロの妹でエルフ。辺境産の茸の力で重い病から快復。別名・妹エルフっ娘。

シャリセレス
Shariceres

ディオレール王国王女。偽迷宮の罠による“半裸ワッショイ”がトラウマになる。別名・王女っ娘。

セレス
Ceres

シャリセレス王女の専属メイド。王女の影武者も務める。別名・メイドっ娘。

尾行っ娘
Bikokko

調査や偵察を家業とするシノー族の長の娘。「絶対不可視」と称される一流の密偵。

メロトーサム
Merotosam

辺境オムイの領主。「辺境王」「軍神」などの異名を持つ英雄にして無敗の剣士。

メリエール
Meriel

辺境オムイの領主の娘。遥に名前を覚えてもらえず「メリメリ」という渾名が定着。

いや、何それ!? 獣人国に赴いていた辺境伯《メロトーサム》が戻ったとの報《しら》せに、非公式に直接出迎え労《ねぎら》い親書を受け取ると、その文面の冒頭には「絶対服従の誓約」——って何っ!!

「えーと、メロトーサム卿《きょう》よ、確か王国の代表として獣人国《ガメレーン》に友好の使者として行ったんだよね? お前とうちの娘《シャリセレス》って?」「王の親書持っていったんだから親書が友好だったら友好の使者で、宣戦布告だったら宣戦布告の使者であろう。王《おまえ》親書に何を書いたかも覚えておらんのか? 全く困り果てた王だなー、ああーこまったこまった(棒)」

目を逸《そ》らして他人事《ひとごと》のように話す、これはメロトーサムが誤魔化そうとする時の癖だ。つまり身に覚えもあり、理由もよく知っている!

「認《したた》めたのは友好と援助の親書だよ! なんで友好と援助を申し出ると、絶対服従の誓約の返信を貰《もら》っちゃってるんだって聞いてるんだ。お前ら何したの! 一体友好国に何しちゃったの? も、もしかして……制圧《やっ》しちゃった? まあ、犯人は……遥《はるか》君か……獣王陛下は無事なのか? ちゃんと生きてるのか!?」「隣国への使者の報告としては、あれだ……怒ってボコって堕《お》としちゃったのだよ。だから、なんか少年は不機嫌だからヤバいと言っただろうが」

そして語られる不機嫌な理由。それは、そっくりそのままに我等《われら》が救われた理由だった。そう、城の位置。たったそれだけだった。王国は民の盾として王城があるから認められ、獣人国は民を城の盾とすると嫌われていた。我が王家の「民の盾となり剣となる、ただ民のための王家」の宣言文のままに王城は国境にあり、辺境では魔の森の前に城がある。その通常馬鹿げた地理的な城の意味を認め、その意義に信を置いてくれていたのだ。

「理由を知っていたのならば、教えておいてくれないか。せめて親書に書き様もあったのに……ボコっちゃったか。って、まさかお前や娘《シャリセレス》は参加しておらぬだろうな!!」（ヒュ～ヒュ～ヒュ～～ヒュヒュヒュ～♪）

止めるどころか参加したとか、国際問題通り越して戦争が頂上決戦で、結果圧勝して服従の親書を持って帰ってきた使者って……どこの侵略者だ！　和解というか、和睦というか、何を認めれば良いかわからぬが急ぎ誤解を解き友好国としての立場を表明せねば。

「焦らずとも良い。獣王陛下が少年に喧嘩《けんか》を売っただけだ、それに各氏族の長《おさ》が皆乗ったのだ。獣人族は決闘に負ければ服従が掟《おきて》、ただ『みんな仲良くしようね』とか送っておけば良い。と言うか、生涯少年には逆らわぬほどの恐怖を見せつけられ、そして永久に少年を崇《あが》め奉るほどの感謝をしておるだけだ。我等と同じで、親書はそ《それ》ういう意味だ。あれを見ればわかるのだがな、我等辺境の者が見たものを獣人国《おうこく》も見た。ただ、それはそれだけの事だ。立場上、今回の件は王《おまえ》が幸せの災厄を獣人国へ送り込んだのだから、結果として王《おまえ》のせいだ……諦めろ」

不敬を絵に描き拡大して引き伸ばし豪華《ごうか》絢爛《けんらん》に飾り付けた遥君と、権威とLｖ至上主義に凝り固まった獣王と言うか獣人国とは相性が悪かろうと親しき娘《シャリセレス》を名代に立てた。現在王国屈指の剣の王女なれば、獣人国とて敬意を払う。そしてまだ若い娘の補佐として我儘《わがまま》娘も従い、遥君とも親しいメロトーサムを団長としたのだ。王国の剣と謳《うた》われ、かつて獣人国の危機に当時の第一師団長として赴き、その獣人国でも伝説に残る凄《すさ》まじき用兵は今も崇拝の念を持たれており適任だと思った……そう思ってしまった。

そうだった、メロトーサムこそ《こ》が遥君の崇拝者《い》《つ》だった。それが目の前で侮辱されれば真っ先に怒り狂い、止めるどころか斬りかかるだろう。外見や喋《しゃべ》り方は円熟味を見せ、最近では老獪《ろうかい》さすら漂わせるが中身は成長していなかった。まるで自分は知らぬと言わんばかりの他人事な話し方は昔のままだ、つまり犯人だ！

「そう困った顔をするな。全てが解決し、皆が幸せになった。結果が良ければ過程など関係あるまい、全く昔から細《こま》かい事をうだうだと」「友好国の王様ボコるのは細かくない！　それが細かかったら、普通くらいで国家滅亡して中くらいで大陸滅びるぞ？　大きかったらどうなるんだ!?　災厄《はるかくん》の規模《スケール》で国家を語るな、国家っていうものはもっと細々と慎《つつ》ましい細《ささ》やかなものなのだ!!」

国家とは少しずつ大きなものを壊さぬよう動かしてゆく力だ。ある日突然悲劇が喜劇になったりはしない、悲劇を遠ざけつつあらゆる手を打ち備えるだけの鈍いものなのだ。比べられても困るし、真似《まね》できるものでもない。

滅びに備える、そのために辺境を強くする。たった、それだけの事にも莫大《ばくだい》な予算が必要で、全てが建国以来からの難題であり命題だった。それが「魔物皆殺しにしたら魔石がいっぱい取れて豊かになって辺境は大賑《おおにぎ》わい」の一言で解決した。解決されていた。あれと国などを比べないで欲しいものだ。

「全部とは、どう解決したというのだ。獣人国《ガメレーン》の問題は根深く、完全な解決策などありはしないだろう」「獣人族は元々強く、働き者なのだ。国土を覆う長城が連なり、そこに完全武装の獣人族が立ちはだかる国へ奴隷狩りに行ってどうなる？　強い武具に貴重な薬品と豊富な糧食を得た獣人国《ガメレーン》は強い、そしてもともと農業国としては最先端の知識を持っておったのだぞ。もはや憂いなどあるまい、あれは落とせんぞ」

獣人国《ガメレーン》特有の地形が幸いしたのだという、火山に近しく岩が多い窪地《くぼち》に度重なる洪水に大量の土砂が積もったと言われる肥沃な森林の国。そして「掘り出して積み上げれば壁、繋《つな》げば長い城、くり抜けば砦《とりで》で掘り出したあとは川を引き込んで堀と用水路？　地中の岩が邪魔だったんだから、除《の》ければ水はけも良くなるし豊作で儲《もう》かる？　から解決？　うん、地形が良いんだよ、獣人国《ここ》って？」で、解決したらしい。自然の要塞が地中に埋まっていた。それで川沿いを護《まも》れば良いだけで、陸路の深き森林は獣人族の最も得意とする戦場だ。武具さえあれば精鋭揃《ぞろ》い……ああ、解決しているな。

「こんな簡単な事だったのか、我等が長き年月に亘《わた》り悩み抗《あらが》っていた問題とは？」「獣人は水を苦手とし、船を不得意とする者が多いのに運河に隣接していたからまともに戦えなかったのだ。そして逃げられれば追えなかったからこそ、キリがなく疲弊していったのだ。それが長城の高い位置から船と上陸地点を狙われれば攻守は逆転するは当然。誰も思いつきもしなかったし、できるとも思わなんだだけだ。だいたい地中に壁《いわ》があると知りようもないし、知ったところでそれをせり上げるなど不可能だ。お前わかるか？　水の力で岩山を持ち上げるという意味とか、『効果《スキル》と魔法があれば不壊《ふえ》の支点と絶対的な棒さえあれば動かせないものはない』っていう意味を？　あれは知識なのだそうだ」

岩山を動かそうとするから動かない、それは魔力の無駄遣いで絶対に足りる訳がない。そこまではわかる、当然の事だ。岩と土を入れ替えるというのも何となくはわかる、だが岩を持ち上げるのではなく持ち上がった状態にするという意味がわからん。梃子《てこ》の原理最強説＆魔法で圧力無双なのだそうだが、それを我らが魔法や魔道具に頼り見失っているだけだという。魔法が無くともできる事を先《ま》ず考えるべきだと謎を掛けていったそうだ。

「お前はわかったのか」「見ていてもわからん。ただ魔法より魔法だったよ」

遥君の仲間の少年は「不可能な1％だけ魔法で動かせるなら、残り99％は物理で動く」と言い切り図面を書き上げたという、そしてみんなで遥君がいつも持っている木の棒を拝んでいたらしい？　梃子様なのだそうだ？

そんな謎の理論で次々と地形が変わり、それを圧倒的な遥君の魔法と膨大な魔力で長城へと形を変えていった。なのに、それすらも魔法ではない何か。騙《かた》りの如何様《いかさま》で神を冒瀆《ぼうとく》する禁忌とまで言われ蔑まれる錬金術をも使えるらしい。そして、それだけの事を成し遂げた少年達《たち》の感想は「魔法ってズルいよな」だったらしい、その魔法などはるかに超える事を成し遂げておきながらだ。

「今の子供達が孤児院で学び大きくなれば同じ事をするだろうと言っておったよ……いつ死んでも惜しくないほどに幸せだと思っておったが、それを聞いた時は思わず長生きしたくなったよ。どれだけの幸せな未来があるのだろうな、我等は数カ月前まで僅かな幸せを必死に探し回り後生大事に護っていたのに。もう既に夢見たものよりも先を見ているのだと言うのに、もっと先があると聞かされると見てみたいと願ってしまうとは人とは何とも欲深いものだな……」「私は早死でいいよ、もう吃驚《びっくり》し疲れた。昏睡《こんすい》から醒《さ》めてからずっと吃驚している気がする、もうこれ以上吃驚するものはないだろうと思う事すら虚《むな》しくなってきた。目覚めてからずっと夢ではないかと思っているのだが、現実離れし過ぎていて夢の方がまだ現実感がありそうな気がするよ。我らが若き頃に酔いに任せて語り合った荒唐無稽な夢物語の数々は、今になって思えば……小さかったのだな……あれは」

溜息《ためいき》――若かりし頃の無謀な想《おも》いを歳《とし》を重ねるに連れ互いに笑いあっていたが、今では笑いが引き攣《つ》る。我等が夢見て生涯を懸け身命を賭して願い叶《かな》えようとした未来は、もっと小ぢんまりとした細《ささ》やかな幸せだった。それすら頑強なる現実に儚《はかな》い夢を押し潰されそうになりながら、必死に足掻《あが》き続けていたら……突如、残酷な現実は無惨に無残に破壊されていた。もう、そこには夢のはるか先までの幸せが広がっていたのだから。

もう、私も絶対服従の誓約を出してしまおうか。現状は出すまでもないのだが、毎日幸せ過ぎて頭が可笑《おか》しくなりそうになる。まさか仕事に忙殺されている時を平穏だと感じる日が来ようとは……人は夢を現実に超えられると途方に暮れるのだ。その広大に広がる、果てなき幸せな未来にただ唖然《あぜん》として声も出ないのだ。

「教国か……あれこそが縺《もつ》れ絡まる災いの因果だ、どうにかできるとは思えないのだが」

「縺れ絡まってるのを解《と》き解《ほぐ》して正そうとした者は、皆がその複雑怪奇な教会の闇に挫折したが……正す気もなく因果をボコりに行ったぞ、あれは。まあ、俺は獣人国に戻り協議を進めるから早う返事を書け」

動かせぬ大きなものを、小さき力を集め動かそうとする我等にはわからない。動かせないなら壊せば良いという災厄《はるかくん》のする事なんて想像もつかないし想像もしたくない。

なのに……あれが王国の使節団という扱いなのだ。王国を掌《てのひら》で転がす使節団員なんて聞いた事もないが、現在教国に居る。つまり、あれが王国代表としての行いとなり、それって……王国の王が責任者と見做《みな》されちゃうという国際法上の不合理極まりない約束事が適用されてしまう。

獣人国に友好の使者を出しただけなのに、私のせいになるらしい。居た堪《たま》れない程の身に覚えのない名誉と栄誉と莫大な感謝と苦情が沢山、その何もかもを押し付け丸投げて……今も誰かを救っているのだろう。受けた恩を思えば責任でもなんでも取ってみせるし、恩が幾ばくかでも返せるならば我が首とて惜しくないのだが……苦情の意味がいつもわからない。わからないから対処に困る。獣人国に長城を造りしは聞いたが、他国への景観問題って何をしたのだろう？　萌《も》え絵《え》とはなんなのだろう？

今では我が国に湧く程に居た貴族の位を欲しがる者が居なくなったと聞いて笑っていたが、ふと気付くと謀反と弑逆《しいぎゃく》まで起こった王位を求める者も全く居なくなった。大丈夫なのかな、王国？　巷《ちまた》でその内「貴族募集」と張り紙をせねばと笑っていたが。

自分が尊敬される王などと思い上がった事はただの一度もない。だが、最近家臣や民の目が何か可哀想《かわいそう》なものを見る目だ。王が憐《あわ》れまれる国って流石《さすが》になんか危なくないか!? なんか視線が慈しみに溢《あふ》れちゃってるんだが？　その内に王城にも張り紙がいるのだろうか――「王様募集、ただし悪い事すると災厄が来ます」とか？

嘗て農作業をしただけで、ここまでディスられた者が居ただろうか？

107日目　夜　教国　街

漆黒のマント姿が、朧《おぼろ》げに闇夜の中に孤影を浮かべる。

夜に覆われた大地を串刺しに、無数の触手達《たち》が大地を穿《うが》ち尽くし。辺り一面の地面は容赦なく徹底的に掘り起こされる。そう、お芋を植えているの。うん、それがどうしてあんなにも邪悪なんだろう？

「遥君《はるか》、お疲れー」「あれ、蕪《かぶ》も植えたの？」「こっちのは、じゃがさんに太郎芋さん？」

作物を根刮《ねこそ》ぎ奪われて荒れ果てた畑に、緊急の作物として種芋を植えていく農作業。振動魔法で石塊《いしくれ》は根刮《ねこそ》ぎ破砕され魔手さんで均《なら》し耕され魔糸さんには片っ端から刈られた草が土と混ぜ込まれ錬成されていく。それはまるで深夜に魘《うな》される悪夢のような農作業の風景で、そこには園芸的な和《のど》かさは全くないようなの？

「まあ、魔力ドーピングなしならお芋さんとかがとりあえず早いんだよ。異世界農業がわからないんだけど、とにかく蕪《かぶ》なら一月《ひとつき》から二月《ふたつき》で、お芋さんなら三カ月くらい？　備蓄まで奪われてる状況下では早くて回転の良い物が優先だから……オタ達も連れてくれば良かったな？」

そして手を突いて錬金術で大地に魔力を満たし、大地を肥沃に錬成していく。その混ぜ込んだ草と生塵芥《なまごみ》も腐食させ、分解して地中の炭素と窒素のバランス《CN比》を制御し大凡《おおよそ》の最適値に合わせて腐熟させて混ぜ込んでいく農作業《大魔術》。

　そう、残念ながら普通科高校だったから、そこまでが限界らしいの。ここから先は小田《おだ》君達の謎知識の農業指導が必要なんだそうだけど……小田君達も同級生だから別に農業高校には行ってなかったよね？

「オタ達って異世界に来る気満々過ぎて、何故《なぜ》だか一緒の学校だったのに農業にも工業にも精通してて、作ると論外なんだけど知識だけは無駄に凄《すご》いんだよ？　うん、なんであの才能って異世界でしか発揮できなかったんだろう？」「「「うん、確かにね!?」」」

　その指導は素晴らしく、豊富な知識で辺境の農工業を発展させている小田君達こそが影の立役者さん。どうやら、異世界行ったら本気出すは本気だったみたいなの。

　そうして黒い影がやれやれと疲れた風に腰を叩《たた》いてるけど……働いてたのって全部触手さんだったよね？　実は立ってただけだよね？

「土壌も錬成で地質を変化させていますね」「「「ああー、だからもう芽が出てるんだ!!」」」

　知識チートと言っても、知識だけではわからない実経験のなさ。小田君達の深い知識と、遥君の能力が合わさって初めて可能になる手探りの農業チート。

「いや、お芋さんは時期的に合ってると思うんだけど蕪《かぶ》さんは本来は春秋だった気がするんだけど、今が初夏なのかも気温とかもわからないから試してみるしかないんだけど……ただ、辺境って農作物が育つのが何か早過ぎだった気がするんだよ？」

そう、異世界の事がわからない。あまりに情報が少なくて、私達のあやふやな知識や認識だと微妙そうで結構違う剣と魔法の世界。

「「「でもでも……柿崎《かきざき》君達ってもっと農業とか経済とか工業とか駄目そうだけど、あれで貴族できるのかな?」」」「ああー、あのお姉さん達って公爵家とその譜代だから、東部公爵領は各貴族家で治めるんだし……あいつらは御飾《おかざ》り? うん、戦争用の莫迦《ばか》達?」

なんだかんだ言って調べてる。ああだこうだと言いながら心配しているの。

結局、男子は仲が良い。顔を合わせては罵り暴れ回り騒がしいけど、でもそれはじゃれ合う子犬のようでもあり兄弟喧嘩《げんか》のようでもあって……いつもちょっぴり羨ましい男子だけの距離感。それは男子同士の時だけ見せる顔で、男子同士だけのぶっきらぼうな言葉。

そして、遥君が苦手なのは農業分野らしい。

「まあ、普通は農家でもない限り普通科の高校生は農業について知らないよね?」「うん、別に苦手ではないんだと思うけど?」「「「先《ま》ず触手製農業が理解不能すぎるよね!!」」」

そして辺境は魔素のせいか茸《きのこ》はポンポン生えるし、農作物も豊作だった。でも、辺境から離れていくと、作物の成長は普通になっていくらしい。

そう、魔の森のように茸も魔物もポコポコと復活もしない代わりに、農作物も普通にしか育たない。だからこそ普通に暮らせるんだから普通にしないといけないのに……近隣の町や村から糧食どころか、種籾《たねもみ》や苗までかき集めて戦争の準備をしているらしい。

魔石を得て魔道具の独占販売を復活させ、またお金と権力を手に入れても教国は飢饉《ききん》に陥る。だって、お金だけで国1つ分の食料なんて手に入るはずがないの。

「辺境って言うか、王国に勝てると思ってるのかな？」「うん、今は装備も行き届いたし、今もLv上げと訓練に明け暮れて強くなってるのにね」「だよね、あの程度の教会兵で太刀打ちできるの？」「まさか、また迷宮氾濫《スタンピード》を起こす気かも！」

口にはしないけど、それはネフェルティリさんの事。遥君が使役する前はLv100の迷宮皇《エンプレス》だったと言うなら、それを捕らえ従属させるだけの力を持っているはず。

「案外、獣人国を通れなくしたから運河から王都を急襲とか？」「でも、船だと海賊さん達が沈めちゃうよ」「うん、なんか魚雷多過ぎて使いきれなかったって言ってたもんね」「いや、教会の技術力が読み切れないんだけど、なんかショボ過ぎるから、取って置きとか秘匿してるはずなんだよ？　迷宮装備だって相当な数持ってるはずだし、あれだけの魔石と装備を確保してて装備面だけで見ても教会軍が余りにも弱過ぎだよね？」

それが魔道具なのか装備なのか魔術なのかはわからないけど、私達全員で本気のネフェルティリさん相手なら犠牲も顧みずに襲い掛かり押さえつければ……もしかすれば首輪くらいは枷《かせ》られるかも知れない。でも、それでも成功は保証できない。つまりは、それだけの力が教国に隠されている可能性がある。

「でも、前回の王国の戦争で教会の精鋭部隊って潰しちゃったんでしょ？」「しかも、装備品の返還にも応じてないよね」「ああー、使い捨て兵器は使われたら怖いよね、地雷とか手榴弾《しゅりゅうだん》とか？」「少なくとも私は魔石使い捨ての消耗兵器って聞いた事がありませんが」「「やっぱり無駄遣いだった!」」「まあ、遥君は持たせるだけで、勿体ないって自分では使わないんだけどね」「いや、自分で内職で作って、使って消耗してまた自分で内職って虚《むな》しいんだよ？　結構？」「「それは確かに」」

　そして、教会が所持していた『従属の首輪』はネフェルティリさんをも捕らえられた。実際は大量の呪術的法具で棺《ひつぎ》を覆い、首輪に更なる干渉を加えていたそうだけど……それでも、そんな危険な首輪を所持していた。

　それが迷宮装備なのか過去の聖遺物なのか、それとも教会が作り出した魔道具なのかすらわからない。だから、遥君は私達を教国に行かせたがらず、アリアンナさん達の事がなければ無差別攻撃まで視野に入れていた。

　でも、無差別攻撃で教会を無力化できたって――それで沢山の無関係な人が死んで、それで苦しむのは遥君。その時々の最良を考えて選び抜き、あらゆる角度から検討し尽くす遥君は決して後悔はしない。ただ、その結果に心を砕かれ責め苛《さいな》まれる。だから、させちゃいけない。だから、『従属の首輪』があろうとも私達は来たの。

　覚悟なんてない。ネフェルティリさんだから自らの身を破壊しながら、膨大な魔力で心まで完全に囚《とら》われる事を拒み抜けた。それは私達にはできないだろう。きっと、力も精神力も足りなさ過ぎるから。そして、女の子が『従属の首輪』なんてされたら……それは最悪な悲惨な事しか有り得ない。

　それでも、私達は来なきゃいけなかった。だって、苦しみを遥君にだけ背負わせるなんてできないから。だから、もし本当に最悪になった時は──私が仲間を殺す、その時は仲間が私を殺してくれる。それが、みんなの内緒の約束。

だって、遥君に私達を殺させちゃいけないの。私達の事で遥君を苦しめちゃ駄目だから。そして……遥君に汚されるところを見られるのなんて絶対に嫌だから。

今もみんなを護《まも》ろうと、残り少ないMPでせっせと城壁を作り街を拡張している。

どれだけ膨大なMPを貯蔵していても、それを一気に開放すれば頭が破裂しそうな激痛だろう。でも、どんな街にだって家族が居て、子供が居る。そして、遥君は失った御両親と妹さんの面影を重ね合わせてしまうの……だから、いつも誰も見捨てられない。だから、いつも救えないと苦しむ。だから……みんなでお着替え中なの？

「お疲れー（もにゅん♥）」「もうできたのー（むにゅん♥）」「立派な城壁だね（もにゅん♥）」「MP大丈夫だった（むぎゅむぎゅ♥）」「は〜い、蒸しタオルで汗をお拭きしま〜す（ぽよんぽよん♪）」「「「お疲れでしたー（むにむに、もにゅもにゅ♥）」」」

癒しの押《お》し競饅頭《くらまんじゅう》。そこに癒されてる感はないけど、いやらしい顔で喜びながら逃げ惑ってる。うん、でも遥君は新衣装に弱い！　思わず見入る羅神眼さんが完全に集中し、智慧《ちえ》さんが記録保存に思考容量《キャパシティー》を全振りして無力になる。そのためのミニスカセーラー服withニーソ&ニーストッキングさんなの！

「ちょ、そこは駄目って言うか、ズボンは駄目だってって言うかズボンの中を拭くのは男子高校生さん的な事情でヤバいし、タオルで蒸しても駄目なんだけど、それ以前に脱がされたら超宇宙的事案《メタバース》でそもそも肉体不労働な魔法建築だったんだから汗掻《か》かないし、ましてそこは労働していないんだよ!!」

きっと、昨日は獣人国で、一人で謝りながら長城を作り続けていたんだろう。だから今日は悪辣な口車だけで検問を突破して、比較的大人しかった。そう、MPが枯渇している。それは動くのも辛《つら》い激痛と疲労感と倦怠感《けんたいかん》。私達は未《ま》だ遥君の手助けになれない。お手伝い程度で精一杯で、手助けになるには程遠い頼り甲斐《がい》のない無力な仲間。だから、せめて癒してあげたい。だから、せめて笑って欲しい。だから……諦めて大人しくしてね？　うん、怖くないからね♪

「ちょ、自称護衛なはずの迷宮皇さん達はなんで救助活動に来ないでなんでオシボリを補充しててなんで俺の装備を遠くに持って行っちゃうの!?　ちょ、マジヤバい、くっ――『転移』!」（ぽよ〜ん♥）「なっ、ちょ、今なんか超短距離転移の瞬間高速移動の起動がぽよんって弾《はじ》かれたよ！って、転移って空間を……空間がぽよん!?」

蒸しタオルで綺麗綺麗《きれいきれい》してマッサージで全身を揉《も》み解《ほぐ》し、回復と治癒をかけて感謝と労《いた》わりと乙女の好奇心で癒してみたの？　うん、幸せそうに気絶しているね？

その後は、R17にアンジェリカさんとネフェルティリさんに任せると、幸せそうな顔で成仏中の屍《しかばね》を大事そうに愛《いと》おしそうに嬉《うれ》しそうに戦利品《えもの》だと攫《さら》い引き摺《ず》っていく。

その可憐《かれん》な口元から覗《のぞ》き出た艶《なま》めかしい舌が、ゆっくりと唇を舐《な》める蠱惑的《こわくてき》な舌舐《したな》め摺《ず》りが淫靡《いんび》で妖しい！　うん、未だ誰も透視のスキルは取れていないけど気配探知と聴覚強化は取れている。でも……気配探知って上位版のスキルはないのかな。

男子高校生的に再起不能な誤射寸前の危機だった！

108日目　朝　教国　街

やはり辺境を離れると著しく魔力の回復が遅くなる。しかも、獣人国の長城建築内職で使い果たした魔力が回復しきれないまま、シスターっ娘《こ》の教会のある街の改築内職でまた現在MPが枯渇中？

「MP回復茸《きのこ》は大量にあるけど、魔力の温存も考えた方が良いのかな……うん、昨日も回復してたんだけど、その後に美味《おい》しく吸い尽くされたし？」（ニヤニヤ♪）（ニコニコ♪）

そう、昨晩は夏用薄々《うすうす》セーラー服Ver．ミニスカにFeat．ガーターベルトなストッキングさんや網タイツさんまで御出《おで》ましに為《な》られて、それはもう結構なお点前《てまえ》で女子高生の大群にシスターっ娘やエルフっ娘に王女っ娘とメイドっ娘にメリメリさんまで付いたJK連合軍に拭き拭きと拭かれ回って、脱ぎ脱ぎと脱がされ剝《む》かれる男子高校生さん危機一髪で、危うく暴発《ファイト》一発《ファイアー》に誤射しかかってマジでヤバかったんだよ！

「うん、あそこで誤射してたら男子高校生さん的にもう終了だ、それ致命的過ぎて確実に洞窟に帰って引き籠りルート一直線だよ！　うん、まあ引き籠りだし？」

だから、必死に男子高校生さんを理性に鎮静化し、『木偶の坊《でくのぼう》』で強制的に抑制して外部から制御して暴走を抑えながら鎮守しきったんだけど……そこで意識がなくなり、目覚めると知らない天井とよく知ってる鎖だった。うん、プロメテウスさんだったんだよ？

そして仰向《あおむ》けに縛られた足元には上目使いで甘い吐息を漏らしながら見上げてきて、ちょこんと膝の上に女の子座りでしゃがみこむ踊りっ娘さん。そして眼前に君臨する甲冑《かっちゅう》委員長さんの美桃《おしり》だった！

そう、その後は眼前で揺れる白桃を見せ付けられ。ちゃぷちゃぷ、ぷはぁーっと可愛《かわい》らしく息を漏らして、またもぐもぐと忙しそうなＢＧＭ。それは交渉の余地すらなく、可愛らしく頬をプクッと膨らませて嫌々するみたいに首を振ってたんだけど……やってる事はエゲツナカッタデス！

「うん、あの頬《ほ》っぺを膨らませたまま首振り《嫌々》は、『お、恐ろしい娘』な危険な技だったんだよ!?」（ニヤニヤ♪）（ニコニコ♪）

そう、男子高校生さんに繰り返し触れる唇と熱い吐息。そして、甘い口吻《こうふん》にも似た柔らかな刺激が男子高校生さんを包み蕩《とろ》けるループが一晩中繰り返される夜だったんだよ！

そう、永い永い夜が続き復讐《ふくしゅう》の朝は来なかった……うん、魔力バッテリーも空で、復讐するには絶望的な戦力。だがせめて一矢報いようかと目を覚ますと、まだ薄暗い早朝だけど意識は急速に覚醒していく。だって、もう甲冑委員長さんも踊りっ娘さんも目を覚まし武装中《お着替え》だったんだ？　うん、仕返しできなかったよ！

「気配あったかなー、ここまで近づかれるなんてねー？」「気配、隠蔽する気配、です」

「気配を隠す魔力……だから、周囲の魔力、乱れてます」

　隠蔽の魔道具——この感じは軍隊。既に街の前で布陣を始めているし、思ったよりも連絡と行動が早かった。偶々《たまたま》近くに駐留していたとも考えられるけど、今わかっている事は二日続けて深夜の敗北を喫した男子高校生の汚名返上も名誉《めいよ》挽回《ばんかい》な捲土《けんど》重来《ちょうらい》に面目躍如な臥《が》薪嘗胆《しんしょうたん》な事をする暇がなくなったんだよ！　悔しいな!?　うん、だってお着換えしてる姿がとっても美味しそうなんだよ!!

　しかし、早過ぎる。うん、だってまだ城塞に門扉もないんだよ？

「って言うか、まだ工事中だから城門前に『工事中、立ち入り禁止』って看板出しといたのに、字が読めないのか空気読めないのか困った軍だな？」

　装備を整えて門扉もない街の門へと向かうと、女子さん達《たち》も集まってきた。そして街の外の軍勢の中から、白旗を掲げた使者が歩み寄ってくる。

　数は５人。表向きは非武装だけど、Ｌｖ40台の精鋭で全身が魔道具による装備……これは搦《から》め手《て》かな？

　そして、シスターっ娘も委員長さん達も交渉の使者を迎え話を聞こうとしている。しっかりと軍を見張っているけど、意識は使者に向き戦略は等閑《なおざり》だ。使者は戦略の一つで相手の陣を探る偵察でもあり、隙あらば敵の将を討つ兵種《ユニット》。そして交渉を受け入れたら敵の中枢部を話し合いに釘付《くぎづ》けにして、その間に時間も稼げる一種の攻撃手段。

「我等《われら》はカナティア正教の使者。教皇猊下《げいか》の命を受け、王女アリーエール・アン・アリューカ様をお迎えに参りました。ご同行頂ければ無下には致さぬとの言上を猊下直々に頂いております、御同道願いまする」

だけど、手出しは禁止されていて、あくまで本隊は委員長さん達とシスターっ娘達。

「国政権も持たない教皇猊下の御招《おまね》きでは、ディオレールの王の名代シャリセレス・ディー・ディオレールはアリーエール王女を保護をする身として受け入れられませぬ。まして二王家の元に軍を率いて迎える無礼、話があるならば教皇自らが足を運ぶが礼儀。お話にもなりません。無礼討ちは許しましょう、お帰り願いましょうか」

そうして命令系統を明確に分け、自ら戦争に関わろうとしている。きっと国境の砦《とりで》でも東の城塞でも戦わせなかった事に気付き、自分達で戦おうとしている。魔物ではなく人を相手、人が人を殺す事は綺麗《きれい》ごとではないのに。きっと何かが変わってしまう、変わらなくて良いのに、変わらずにいて欲しいんだけど……みんなが手に剣を持った。

「シ、シャ、シャリセレス王女殿下がいらっしゃるとはご無礼を。ですが、他国の王族が連絡もなく国に立ち入るとは捕らえられても仕方なき仕儀とおわかり頂けましょうな」

うん「このお方をどなたか知っている?」って、したかったのに王女っ娘に名乗られちゃったよ? うん、印籠は持ってなさそうだから蛇《ヒュド》さん鶏《コカ》さんも出番はないようだ?

そうそう、シャリシャリさんだったな?

「此地《このち》の王族、アリューカの王女殿下の許可以外に何が必要か! 我等ディオレールはアリューカ王と国交を結ぶ者、宗教の話などしてはおらぬぞ教会の者共よ」「ぐっ、この国は現在は教皇ビンビザール猊下の暫定統治中でございます、外交も教会にて行っておりますれば、それ以外の入国許可は認めておりませぬ以上は不法入国となりまするぞ」

認めてないらしいけど、認められるも何も俺って教会認定の神敵さんだよ？

「他国からの承認も得ずに王家の者以外が王を名乗るは、それこそが国際法違反。その猊下こそが罪人であろう！」「無礼な!?　現在すでに帝国と商国とは話し合いも済み、後は認可を待つのみ。その他の国々との交渉も進み、ディオレール王家以外とは暗黙の了解と言ってよい状況。ディオレールのみがアリューカ王家と交渉したところで無意味でございますぞ。お引きになられませ」

なられまするらしい……ややこしいな？　うん、だんだん何を話してるのかわからなくなってきたんだけど、デロデーロって誰なんだろう？って言うか、交渉者の背後のおっさん3人が、さっきから顔を向けずにこっち見てる？

「ディオレール王家が認めておらぬ者に、何故《なぜ》に我等ディオレールが退《ひ》かねばならぬ。公式に国交も結べておらぬ者が掟《しきたり》を破り暫定統治しているならば謀反も同じ。謀反人に交渉など、誰が申し込もうか。アリューカ王家に招かれてアリューカ国に参り、アリューカ王にお会いするのに許可が必要と言うならば玉璽を以《もっ》て書状を認《したた》めよ。自称のみの僭王《せんおう》の戯言《たわごと》になど関わる気はないと帰って伝えよ」「カナティア正教の教皇ビンビザール猊下を僭王呼ばわり、事と次第によっては神敵に落ちられますぞ！」

うん、神敵さんなんだよ？　互いに退かぬまま舌戦が続き、その間も刻々と戦況は変わりいく。外の軍も城門前まで寄せてきているんだけど、なんで工事中で立ち入り禁止って看板まで立ててるのに勝手に入ってくるかな？　うん、工事中なんだよ？

「我が王国と大陸を護《まも》りし辺境の民を、穢《けが》れた者などと呼ぶ教義も知らぬ教皇猊下に神敵にされるは我が国では誉れと同じ！　神敵と呼ばるるのならば、我等は敵として剣を持って異を唱えようぞ」「この国の王女としては論外の事。そして大司教でもある私《わたくし》を教皇猊下の一存で強硬的に同道させようと言うならば、十二教会の決議書は何処《いずこ》でしょうか？　猊下とて正当な理由もなく十二教会の大司教を拘束する権利はございませんが、いかな理由で同道せよと？　まして、教会軍を率いてきた以上は私的などと言う理由は罷《まか》り通りません。これは罷免に値する所業ですよ！」

そして、おっさんが「ぐぬぬ」って顔をしてるけど面白くない？　うん、面白くてもおっさんはいらないんだよ？　なのに、おっさんから視線を感じる？

そして、王女っ娘とシスターっ娘がオコだ。があがあと怒る王女っ娘とぷんぷん怒るシスターっ娘に凄《すご》まれて、使者の一人がお伺いに本隊に戻る。それでも高圧的に神が神がと騙《かた》る使者に「神が言ったの？」「なら、神に会ったの？」「で、直《じか》に神に聞いたの？」「違うなら、あんたが神なの？」と怒鳴り散らしてフルボッコ。一生懸命軍勢さん達も街に近づいてみせて、頑張って威圧してるのにガン無視で延々と続く使者苛《いじ》めの罵倒の嵐が吹き荒れる。

「全く女子さん相手に口喧嘩《くちげんか》とか駄目なんだよ？　うん、怖いんだから？　だって、俺がどれだけ無垢《むく》な眼《め》で無実なのを丁寧に伝えても、いつも無意味で無駄なんだよ？」

そして、使者が増え、戻ってきたのは一人の女教会美人騎士さんだ！

「我等はアリーエール王女殿下としてお迎えに参ったのです。教会と王家が割れれば国のためにも王家のためにもなりませぬ。猊下も悪いようにはせぬとのお言葉も頂いておりますれば、どうか我等に御同道を」

キツい顔立ちの美人さんで、甲冑の装飾も豪華だから偉いのだろう。エロいのだったら甲冑は着ていないだろう？　うん、Ｌｖも49と教会軍の中では中々の強さだ。

「王宮を兵で囲む者が、その口で悪いようにはせぬとは冗談にしても酷《ひど》いですね。何《なに》故《ゆえ》の仕儀を以て、王家の一員である私《わたくし》に兵を差し向けたかもお伺いしておりません。釈明が在るならば王族に対し教皇本人が来られるが筋でしょうに、軍を差し向け御同道などとよくも恥知らずな振る舞いを。一体何時《いつ》から教会騎士団は神に背き、教義を破り国法すら背いて教皇の私兵に成り下がりました！」「ぐっ、我等は教会に仕えし者。教会の命で在れば従うが本義、大司教様がそれに異を唱えられますか」

女同士の口喧嘩に口なんて挟めないし、あのキツ顔の教会騎士のお姉さんは結構な強さだ。でも、今はシスターっ娘よりも数段弱い。王女っ娘相手だと瞬殺されちゃうだろう。

「教会騎士が護るは神の教え、教皇の私兵となれなどと誰が教えましたか。ましてや不文律こそが教会と国の盟約でありながら、嘆かわしい。教会が国を持たぬは神の教えそのも

のの筈《はず》、何を以て異を唱えるかはこちらがお伺いしたいものです……レイテシア、まさかあなたまで教皇に与《くみ》するとは」「アリーエール様、教会は存亡の危機なのです！　神のためなのです、どうかご理解を……」「神の教えを遍《あまね》く広めるが我ら教徒の務め、教会とはその信者の集いし場でしか有り得ません。たかが教皇派の存亡に神の名を出すとは恐れ多すぎる不敬、恥を知りなさい！」

長そうだし、宿に戻って夜の復讐をしてきても良いのかな？　もう、みんなもお腹空《なかす》かして横列の軍事的な布陣から、サンドイッチ配給の縦陣形な行列に変わってるんだよ？

「ああ、でも珈琲《コーヒー》飲みたいなー……うん、サンドイッチに茸ティーって何か寂しいんだよ。こう、地獄のように濃くて苦い珈琲がさあ？」（あの、弱そうな低Ｌｖの男を狙え！）（……はっ！）（人質を取ったら一気に退くぞ、近づけさせるなよ）（交渉の場にあの様なひ弱な者を……愚かな）（行け！）（（はっ！））

そして、甲斐甲斐《かいがい》しく朝御飯を配っていると攫《さら》われた？　いやほら、気配はわかってたんだけどキツい顔の美人女騎士さんに後ろから飛び付かれちゃったら男子高校生的には回避はできないもんなんだよ？

「あ～れ～？　みたいな～？」

だって、女子さん達の目が怖いから、迎撃触手地獄《にょろにょろさんカウンター》も放てず。ただ無抵抗に抱きしめられて可哀想《かわいそう》に攫われているんだけど……甲冑だからあまり楽しくなかった？　うん、衣装チェンジで？　いっぱい持ってるんだけど、何ならバニーさんとかメイドさんとかセーラー服さんとか作るんだよ？

「えっと、まあ……きゃあぁ～、ああ～たすけて（棒）、みたいな（棒）？」

うん——ジト目だな？

囚われのお姫様役の過重労働についての労働基準が曖昧だ？

108日目　朝　教国　街

どうやら俺は一般人《モブ》枠だと思っていたら、囚われのお姫様《ヒロイン》枠な攫《さら》われ系男子高校生さんだったようだ。

急にキツ顔美人女騎士さんに抱きしめられて、攫われたままお外の敵軍の所にまで連れてこられ羽交い締めのまま拘束中？

「うん、甲冑《かっちゅう》で拘束されても楽しくないんだけど、装甲を剝《む》いたら駄目かなー？　作り込みが甘く、合わせ目も緩いし解体《バラ》しやすそうなんだよ？」

まあ、落ち付いて現状を説明すると拐《かどわか》されたＮｏｗ？　なので現状は囚《とら》われのお姫様のＶｅｒ．男子高校生なのだが、それって需要はあるのだろうか？

「いや、でもキツ顔美人女騎士さんに、あんな尋問やこんな拷問で責められちゃって『くっ、ポロせ』とか言うとポロリもあるんだろうか？　うん、ポロいな!?」

しかし攫われて、敵さんも一生懸命真剣に「近づくな、近付くとこいつの命はないぞ！」とか叫んでるのに……誰も近付くどころかサンドイッチを食べながら慌てもしないでヤレヤレってしてるんだよ？　うん、男子高校生さんが誘われて拐され中だよ？

「ちょ、無抵抗な罪のない男子高校生さんが可哀想《かわいそう》に攫われちゃってるんだよ？　きっとこの展開は凌辱《りょうじょく》コースなんだよ？って、なんでジトなの？」「不本意なれどこの少年の身柄は預かりました、かような真似《まね》はしたくは在りませんが、それほどまでの国の大事なのです。武器を捨てて投降して頂きたい、さもなくば……この少年を殺し戦闘になります！　王女、御決断《くわ》ください！」「「「…………？」」」

サンドイッチを咥えながら、不思議そうな目でこっちを見てる？　うん、今回のサンドイッチは味噌《みそ》ダレと胡麻《ごま》ダレのカツサンドが投入されて大人気のようだ？

「ノ、ノーリアクションって、そこは『人質を解放して！』とか『大丈夫、すぐ助けるよ!!』とかなんじゃないかな？　うん、なんで攫われてHな女騎士さんに捕まって、大変お困りのポロリ待ちな純真無垢《じゅんしんむく》な男子高校生さんに対してジトなの？　いや、まあ中々の良いジトだけど、えっと……きゃあ～、ああ～たすけて（棒）、みたいな（棒）？」

周りはおっさんに囲まれたけど、羽交い締めにしてるのはキツ顔美人女騎士さん。そう、ずっと抱き付かれてるけど、できれば人気のない密室に監禁からの展開をご希望なんだけどお外で公開中なんだよ？

「えっと、そういう性癖《プレイ》なの？　露出女騎士《ヤバい》さんだったようだけど、それならそれで甲冑は外してくれないかなー……固いな？」「うわー、遥君を攫《あれ》っちゃうって」「レイテシア、なんて事を……危ないですよ、色々と？　貞操とか？」「まあ、でも神敵さんだから捕まえるのは正しいのかも？」「でも、危ないよね」「うん、迷惑だし今度から危険物注意って貼っとこうか？」「しかも、今のって滅茶《めちゃ》自分から捕まりに行きましたよね！」

「「有罪判決確定《ギルティー》！　だって、おっさんだったら絶対ボコったよね？」」

またもエロい女誘拐犯に囚われた被害者男子高校生さんに、冤罪《えんざい》が確定されている！

「いや、おっさんが抱き着いて来ようとしたらボコるのって当然じゃん！　ウェルカムだったらヤバいじゃん!?」

全く何を当たり前の事を言ってるんだろう、超冤罪じゃん？　どうやら、誘拐被害者として弁護団の強制召喚が必要だな！

「宜《よろ》しいのですか、黒髪なればディオレール王家の客人のはず。それが害されればアリューカ教国としても国際問題、我等《われら》は本気なのですよ」「「「…………？」」」「いや、なんでずっとサンドイッチ食べてて、なんでお代わりしてるの？　あと、甲冑委員長さんと踊りっ娘《こ》さん、茸茶《きのこ》配ってる場合なのかな？　うん、確か俺の護衛とか言ってなかったっけ？　まあ、目隠し係もアレだったけど？」

やはり、攫われた以上定番のあれが必要なようだな。

「コホン……きぃやぁぁ？　ころされるＹｏさらわれたＹｏゆうかいだＹｏ！　ゆかいつうかい？　ああなんということだー、たいへんなことになってしまったー、どうしようＣ heck It Now（棒）？　みたいな（棒）？」

何故《なぜ》かみんなが固まった。きっと、俺の悲しみに満ちた悲鳴に動揺して硬直しているようだ……目はジトだ？

「助けてって……危険物を抱えた女騎士さんを性王から助けるの？」「いや、ぼったくりの罠《わな》で身ぐるみ剝がされてからの性王降臨の危機からかも！」「むしろ常識を非常識《はるかくん》から助けろという意味なのかと？」「「「うん、あの嬉《うれ》しそうな満面の笑顔で『助けてYO！』って言われてもねー……」」」

しかし何で教会軍まで固まってるんだろう。身体《からだ》が固いのかな、キツ顔美人女騎士さんの柔軟体操なら手伝うのも手が滑るのも触手が滑るのも準備万端でお待ちしております？

そして、その瞬間の隙を縫い、一切の気配も予備動作もなく飛燕《ひえん》のように舞い込む甲冑委員長さんと踊りっ娘さん。その手には輝くのは、ただ銀色に輝く……大皿？

「遥様《ますた》、サンドイッチ……足りません！　追加、卵サンド多めで」「サンドイッチ全然不足　新作カツサンドも少なくて全員不満　増量要望の追加請求、です」「……はい？（ドサッ？）」「「ありがとう、ございます　（シュッ！）」」

……そして飛燕の如《ごと》く戻って、朝御飯の続きが始まっている。うん、サンドイッチは大好評のようだ？　でも、今ので足りるかなー、心配だな？

「い、い、今のは何です！　い、今、何か居ましたよね！　な、な、な、何だったんです、今のは!?」「な、な、な、何って見ての通り朝御飯のお代わりなんだYO？　俺は可哀想な内職家さんで、毎日毎日ぼったくり価格で御飯を提供する善良な内職男子さんで、お代わりが超沢山いるからＣｈｏ大変なんだＹＯ？　うん、先《ま》ずは甲冑だけでも脱いでくれないかな？　うん、硬いんだＹＯ？」

女騎士さんがジトってる！　中々やるなー……だが、ギルドの受付委員長さんにはまだまだ遠く及ばない。うん、変わったかなー……ギルドの掲示板って？

「お、おかしな真似をしたらこの者の命は在りませんよ！　い、い、いったい何を考えてるんですか、腕の１本でも斬り落としてみせましょうか!?」「「「…………（モグモグ、ムシャムシャ）？」」」

うん、よく噛《か》んでよく食べてる良い娘達《たち》のようだ。うん、人質救助はどうでも良さそうだ？

「何だか全然心配されていませんが……貴方《あなた》って、もしかして仲間じゃないとか？」「厳密に言うのならばボッチだという説と称号もあるんだけど、一応一緒に来てるんだけど？」

うん、カツサンド足りるかなー？　最近シスターっ娘達も、結構良い食べっぷりなんだよ……わんもあせっと？

「退《ど》け！」

急に、おっさんが来た。ひときわ豪華な鎧《よろい》に太った身体を押し込んだおっさん。うん、わんもあせっとしないから甲冑が食い込んでて、女子さん達も油断すると、こうな……ちょ、なんで敵軍に攫われてるのに味方から殺気が飛んでくるの！

「ちょ、助けないで殺しにかかるのって味方感がかなり不足気味で、敵さんに優しさを感じてストックホルム症候群で加害者のキツ顔美人女騎士さんと仲良しになっちゃってR18な展開が乞うご期待なんだけど……問題はストックホルム症候群になろうにもストックホルムに行った事ないんだけど、ストックホルムあるかなー……異世界に？」「舐《な》めおって！　退けえっ、腕の1本や2本切り落として投げつけてやる。それで駄目ならば使えんガキを殺してから総攻撃に移るぞ！」

　えっ、おっさんはお断りだよ？　お姉さん以外は却下なんだよ？　あと、腕を切られると繋《つな》げるの面倒だし痛いから切らないよ！　それに、腕の1本や2本でもって、2本だけだよ!!　まったく、人聞きの悪いおっさんだ！

「なんか、その言い方だと腕がいっぱい生えてそうで風評被害で、人聞きが悪くて好感度さんが大変に迷惑されるから変な噂《うわさ》を流布しないでくれるかな？　うん、これは蛇《ヒュド》さんで腕じゃないんだよ（カプッ！）？　あと、こっちも鶏《コカ》さんで鶏と腕の違いもわからないとは全く以《もっ》て学のないおっさんだな（コケエエッ！）」「ぐぎゃああっ、ばっ、化け物!!」

「うん、コケコケ言うのが鶏《コカ》さんで、揉《も》み揉《も》み撫《な》で撫《な》でするのが腕なんだよ？　わかった？って、なんで人が教えてるのに気絶してんの？　うん、ちゃんと話を聞こうよ？」

「「ば、化け物だ！　こっ、殺せ！」」（コッ、コケコ？）（シュシュー!?）

　十重二十重に囲まれる包囲圧殺。相手のＭＰが尽きるまで物量と質量の人海戦術で押し潰す、重武装ならではの王道で最も有効な手立てだ。

「化け物がぁ！　こ、こ奴《やつ》が神敵かっ！」「討ち取れい！」「いや、自分達が勝手に神敵にしたんじゃん？　うん、だって俺は一回も『神敵だよー』とか言ってないよ!?　大体、『神敵さんですか？』って聞かれてもないんだよ？」

触手さんが一斉に群がり来る剣戟《けんげき》を受け止めて、薙《な》ぎ払う。その間隙を縫って蛇《ヒュド》さん達も咬《か》み付き、鶏《コカ》さんもコケコケと鳴く！

「って、鶏《コカ》さん何してんの？　あー、呪ってるの？」（コケコケ!!）

その間に足裏から魔力を流し込んで地面を『掌握』し、振動魔法で地表を破砕する。近くの川から水路を引いて、お堀と兼用の溜池《ためいけ》を準備してたのに……だから、まだ完成してないって書いてるのに。うん、ちゃんと工事中の看板出してあるよね？　危ないよって？

「「「な、何だ!!」」」「ぎゃあああああっ！」

地表は罅割《ひびわ》れ落ちていき、地の底から唸《うな》るような反響が響く……うん、おっさんって地底好きだよね？

「実は地底人でも目指してるのかな？　まあ、そのまま埋まっててくれると助かるんだよ……主に世の中のビジュアル的に？　だって、おっさんだもの？」

これで残るは羽交い締めのまま、しがみ付いて気絶中のキツイ顔の美人女騎士さんのみ。だから、先ずは武装《着ている物》の解除が必要なんだけど、誘拐の要救助者を援《たす》けに来ないのに何故か数十のモーニングスターが唸りを上げてＪＫさん達がこっちを睨《にら》んでいる……うん、脱がすと危険のようだ!!

そして、お濠《ほり》兼溜池予定地に埋もれたおっさん達には痺《しび》れ茸の粉末「悶絶《もんぜつ》痺れ痺れDX」に、今ならなんとお得な「超絶痒《かゆ》い痒《かゆ》い粉SP」もお付けしたお徳用セットを撒《ま》いてみた？　でも、おっさん達の呻《うめ》き声《ごえ》なんて聞いてても楽しくないし、『空歩』はずっと立ってられないから空中タップダンス状態で忙しいし……うん、街の中に戻ろう。って、脱がしてないんだからモーニングスターは仕舞おうよ！　うん、鉄球制裁《それ》が怖くて、誘拐被害者が攫われたまま戻れないんだよ？　痛そうだな!?

教国の内情とサンドイッチの山との戦いはマヨネーズとの相性も良さそうだ。

108日目　昼前　教国　街

捕縛された美人女騎士さん。そうして周囲を取り囲まれ、苛烈に苛《いじ》め立てられる……俺!!って何で!?

「そこは普通に定石な定番の鉄板に従って美人女騎士さんを尋問しようよ？　何で攫《さら》われてたら俺がお説教で、何で人攫いの美人女騎士さんが労《いた》わられてて人攫いの美人女騎士さんを攫ってた俺の方が怒られてるの!?」「何でじゃないの、何で嬉《うれ》しそうに攫われて行くのよ!?」「しかも、攫い易《やす》いように自分から下がっていましたよね」「全周囲が見える羅神眼で、後ろから近づかれたくらいで見逃す訳ないでしょ！」「うん、気配が見え見えだったのに、態々《わざわざ》サンドイッチの大皿を下ろして攫われる準備までしてたよね!!」

「「「有罪可決《ギルティー》！　カツサンドお代わり刑に決定!!」」」

どうやら、敵に捕らえられていた可哀想《かわいそう》な誘拐被害者さんに対する優しさはないらしい？

「ちょ、誘拐されながらも健気《けなげ》にサンドイッチのお代わりまで出してあげて、胡麻《ごま》が手に入った記念な新作の和風胡麻ソースのカツサンドも好評だったのに！」「「「うん、あれもお代わり♪」」」

今もお代わりを食べているのに有罪《ギルティー》らしい……どうもこの異世界って俺に厳しいような気がするんだよ？　うん、贖罪《しょくざい》を求められず食材が強請《ゆす》られてるんだよ。

「レイテシア。なぜ貴女《あなた》が、このような愚行を。教導会に何か……はっ、孤児院ですか!?」「……はい。現在は教皇派の管理下に。私は大恩あるアリーエール王女様に対して……殺してください、もとより私に生きる価値などもう在りませぬ。恩を仇《あだ》で返し王女様を孤児達《たち》の生命と秤《はかり》に掛けてしまったのです。もとより、この首を以《もっ》てお詫《わ》びをする所存でした、どうか殺してくだ（ドガアッ！　ボコボコ!!）」

シスターっ娘《こ》がオコだ。だから誰も手が出せず、誰も口も出せない。うん、誰もが和風カツサンドを握り頬張っているんだよ？　太……いえ、何でもないです!!

「命がいらぬと申すならば——貴女が子供達の生命と秤に掛けたこの私の命に対して、その剣を以て貴女の命の価値をお見せなさい。剣を取れレイテシア！」「お戯れを、私は教導騎士ですよ。剣などお持ちになられた事もないアリーエール様に剣など……えっ⁉」

剣を構え対峙《たいじ》する二人を皆が見詰め、息を飲まずにカツサンドをもしゃもしゃと咀嚼《そしゃく》する。シスターっ娘の剣閃《けんせん》に驚きながら、ギリギリで弾《はじ》き落とし飛び退《の》いて構え直すキツ顔美人女騎士さん。Ｌｖは49と王女っ娘よりも格段に低いけど、剣技も体捌《たいさば》きも見事な純粋たる剣士。その鍛えられた目でシスターっ娘の強さを見抜き、本気で剣を打ち合っているけど動揺が隠せていない。

「なぜ王女様《アリーエール》が……剣などお使えにはならなかったはず」「辺境をこの目で見てまいりました。辺境では幼き子供ですら、棍棒《ぶき》を手に懸命に魔物と戦って生きていました。貴女は剣を手にして、いったい何をしているのですか‼」

どうも異世界って魔物相手の力任せな剣と、魔物なんて関係ない対人の技ばかりの剣に偏っている。うん、結果だけを求めるあまり、基本がお座なりなんだよ？

剣なんてただの手足の延長。自在に振るう体技の変形。それができなければボコられる訓練を受け、ボコられ続けたシスターっ娘の剣は研ぎ澄まされている。そんなシスターっ娘を相手に、対人特化に型の歪《ゆが》んだ歪《いびつ》な剣技では通じない。その剣では魔物も、迷宮で生き抜いた者も倒せない。そして地力《レベル》で追い抜かれている騎士っ娘では、決して倒せない……だって、心が揺れ、志が折れている剣なんてただの重たい鉄なんだよ？

あと孤児っ子達は懸命にお小遣いを稼ぎに魔物《ゴブ》をボコってて、あれは健康を兼ねた運動《レベリング》だからね？　それを後ろで見ている奥様達《おばちゃん》はオークリーダー級だから安心安全だけど、でもオークみたいって言ったら危険なんだよ？　うん、だってオークより怖いんだよ？

烈火の如《ごと》く火花を散らす女騎士さんの吹き荒れる剣尖《けんせん》、それを舞い散らすシスターっ娘の流れるように流麗な剣技。その力で人と殺し合う者と、魔物を狩る事に注ぎ込んだ者との違い。そう、迷宮の中で魔物達と攻防を繰り広げた者との圧倒的な差。

「信仰を失《な》くした教会に、何の意味が在りましょう。そんな教皇の言葉に何の大義が在りましょう。今も辺境では子供達までもが魔の森で戦い、世界を護《まも》っているというのに。教会の覇権のために振るうような剣は――その心根と共に叩《たた》き折ってあげましょう！」

その差は防御力。女騎士さんは攻め過ぎて剣を受け流され、体勢を崩されたまま横殴りに薙《な》ぐ剣閃を受けるしかなかった。剣は折られ、心も折れて地に膝を突く……いや、格好良い事言ってドヤ顔だけど、シスターっ娘の剣って装備破壊付いてるからね？　今のって、剣が折れたのは志とか全く関係ない、ただの装備破壊効果なんだよ……ドヤ顔だけど？

そうして語られる教国の情勢と二人の関係。それをカツサンドを食べながら聞く女子さん達……って、いつまで食べるの！　もう、お代わり6回目だよ!!　もはや、お昼御飯まで朝御飯を食べ続ける勢いで、もうビリー隊長が召喚《よ》ばれちゃうよ!!

そして話の内容的に見るに、キツ顔美人女騎士さんは何とかという名前で孤児だったそうだ。その孤児院に奉仕活動をしていたシスターっ娘と仲良くなり、やがてその剣の才能を見込まれて教会騎士団の見習いになった幼馴染《おさななじみ》さんだった。そして今も孤児院の運営費のために教導騎士団の仕事をしている孤児っ子成長版だったらしい？

「ところで俺は暇だから、お濠《ほり》に水を引き込んできて良いかな？　うん、さっきから地底の呻《うめ》き声《ごえ》が煩《うるさ》いから、水没させたら煩さと加齢臭が沈まって良い感じ？って言うか、おっさんの苦悶《くもん》とか煩くてキモいんだよ？」「「「誰が埋めたのよ、誰が！」」」

そして、騎士となり魔物を狩って稼ぎ続け、みるみると強くなり若くして名誉ある教導騎士の位に就き司教に任じられた。その褒賞で孤児院は教会が後援となり、国中から孤児達を集め神職としての知識と剣技を教えていた。それを援助し援《たす》け続けていたのがシスターっ娘で……お顔はキツいが実は旧孤児っ子な現保母剣士さんだったようだ？

みんなも良い話だとウンウンしながら、もぐもぐとカツサンドを食べている。うん、やはり味噌《みそ》カツサンドさんが大人気だ。でも地下が煩いな？

「あれは、また『超絶痒《かゆ》い痒《かゆ》い粉ＳＰ』振り撒《ま》いてたから悶絶《もんぜつ》してるのよ!!」「うん、お濠のお水が汚染されるからやめてあげて！」「そんな事よりカツサンドのお代わりをお願い！」「あと、そろそろデザートも？」「「「イイねー♪」」」

そう、胡麻ダレと味噌ダレの恐るべき罠《ハーモニー》が大人気で、もうじきお昼なのに朝御飯が終わらないんだよ？

「あのー、アリーエール様、この方は一体？　何かが見え《ニョロニョロ》……」

そう、にょろにょろが苦手なのか、触手さんと蛇《ヒュド》さんが現れた瞬間に気絶して鶏《コカ》さんも心配して突《つつ》いてたんだけど……ずっと気絶していたらしい？

「あぁ、レイテシア、私の事はアリアンナと。皆さんにも、そう呼ばれておりますから。

それと、その御方《おかた》こそが『黒髪の軍師』の遥《はるか》様です。辺境をお救いになられながら、神敵とされた性王さんなのです。触ったら危ないです。それ乙女にはマジでヤバです、よく無事でしたね」

紹介が酷《ひど》かった！　やはり誘拐被害者さんに対する配慮は無いらしい。そして続けられる教国の内情と、サンドイッチの山との戦い。もはやスライムさんすらお腹《なか》いっぱいそうなのに、空になり積み重ねられていく大皿。うん、次は照り焼きチキンと味噌を合わせてみようかな？　うん、案外とマヨネーズとの相性も良さそうだ。

「歯向かえば滅びます。帝国に軍事力で立ち向かうなど不可、教会として大陸の全国家に訴えかけても相手が帝国では軍事力で……」

そしてやっぱり教皇派の後ろ盾には大陸最強の軍事力を誇るという謎の帝国さんと、大陸最大の発展を遂げる西方国家が絡んでいるらしい。

「つまり、前回《このまえ》の王国へ侵攻《オラオラ》の惨敗《ボコ》で、その莫大な損失を出《ぼったくられ》した責任を問われて教皇の罷免《首チョンパ》が決まりかけて……それに焦って教国簒奪《クーデター》だったと？」「「「合ってるけど、どうしてそんなにも国家の命運の説明が軽いのよ！」」」

結局、辺境を苦しめてた王国の貴族達は教国の傀儡《かいらい》で、その教国を動かしていた教皇派は帝国の傀儡《くぐつ》だった。

「しかも教皇派って元々は隣国だった何とか国と仲良しで、そこと敵対する帝国の事は襤《ぼ》褸《ろ》滓《かす》に非難してたのにその何とか国が滅び帝国領になったら手の平を返して帝国派になっ

たって……帝国主義協賛党?」「まあ、碌《ろく》でもないですね」（ポヨポヨ）

シスターっ娘達は嘆かわしい、教会の恥だとぷりぷり怒っているけど……現代民主主義でも似たような事して協賛してた売国な人達が居たから馬鹿にできる立場でもないんだよ？　うん、ネット世代って興味はなくっても詳しいんだよ……そう、歴史は繰り返したりしない。ただ、学ばない者が居て何度もやらかすだけなんだよ？

「国は外からは壊せません、いつだって国は内側から崩壊していくんです」

結局、売国者に権力を渡すっていう事は滅びと同義で、売国者が教皇に選ばれた時点で教会は売り渡された。そして、今度はその教会が国まで売ろうと手を伸ばしたのだろう。

「いや、物を作らない人って、結局は他人の物を売るしかないんだよ？　だから教皇派は売り続けるしかないし、教会も国も何もかも売れるものが無くなるまでずっと売るしか商売にならないんだよ？」「「「そんな理由なの!?」」」「そこまで帝国の圧力が」「それなのに軍を王国に送るなんて愚挙を」「はい、既に教導騎士団は教皇派であった半数を失い、教会騎士団は教皇に掌握されているんです」「これで教国軍と教会軍が争えば、さらに兵力は損耗しちゃうよね？」「ええ、教国の防衛のために必要な兵数の維持すらも困難に……それも帝国の狙いなのでしょうね」「ですが、ただ教皇を討てば解決とはいきません。教皇派から教会を奪還せねば……」「ですが、その先が帝国との戦いとなればどれだけの支持が集められるか」

シスターさん達が大騒ぎで現状を嘆き、方策を求めて困っている。女子さん達はお腹を抱えて倒れている？　うん、デザートの餡《あん》ころ餅まで完食で、食べ過ぎてコロコロなんだよ……まあ、お餅なんて久しぶりだったのだから、お腹が膨れるのを忘れてたのかも？

「帝国とか知らないけど動かないよ？　動く気ないんだから気にしなくて良いと思うんだよ……うん、だって自分で動かないって断言してるんだし？」「なっ、なんですって!?」

その返しが来るとは！　まあ、異世界ってずっと滅亡の危機だから、ＭＭＲさんの異世界召喚も必要なのかも？

「いや、侵攻する気あったら大っぴらに動かないし？　うん、無関係を装っていた方がお得なのに、それって後ろ盾《バック》だよーって宣伝してるじゃん？　うん、それって退《ひ》いたら来るけど、退かなかったら来ないよ。ちょっかいくらいは掛けてくるけど、本格侵攻はないんじゃないかな――だって、この国って別に要らないだろうし？」「「「えっ!?」」」

欲しいのは宗教的影響力であって、教会以外は辛うじて自給できているだけの貧しい農業国。教会の魔道具の生産能力と立地的な獣人奴隷貿易が不可能になった今、この国って……お荷物以外になり得ない。そして、それは商国もだ。うん、あっちは自給すらできていない、国家と名乗るだけの巨大商業地区なんだし？

「狙いが魔石でも王国は取るんなら最後で、先に取れば爆弾なんだよ？　うん、今の均衡って辺境の迷宮を王国に押し付けているから維持できてるだけで、だから帝国は拡大政策ができているんだから……自分達で辺境を自治するために、莫大《ばくだい》な兵力を注ぎ込むとかしたくないと思うよ？」「確かにそうなれば帝国の軍事的驚異は」

そう、そうなれば兵力が足りずに覇権は潰《つい》える。なら辺境は順番的に絶対に最後だ。そして、それは悪い事ではない……だって、大陸が統一された上で全兵力が辺境に集中できるのは究極の理想的な姿なんだから、その統治の是非はともかく滅びと戦わざるを得ないなら俺でもそうする最適の方法だ。

それをジュージューとお昼用の豚生姜《ぶたしょうが》焼《や》きサンドを作りながら説明していく……うん、生姜はあったんだけど、ずっと味噌がなかったせいでやっと完全版なんだよ?

「うん、説明はわかったから、これ以上新製品を投入しないで（泣）」「もう、苦しいのに……お、美味《おい》しい匂い!?」「美味しい匂いの誘惑と、お腹の許容量が鬩《せめ》ぎ合ってるよ!!」「私は食べるよ～♪　大皿でお願いね～、私って食べても胸しか太らない体質だし～♪」「う、羨ま裏切者が居た!!」「でも、美味しそうな匂いが……ひ、一口だけなら!?」

そして昼御飯の豚生姜焼きサンドと、豚汁の謎の付け合わせで昼食が始まる。朝御飯からエンドレスで、今お外に出ちゃうと妊婦《マタニティー》さん軍団と思われそうな見事なポッコリ具合。

そしてどうやら、この街を見張りつつ巡回していた部隊が近くに居ただけで、偶々《たまたま》関所の街の騒ぎを聞きつけて様子を見に来ただけだった。でも、これで関所での騒ぎと関連付けられて、行方不明の部隊で異状に気が付くはず。そうなると、この街を護りつつという制約ができた分こっちは不利で、しかも今は食べ過ぎで主力は動けない。うん、まだコロコロと転がって食べてるんだよ?

ちなみに俺達だけで昼食というのも可哀想なので、お濠予定地の底に埋まって迷惑なおっさん達にも毒茸《どくきのこ》の炙《あぶ》り焼《や》きを振舞ってみた。新製品って言うか新種だったんだよ？

「う――ん、やっぱ幻覚作用みたいだな？」

殴り合うやら、睦《BL》あうやら、笑いだし泣きだし怒りだして大騒ぎで喧《やかま》しい。まあ、おっさん眺めてても楽しくないし街の補強を進めよう、MP回復が心許《こころもと》ないんだけど、できる事だけでも済ませていこう。

壁を固め、効果付与した魔石粉を塗り込んで仕上げていく。門扉も付けて、櫓《やぐら》も立て、お濠予定地の穴に跳ね橋を架けておく。これで強行突入は困難で、城壁破壊も難しいはず。これで城壁回りも堀で囲まれて、後は飛んでくるか、梯子《はしご》を架けて乗り越えるかしか手は無いはで防衛は充分なんだけど……オタ達が何もしてないと良いな？　うん、何も作るなとは言っておいたけど、何かするかもしれないのが最大の不安要素だな？

何処か遠くで目つきについてディスられている気がするのは何故なんだろう？

108日目　昼過ぎ　オムイの街　冒険者ギルド

日に日に増えていく冒険者達《たち》。減る事なく、覚えきれないほど増え続ける冒険者達。今迄《いままで》も絶え間なく新人の冒険者達はこのギルドへ訪れていました。どれだけの少年達を冒険者登録したか覚えきれないほどに。

なのに冒険者の顔は覚えられていたのです。魔物との戦いに命を散らす冒険者達は帰ってこない、だから覚えるのも容易《たやす》いほど人が僅かな寂しいギルド……それが、今では。

「毎朝恒例のあれがないと、人も少ないし盛り上がらないですね。受付も済んで初心者講習が始まると暇です」

いつも誰かが泣き、誰かが悔やみ、ずっと誰かが誰かを追悼していたギルドは……忙しいのに暇なんです。冒険者は減る事なく増え続け、業務は数十倍になっても新たに雇用した受付嬢や新人職員達で賑《にぎ》わうギルドホール。そんな新人達を指導しなければなりませんが、私は監督でこの娘は鑑定係で夕方までは暇になります。そう、朝のあれがないと冒険者達もそそくさと出かけてしまい、久々に見る静かなギルド。

更には読み書きに計算まで覚えた孤児っ子ちゃん達が書類を作りに来てくれるので、事務仕事は大幅に楽になり大量の業務も見る見るうちに済んでしまいます。そうして、仕事が途切れると繰り返される同じ会話。

ついこの前までは圧倒的に数が足りない冒険者達を招集して、依頼として魔物に襲われる村や町に送り出していた日々が嘘《うそ》のよう。魔物に襲われ後手後手のまま被害を受け続けていた辺境が今では魔物達を襲う側になり、充分な人員と充分な装備で被害もなく魔の森の魔物達を狩り迷宮を攻略できているのです……本当に嘘のように。

「ああー、暇ですねえ」

そして生まれ変わった辺境の冒険者達は今朝も辺境を護《まも》らんと意気込み、迷宮に挑み、魔の森の魔物を狩りに行きました。ここでやらなければ冒険者なんて名乗れないと、任された今こそが身に着けた武器や装備の意義なのだと。ギルドから格安で配布されたその武器の意味を知るからこそ、その武器を配った少年達が居ない辺境を絶対に護るのだと意気込んでいるのでしょう。

「暇ならばさっさと書類を作成しなさい、未決裁分の書類が溜《た》まっていますよ」

この冒険者ギルドの裏手には空き地があります。そこは辺境を護り命を落とした冒険者達の葬儀をする場所。ずっと誰かが泣いていた場所。そんな空き地はいつからか人気《ひとけ》も減り、今ではいつのまにか作られていた慰霊碑に花を手向けるだけの静かな場所に変わっていたんです。

誰もが生きて戻ってくる。時には怪我《けが》をし依頼に失敗しても、ちゃんと生きて戻ってきてくれるんです。誰もが生を諦めていた生ける死者達の冒険者と、滅びに抗《あらが》いながら諦めきっていたギルドは今では誰も諦めない生気に満ちた場所へと変貌を遂げていました。

そう、あの日に全てが変わり、気付いた時には全てが終わっていました。

あの少年が黒い髪と黒い目で、ここに現れた日に……気が付いた時はギルドの空気が凍っていました。

その日は数日前に登録した少年少女6人の葬儀を済ませたばかりで、誰もがやるせない憤りを感じたままに何もできない無力さに苛《さいな》まれていた時でした。

亡くなったのはまだ若過ぎる、装備も貧弱な少年少女達。もともと住んでいた村を魔物から護る自警団所属だったらしく、Ｌｖ20を超える有望な子達でした。

依頼で村の周りの魔物を狩っている途中で、魔物の群れに囲まれ嬲《なぶ》り殺しにされた少年と少女達。魔物の群れに気付き、村の人達を護って戦い抜き、そして村人を逃がし最期は武器も壊れ満足な防具も薬品もない少年や少女達は一人また一人と倒れていったそうです。

村は失ったが助かった村人達が、その最期をギルドへ伝えに来てくれて……そして、遺品も亡骸《なきがら》もない葬儀を行った直《す》ぐ後の事でした。

そんな中、ギルド長の友人でも在りギルドで有数の腕を持つオフタさん達が怒りながらやってきてギルド長の部屋に怒鳴り込みました。唖然《あぜん》とするギルドの中に入って来たのが黒髪黒目の少年。数日前にも黒髪黒目の少年４人が登録をしており、黒い髪にも黒い目にも驚きはなかったのですが……その目は怖かった。

少年少女達が無残に死んだばかりなのに、若い少女達を沢山連れたＬｖ９しかない少年を見て叱り付け追い返そうとしたベテラン冒険者が……膝を突き、震え怯《おび》えながら謝る程にその目は恐ろしかった。

あの時の恐怖だけが記憶に焼き付き、何故《なぜ》あれほど怖かったかわからないままに日々が過ぎました。

そうして奇跡のように魔の森が沈静化していく中で、その少年が消え去りました。そう、たった一人で最悪の大迷宮で下層へ落ちたと知らされたのです。

ギルド長も領主様も絶望を堪《こら》えながら、生きているなんて在り得ないと知りながらも奇跡を信じ救助隊を編成しました。人手なんて足りる事のない辺境の戦力を無理矢理集結させて、危険な大迷宮だと言うのに誰一人として依頼を断る者はいませんでした。

　何故なら、少年の仲間は誰一人諦めていませんでした。少女達と少年達が毎日のように大迷宮の階層を踏破し、下層へ助けに行こうとしていた。だから諦めるなんてできなかったのです——誰も知らなかった辺境の恩人を、魔の森の大襲撃を退けたその少年を。

　それからは多忙を極め、やっと資材の確保と冒険者の編成が済み、最初の目的は少女達と少年達のために補給基地《ベースキャンプ》を作る事。最低でも30階を目標に拠点を設置し、下層を目指す補給基地の準備に取り掛かろうとした……その時に、少年は何事も無く迷宮の前に立っていたのです。ただ困ったように笑い、ただいまと言って。

　忽然《こつぜん》と姿を消した少年は、何も無かったかのように変わらない姿で其処《そこ》に現れ、そして大迷宮は死んでいました。

　その意味するところは辺境最大の危険である大迷宮を、たった一人で殺して最下層から這《は》い上がってきた。迷宮殺しとなったその少年の目を見て、あの日何故みんながあれほど恐ろしがったかがようやくわかりました。諦めない——この少年は諦めたりしない。

　だから私は怖かった。その目に映る、諦めた自分の顔が。その諦めを認めない黒い瞳に映される自分の諦観してしまった顔が。

　それからは悪夢のようでした。本当に忙しくて、働いても働いても仕事が増え続ける未曽有の大盛況。ギルドには魔石が堆《うずたか》く積み上げられ、商人達がひっきりなしに買い付けに訪れる毎日。

街を潤沢な治療用の茸《きのこ》と、格安の武具装備が満たし。魔物達は勢いを失ったかのように弱体化していき、滅びへと傾ききっていた天秤《てんびん》が突如として跳ね上がり、ずっと滅亡を指し示していた秤《はかり》が逆転していたのです。

そして突然に貧しかった辺境が豊かになり、店々には商品が満ち溢《あふ》れ、仕事は多過ぎて人手不足で街も辺境も見る見る潤っていく夢のような日々。子供達は楽しそうに笑い、お年寄りは幸せに涙する中で——毎日毎日あれをやりに来ては、迷宮を潰しに行く少年。

神様に祈るには辺境は過酷過ぎました。

魔を滅ぼすには、あまりにも辺境は絶望的でした。

だから、もう夢を見る事も奇跡を信じる事もできなかった辺境が、気が付くと奇跡の中で幸せを撒《ま》き散らされていたのです。

それは後になったから言えるのです。辺境の奇跡だったと。

部外者だから言えるのです、辺境に奇跡が起こったのだと。

当事者には理解すらできないまま世界は色を変え、悲しみの涙は喜びの涙へと変わり……気付いた時は全て手遅れ幸せ《しあわせ》だったのです。

その幸せを奪おうと戦争が巻き起こり、また悲劇が繰り返されようとした時にはもう——辺境に諦める者など、ただの一人もいませんでした。

当たり前です、誰もが諦めればまたあの目で睨《にら》まれるのだと思い知ったのですから。

そう、皆がもう知っていたんです。あの諦めを許さない、あの黒い瞳が大迷宮の底の地獄のような世界を潜《くぐ》り抜けて辺境に奇跡を齎《もたら》したのだと。

そして、その戦争すらも少年に許されませんでした。戦争は辺境に辿《たど》り着く事もできずに少年達によって殺されたのです。そして奇跡だと思っていたものは日常へと変わり、街には次々と新たな奇跡が降り注がれました。そう、それこそが夢のような日々。

そうして忙し過ぎるギルドの仕事に比例して、平和で豊かになっていく街並。そして使われる事の無くなった葬儀の場には、今日も色取り取りの花束が置かれ辺境の平和を死者に伝えています。その慰霊碑に刻まれた銘は「辺境を護りし者」。この平和が訪れるまで辺境を護ってくれた、今は亡き冒険者達へ献花が積まれ続けていく場所。

「大丈夫なんですかね、遥《はるか》さん達」「大丈夫に決まっているでしょう。迷宮や大迷宮の迷宮王にも殺せなかった者が、どうやったら殺されるんですか。無駄な心配です、そんな暇があるならさっさと書類を出しなさい」

誰も彼もが二言目には同じ言葉を繰り返すのですが、一体どうやったらあれが大丈夫じゃなくなると思えるのでしょう。この大陸の災厄を全て封じ込めたと云《い》われる辺境が幸せになった理由は、その全ての災厄を殺して回ったからです。ええ、大丈夫に決まっています。

「そう言いながら何度も何度も掲示板見てますよねー。遥さん達が出かけてから毎日毎日。心配なんですよねー、本当は？」「違います……しかし、どうして少年は冒険者ギルドの依頼が掲示板に貼られると思ってるのでしょうね」

普通ギルドが受諾した依頼は、内容に応じて適任な冒険者へスケジュールを調整して依頼するのがギルドの仕事なのですが……どうして掲示板に貼り出すと思うんでしょう？

委託され、それに応じた者に依頼を出すための冒険者ギルドです。掲示板に貼っていたらギルドは要らないですし、冒険者達だって仕事の奪い合いになりかねないでしょうに。

「あれって一般向けの常設依頼《アルバイト》だから変わりませんよねー、滅多に」

「ですが毎日見に来るんです……毎日毎日ずっと……普通、気が付きますよね」

黒髪の仲間の方達も何も言わないようですし、聞かれないので黙っていますが……あれはギルドの紹介を受けなくても良い、余り物の常設依頼。だから、ずっと掲示してあるんですが、何故だかそれを毎日見に来ては変わっていないと文句を言い出すのを誰もが不思議そうに眺める辺境の街の日常。

今では何となくそれが当たり前の朝の始まりのようで、それが無いとみんなが調子が出ないと言い出す始末。全く変な風習を広めないで欲しいものですが……逆にそのせいで街の人達が常設依頼を出せず、お値段の変更もしづらい雰囲気でずっと変わらないままの掲示。そう、あの奇跡が訪れた日から、ずっと変わらないままの掲示板。

誰も教えていないはずの鷹爪拳の使い手は一体何処から発生したのだろう？

１０８日目　夕方　教国　とある街

　どうやら教会は部隊を集めながら東《こっち》へと展開中だったらしい。つまり王国との戦争の準備が東端《ここ》まで進んでいた……って言う割にはゴタゴタしてるんだけど、ちゃんと兵站《へいたん》整ってるの？

「全く兵站の重要性も理解せず、いまいち金目の物資《もの》が落ちていないんだよ？」

　しょうがなしに悲しい気持ちで、倉庫に落ちてる安っぽい二束三文の剣や鎧《よろい》を拾っていく。今はお馬さんに乗って東部の街々を偵察の旅で、地図を見ながら街を見て回ると此処《ここ》彼処《かしこ》に教会の軍が駐留している。

「シスターっ娘《こ》に教国王女っ娘になってよで、教皇打倒を掲げれば外縁部まで逃げ散ってる他の宗派とかの軍は味方に回るんだろうけど……現状は敵ばっか？」（ポヨポヨ）

　シスターっ娘がお忍び帰省中なのは時間の問題でばれる。既に一戦した以上、賢い者ならばもう気付いているんだろう。うん、聡《さと》い者としては里芋の煮っころがしにしよう、ようやく鰹節《かつおぶし》も有るんだし？

「なんか数だけは多いけど、ただしょぼい魔道具を装備しただけの軍隊って……これで戦争するつもりなのかな？　王国相手に勝ち目が薄すぎると思うんだよ？」（ウンウン、コ

ククク、ポムポム）

数で劣っても今では王国の方が装備は拡充されてるし、そもそも元々のＬｖが高い。ただ、その数だけはいる烏合《うごう》の衆《しゅう》に一人でも滅茶《めちゃ》強い者がいれば戦局は覆る。異世界の戦争は三国志に近く、安易に平均Ｌｖや練度なんてあてにしない方が良いのだろう。だからこそ戦いにくい。勝つ事自体は簡単でも、相手の奥の手で誰かが死ぬかもしれない。

そして教国で戦うには、ここには人質が多過ぎる。だってシスターっ娘からすれば知り合いだらけで、まして教徒も国民もみな人質みたいなものなんだから。そしてシスターっ娘の派閥の教会の人の多くは既に拿捕《だほ》されている、だからせめて落ちてる場所がわかれば拾って帰るんだけど……居ないんだよ？

「これって敵と無関係な教会の人と、見分けってつくのかな？　それに、どれが一般人か服装がわかり難《にく》いんだよ、わかる？」「見分けようと思う、無理です。掛かって来たら、それが敵、です」「逃げたら一般人　向かって来たら敵、です」（プルプル）

それが戦いの原則。ただ実際は教徒ならば教会の指示に従う。そうすると結果として全員が敵になる。そして親玉に限って一般人の格好で逃げる。うん、存外に街が拠点っていうのは面倒そうだ。

「という訳で知らないかなー、えっとシスターっ娘だよ？　ほら、シスターのシスターっ娘。うん、シスターっ娘で王女だけど王女っ娘じゃないシスターっ娘で、名前がなんか在り得ないのかと思ったら在り得るらしいって言うシスターっ娘なんだけど、そのシスター仲間は何処《どこ》なの？　知らないと大鎌でちょん切るぞ……って蟹《かに》さん実は猿より悪者説!?」

「お、お、お前達、なな、な、何者だ。ど、ど、どうやってここへ!?」「ど、ど、ど、ど、どうやってってだＹｏ！ってＨｅｙ、Ｓａｙ！って、ちゃんと扉《ドア》をKnockin'OnしたんだＹｏ？」

フリースタイルに口撃的な神父のおっさんのようだ……ディスられたらどうしよう？

うん、俺って心弱い男子高校生さんだから口撃には爆撃なんだよ？

「わ、わ、私は司教で、ここの教会軍司令官だぞ。き、き、貴様のような者が勝手に立ち入るとは何事だ！」「だって御紹介されて来たんだよ？　うん、一番治安の悪そうな街だったから、こっそり壁を壊して入って来たら女の子を襲ってる兵隊が居たんで、ボコって仲間の居る場所を聞いてみたら酒場って言われて、酒場に行ってみたら酒場の店主に暴行してる兵隊達《たち》が居たんでボコボコにして仲間の居場所聞いてみたら兵舎で、今度は兵舎に行ってみたら女の人攫《さら》って乱暴しようとしてたから乱暴に暴力で聞き出したら今際《いまわ》の際《きわ》にここを教えてくれたんだよ？」

そう、この街は親切設計で、行く先々で兵隊が悪さをしており敵の判別が大変に容易《たやす》かった。そして全部敵だから全部ボコったら最後がここだったんだよ。うん、あまりの治安の悪さに人通りすらないから一般人を巻き込む心配もなく、悪そうな奴《やつ》をみんなボコって回ると、ちゃんと悪い奴を紹介なわかり易《やす》い親切なナビゲーション機能付きな街だった。

「いやー、何せ超絶美人さんが二人も居るから新作のレザードレスを着させて通りを歩かせたら、釣れるも釣れる超爆釣な大釣果に熊みたいなおっさん達が『釣られないくまーっ』て言いながらぼこぼこ釣られてボコられて……うん、もう釣れ過ぎちゃって兵隊さん残ってないかもしれないんだよ？　なんか無人街《ゴーストタウン》みたいになってたし？」

これが教会の軍で、これが教会の教えらしい。

「だから喋《しゃべ》れるうちに喋ってね？　これこそが無数のご愛用者の方々《おっさんたち》のお慶びの声を聴きながら作られた新製品な『真・痒《かゆ》い痒《かゆ》い粉・羯徒毘《かっとび》SP』さんで、ご愛用者の方々《おっさんたち》から生き地獄だったとの声もお寄せられてるから凄《すご》いらしいんだよ？」

声にならない絶叫。どうせ喧《やかま》しいから叫ぼうとした瞬間に置いてあったクッションを無駄口に突っ込んだら悶絶《もんぜつ》してのたうち回り、壁に身体《からだ》を叩《たた》きつけて転がり回りながらも白状しない使えないおっさん。うん、全くクッションなんか食べてるから喋れないんだよ。食い意地の悪いおっさんだな？

そうして見たくもないおっさんの悶《もだ》え回りショーを見せられながら、聞き出せたのは教皇子飼いの教会騎士団がこの一帯を仕切っている本隊という事。十日程前に首都に戻ったというから、もうじき帰って来るんだそうだ。うん、時期的に見てもシスターっ娘達の仲間を連れ去ったのはそいつらが怪しい。

使えない神父のおっさんは泡を吹いて痙攣《けいれん》してるけど、超物凄く運が良かったら発狂だけで済むだろう。うん、責任者だと言うなら、この街の隅に投げ捨てられた幾多の遺体の数の分くらい苦しむのがお仕事なんだよ？　もう、皮膚は醜く腫れ上がり、それを狂ったように掻《か》き毟《むし》って全身が血塗《ちまみ》れでもはや魔物にしか見えない異形な姿で力なく息も絶え絶えに震えている。

「まあ――神に祈ればいいんだよ？」

そう、祈るのが宗教で、神を尊び民を慈しむ教会の神父ならきっと良い夢が見られる事だろう。悪夢の中で苦しみ死ぬのなら、それは自己責任だしほっとこう？

「思いの外に時間が掛かっちゃったし、暗くなってきたから街に戻ろうか？　うん、もう大した落し物も無さそうだし？」（ウンウン、コクコク、ポヨポヨ）

迷宮皇級の3名が誰も残っていないのは本来は不味《まず》い。だけど自らの足で立とうとし、自分達の意思で剣を抜くと決意していた……ここから先に、もう綺麗《きれい》ごとなんて無いのに。

「うん、あんまり女子高生って殺し合いとか覚えない方が良いと思うんだよ？　おばちゃ……例の御年齢になった時が末恐《すえおそ》ろしいんだよ？　怖いな？」（プルプル!?）

だから、ここから先は解放戦線。街を解放していけば人質は減り、家族を人質にされて従わされているだけの兵を巻き込まなくてよくなる。そして、数が逆転すれば兵は勝手に逃げ出していくだろう。だけど、護《まも》るものも増えていくんだよ。

「各街に散らばってゲリラ戦で東部を解放していけば、教会軍は大規模な野戦に持ち込みに来るはずって……案は悪くないんだけど、相手がそんなに直線的に動くかな？　まあ、駄目なら退《ひ》けば良いし、上手《うま》くいくように相手の選択肢を削っていってそうするしか無くなるように追い込んで誘導すれば良いか？」（ポヨポヨ）

教国は広く人口が多い――っていうか王国が小さかった。地図的にはそれなりに広くは在るけど、町や村は僅かで圧倒的に人口が少ない。

そう、魔物の多さに比例して人が死に続ける国だったから、国力が桁違いで兵力は圧倒的に負けているんだけど……教国の兵って弱そうだ？

うん、一般兵では孤児っ子にも勝てないし、おそらくは幼児っ子にもボコられるかも？　だって兵士がLv10って、それ弱いゴブにだって勝てないよね!?

そうして、街に戻って見たものは殴り合い。うん、仲間割れ？

「この世で女の喧嘩《けんか》ほど怖いものはないとも言われているけど、Lv100《オーバー》は更に怖いな？」「「「ふっふっはあぁぁ！　ふっふっはー!!」」」

そう、俺がお巫山戯《ふざけ》で太極拳とシステマを教えてみたら、瞬く間にその動きから理念や真理を見極めてしまった甲冑《かっちゅう》委員長さんと踊りっ娘さん。その指導を受けたのであろう、華麗な技術でありながら、技が……えげつない？

「うん、格闘訓練って白兵戦を選んだの？　技が酷《ひど》いな？」（ポヨポヨ）

しかし、わんもあせっとレヴォリューションは格闘技まで教えてたらしい。太極拳自体もだけど中国拳法とは壊し技で、いかに人体を上手に破壊し戦闘能力を奪う技術。そう、それはもう高度にえげつない。そして、その現代版と言えるのがシステマだ。

「軍隊格闘術として有名だけど近代戦闘用の武術として現代化された人体破壊用の技だけど、その実は技よりも身体の使い方の原理を習得する事に重点が置かれてるんだよ……うん、でもあの呼吸は違うと思うんだよ!!」(プルプル?)

呼吸と脱力《リラックス》に、常時移動と直立姿勢。その4つを基本原則とした現代合理主義的な武術だったりするんだけど、実際は用途《シチュエーション》に応じた型の数だけ無限の種類《バリエーション》がある。もちろん中2時代に研究しただけで、できないんだよ?

「いや、ただ興味本位で目にしてた映像や読んだ本の理論を組み合わせてたら、智慧《ちえ》さんの編纂《へんさん》編纂で異世界戦闘用システマがなんか作られちゃってたんだけど。まあ、ガン・トンファーでガンカタして遊ぼうと思ってやってたら……なんかできちゃったんだよ?」

これが正しいシステマかは怪しいけど、異世界でも人体構造は変わらない。だから当然壊し方は一緒だし、その理念は共通。そして、甲冑委員長さんと踊りっ娘さんが飛び付いて来たという事は、太極拳にせよシステマにせよ迷宮皇の目から見ても戦いに滅茶有効だったという事。だけど、どっちもスポーツではない武術。目潰しも在れば喉を突き、膝を踏み砕き首を圧《へ》し折ろうと競い合うって……女子力がヤバそうだな!

「まあ、全員女子だから良いけど、どっちも金的ありなんだ……怖いな!!」

模擬戦闘が訓練に組み込まれている。それは人質を取られて武器を捨てさせられて、素手で投降する……かのように接近して、拘束しようとするかお触りしようとしてきた瞬間に潰す訓練。そのまま人体を破壊し、その相手の体を盾にして剣よりも近い間合いで一方的に乱戦で殺し捲《まく》れるよう準備された練習。うん、JKの誘拐は実に危険らしい!

そして配布されたセクシーシスター服は、どれもトンファーを始めとした暗器満載の杭打射出装備《パイルバンカー》で格闘戦にも向いている。うん、何せチャイナ並みの、近接戦では危険すぎるセクシースリットさんなんだよ！

「うん、ただただ残念なのは太極拳にせよシステマにせよ、絶え間ない細かな歩法と正しい姿勢を重視するせいでハイキックも無ければ開脚も少ないんだよ。うん、だからスリットさんからムチムチ太腿《ふともも》さんがチラチラしながらも、見えないもどかしさで気になって集中できないという大変に恐ろしい武術のようだ！」（ポヨポヨ!?）

うん、もし敵が全員男子高校生ならば、確実に絶対に倒せるチラリズムの罠《わな》なんだよ？

「うん、ＪＫさん達からお招《おい》きな手招《おいで》きで強制参加が強いられてるんだけど、そのスリットが気になって気になって集中しきれないのに容赦なく金的を狙いに来るって言うか……なんか金的ばかり狙われる男子高校生最大の恐怖のＪＫ拳!?」「「「乙女の太腿はムチムチしてないのよ（泣！）」」」

寸止めと言うには鋭い、鷹爪拳《ようそうけん》の如《ごと》き鷲摑《わしづか》みの金的攻撃の嵐。それは『未来視』で見えてるけど、避《よ》けられてても滅茶怖い！　うん、なんかキュッってなるんだよ！

「って、太極拳もシステマもそんなに金的ばっかり狙わないよね！　うん、そんな金的特化な集中攻撃の武術があったら怖いよ！」「「「ひっひっふうっ、ひっひっふう♪」」」

それは全男性にとって最恐な、怖すぎるＪＫ格闘術だった！　そして練習の主はやはりトンファー。しかもガン・トンファーだから射線を回避しながらのガンカタだ。

超近接戦最強の新体操部っ娘には勝てないとして、図書委員と委員長も……無理で、せめて水泳部コンビのギョギョ裸族っ娘とエルフっ娘にも……もう、勝てないかもしれない？

「うん、バレー部コンビと副委員長達もヤバいな。ビッチーズは格闘戦が苦手って言うより、格闘戦だけが他に劣るだけで充分に強いけど得意ではないだけで……よく考えたら、Ｌｖで負けてると格闘したら無理なんだよ!?」

そして、文化部は図書委員以外は体重と体力の無さが格闘戦で仇《あだ》となってるんだけど、その代わりに暗器を使うのが滅茶巧《うま》い！　うん、シスターっ娘達も暗器組の様だ？

「暗器怖っ！って、特に下半身への鉄爪の鷹爪拳暗器攻撃が超精神攻撃な恐怖体験なんだよ！　あと、鉄鎖術も使うんだったら鎖も作っとくから、重さと長さだけ決めといてね？って言うか踊りっ娘さんに習ったの？」「「「はい、お願いします！」」」

そして、反省会《ミーティング》。内部から白兵戦で乱戦に持ち込み崩壊させて、人質を用いさせないなかなか悪辣な手だった？　うん、キュってなるんだよ！

「わかってても『影鴉《かげがらす》』に引っ掛かっちゃった」「うん、『影分身』と『分身』の使い分けで反応しちゃうよね！」「あれって幻術じゃないんだね？」「使い方ですね、幻術の『分身』の後に、実態の影操作の『影分身』だから微《かす》かに気配を感じて釣られるんで厄介なんです」「あーん、摑めなかった」「でも、他は紙一重で躱《かわ》されるけど、金的《あそこ》は大きく避けてたね！」「大きく……大きいの!?」「いや、結構……兇悪《きようあく》？」「「「きゃ——、触れたの!?」」」

「触れるだけで精一杯だったよ」「「「そこｋｗｓｋ！」」」

ずいぶんと白熱した討論の様だ？　うん、対教会用に幻影を織り交ぜたから、その対応策を検討しているのだろうか……なんか笑顔が怖いな？

女子さん達は充分に強い。強いからこそ、搦《から》め手《て》対策。そう、迷宮とは違い、完全武装の最大戦力よりも油断させて奇策の方が対人戦では有効。だからこそ甲冑と較《くら》べると頼りないけど、非武装に見えるのに危険がいっぱいなエロシスター服こそが有用。

そのために糸単位から魔石粉で繊維をコーティングし、ミスリル鉄線を撚《よ》り込んで、それを魔法陣理論で布地へと編み込んで整形されたエロい魔道鎧《シスター服》。だから心配だけど、並大抵ではやられる事はないはず。

「うん、一応念のために裏地は極薄ながらもミスリル化で補強してある鎖編みだし？」

そして見た目だけなら全員美女ばかりだから、きっと教会軍もあっけなく引っ掛かるだろう——そう、あのエロティックシスター達ならば、たとえ看板に「ぼったくりバー」って書いてあったとしても毎日常連さんが大入り満員で引っ掛かりに来る事だろう。うん、だってスリットがエロいんだよ！　そのお店は、何処だろう!!

女子の永久たる無間の輪廻には終わりは無いようだ。

108日目　夜　教国　街

泣きながら里芋の煮っころがしと川魚の佃煮《つくだに》を頰張り、お味噌汁《みそしる》と照り焼きチキンを食べて……Re: コロコロ?

「苦しぃー（泣）」「でも、美味《おい》しい（泣）」「あーん、懐かしいよー（泣）」「お腹《なか》痛い、でも美味しい」「私、和食ってあんまり好きじゃなかったのに……なんでこんなに美味しいんだろう」「って、なんで苦しいのにお代わりしちゃったの、私!?」

里芋の煮っころがしに哀愁を覚えつつ、お腹が苦しいのにお代わりする本能に逆らえずに今は開き直って豚汁まで食べている？　うん、もうみんなが卵な倶楽部状態なんだけど何処《どこ》まで育つんだろう?

「お母さんの味……より美味しいんだけど?」「ううぅ、懐かしさよりも……美味しい!?」「うん、マジ美味しいよ!」「もう、この料理は並大抵の料亭ですら無理ですね。お母さんの料理がこれより美味しかったなら、そのお母さんは一流料亭から引き抜かれますよ」

まだ、入るらしい!?　どう見てもお腹は物理的に限界に近そうだけれど、これってLv100を超えた補正力で持ち堪《こた》えているのだろうか?

「「「晩御飯は抜こうと思ってたのにー!　もう、遥《はるか》君のせいだからね、お代わり!!」」」

味噌と醤油《しょうゆ》にソースを合わせて味を調えた味噌ダレの美味しさに、朝からサンドイッチを食べ過ぎたはず。なのに果敢に燦然《さんぜん》とポッコリのまま夜もお代わりで完食って……うん、お腹は産前のようだ？

そして、女子さん達《たち》は剣技の訓練《わんもあせっと》の準備を始め、熱血にポッコリ消費《カロリー》でポッコリ《カロリー》を燃やし尽くしてからお風呂で絞るらしい。うん、でもきっと燃やし尽くせぬ熱き血潮《カロリー》だろう……サウナを増設しておこうかな？

幾人かのシスターさんと修道士達はこの街の出身らしく、それぞれ家に帰っていった。しかしナイフ舐《な》めながら家に帰して良かったんだろうか。うん、帰り道で転んだらベロが危なそうだな!?

「よし、お風呂だー！って言うか勝手に作ったんだけど、やっぱお風呂は大事なんだよ。うん、神《じじい》なんかを祭る場所よりお風呂の設置だよね？」（プルプル♪）

だが、MPの無駄遣いはできない。俺のMPを満タンにするのは1晩あればギリ足りるようだけど、膨大な許容量《キャパシティ》を誇るアイテム袋の魔力バッテリーは簡単には貯《た》まらない。だから節約して一日過ごしてみても、容量は半分も貯まっていなかった。うん、魔石《バッテリー》入れすぎなのかも？

「アイテム袋って中身が高級魔石の山だから、魔力バッテリーの総量はMP的に数万じゃきかないんだろうけど……下手すると数十万なのかも？　うん、獣人国の長城って長かったし、あれってどんだけMP必要だったんだろうね？」（ポヨポヨ）

普通は家一軒すら個人では無理らしいけど、でもあれはプレハブ工法や木造枠組壁工法《2×4》を知らないからという知識部分の問題が大きいはず。うん、1つずつ個別に作って組み上げていく物と、規格化し手順を一括された組立工法では手間も難易度もMP消費も桁違いだろう。そして、智慧《ちえ》さんに制御された同時並行作業による簡易化と効率化の差——そう、智慧さんって何気に結構な効率厨《めんどくさがりや》なんだよ？

「知恵だと自慢するくらいにしか役に立たない無駄なもので、そもそも存在が誤字ってるんだよ？　智《さとり》、真実を見極める力が『智慧』で、慧《けい》は仏教語で物事の真実の姿を見極める力っていう意味で……うん、智《さとり》って恵まれないよね？」（ポヨポヨ）

　そして、見たものを解析自在な羅神眼と、その膨大過ぎる情報を演算できる智慧さんの組み合わせだからこその内職チート。

「うん、実は俺ってただアイテム袋とスキルを持ってるだけだったりするんだよ？」

　だから足りない知識は聞いて回る。大体の世の中の大概の事は図書委員に聞けばわかるし、真っ当な世の中では有り得ない非常識か特殊な知識はオタ達が知っている。

　だから情報を集めて思索する。錯綜《さくそう》する思考の迷路を罷《まか》り通れるように、理路整然と可能性を組み上げ組み立て直す。直近の課題は防御でスキル無効化は防御スキルを無効化し得る能力《スキル》だから、そうなると残るのは物理。そう、布をどこまでも効果《スキル》強化しても、無効化されればただの布になる。

「うーん、第一世代のパラ系アラミド繊維によるケブラー繊維すら作れない現状で、魔石粉でコーティングした撚《よ》り糸《いと》で編み込んだ異世界版なんちゃってケブラー繊維を作りだすには無限な編み込みを全て演算しないと……うーん？」（プルプル）

繊維と生地で答えが出せないと、布による強化は限界に近い。だけど防弾や防刃の繊維があった以上は、再現は可能なはずなんだよ？　うん、でも手芸部っ娘《こ》なのにケブラー編みまでは知らないらしい？

「単純に撚り糸のミスリル鉄線を増やすと重く硬くなっちゃうし、生地が硬いと引き攣《つ》りで動きの阻害にも繋《つな》がるんだよ。なにより肢体にぴったりと張り付いた素敵なストレッチ感がなくなってしまうから却下だな？」（ポヨポヨ）

発想の転換が求められている――無効化って何だろう？　それがわかれば無効化できる。そして、わかっては無いけど、それをノリでやった事はある。

うん、やってみたらできた。ならば、できるのだし、できるのなら作れるはず……全く、内職とは奥が深すぎて限りが無いものらしい？

「中和か破壊かわからないけど、効果《スキル》に干渉してるなら……干渉を拒絶する効果《スキル》も無効化ってなると無効化の無効化は有効なのかな？」（ポヨポヨ？）

その違和感に合致する事例は、辺境の武具は強い事。つまり鉱石や金属に抵抗力が在るとするならば、それは純粋な魔力の含有量。

「だとすると、１００％辺境製とかＭａｄｅ Ｉｎ辺境でブランドが作れそうだな？」

高純度な魔力の結晶が魔石。つまりは単純に魔石量の多い装備が作れれば解決で、実際に今も甲冑《かっちゅう》の表面の複合魔石粉コーティング層は高純度の魔石を結晶化させ直したもの。

「あれを服にすれば解決？　なのかな？」

成功すれば画期的。性能は飛躍的に上がるけど、そうすると旧製品が全部要改装な大規模内職が必要になる程に新旧で性能差が出てしまう。

「でも、魔石ベースなら魔力で硬化も可能、で繊維に練り込んで表面を硬化させて作れるインナー……って、ブラ？って、そこだけ護《まも》ってどうするの！　いや、確かに見守りたいくらい大事だけど……うん、大事だな？」（ポヨポヨ）

ドレスアーマーは以前から提案はあった。もちろんオタからだ。

「ちゃんと無駄話も聞いとけば良かった……でも、ウザかったし？　うん、ドヤ顔が？」

魔石を練り込んで繊維にして、編み込んで生地にしていくがゴワゴワだ。だから今の技術では表面部位にしか使えないけど、逆に形は崩れない成形加工。

「だから舞踏会のドレスが異常に高性能だったんだよ。うん、あの型が崩れないように芯地素材を大量に使ったのと、硬いウエストニッパーなコルセットで偶然にも魔石純度が高くなったんだよ……道理で甲冑並みの効果《スキル》強度だと思ったよ？　うん、滅茶《めちゃ》魔石が減ってたし？」（プルプル）

新たな設計計画を練りながらお風呂から上がると、そこにはダンスエクササイズが健康的に始まっていて何と恐るべき事にもうお腹がくびれている！　あれだけの過剰な栄養分《ぽっこり》を燃やし尽くしたらしく、ビキニタイプのセパレートトレオタードに着替えてるからお腹を出しても大丈夫だと判断したんだろう！

「わ、わんもあせっと恐るべし！って、キツ顔の美人女騎士さんも初参加で悪戦苦闘中のようだけど……でも、なんでブルマ？」「「わんもあせっと、わんもあせっと！」」

　さて、レオタードをずっと見ていると世間体と好感度と男子高校生にヤバい。

「うん、お部屋に帰ろう！　こんな事もあろうかと、ちゃんと教会を勝手に建て増しして全員分の部屋を作ってあるんだよ？　うん、こっそりと？」（ポヨポヨ）

　戦略会議は女子会でやるらしいし、エアロビクスが始まってたからまだまだ掛かりそうな雰囲気《ムチムチ》だし？　うん、あの有酸素運動と無酸素運動を交互にこなすハードなわんもあせっとを数時間ぶっ通せるって……1日中でも戦争できそうだな？

「うん、滅茶兵糧攻めに弱そうだから、御飯だけはたっぷり用意しよう！」（プルプル）

　そう、ずっと終わらない輪廻《OneMoreSet》——だって最後にサウナに入るからと言ってアイスをいっぱい買って行ったんだよ？　うん、永久《わんもあせっと》たる無間の輪廻には終わりは無いようだな？

「戦略かー……」（ポヨポヨ）

　教国は魔素が薄い。だから聖地なのかも知れないけど、それは不利。圧倒的に異世界的に強い者が不利になり、数の多い者が有利になる嫌な図式だ。

　何せＬｖが高くて強くても魔力の補充が間に合わなければＭＰが枯渇する。そうすれば満足に動けなくなるから、スキルを抑えて戦わざるを得ない……うん、基礎体力勝負？

「やっぱり女子さん達は残して、莫迦《ばか》達でも連れて来るべきだったかな……うん、あいつら殴り回るだけで、スキルが有っても無くってもお構いなしだし？って言うか莫迦だからＭＰ枯渇で意識が朦朧《もうろう》としてもしなくても莫迦なんだよ？」（ポヨポヨ）

うん、直感と無意識で戦ってる条件反射生物だから、ある意味最適だったかも？

「まあ、オタ達だったら全く役に立たなかったな？　うん、あいつ等《ら》って完全にスキルだけで戦うスキル頼りの超駄目オタ《スペシャリスト》だし……ＭＰないと究極に無駄《オタ》なんだよ？」（プルプル）

しかし、内職にＭＰ制限が付くと、設計や試案ばかりで楽しくない。思い付きで試作を繰り返すのが醍醐味《だいごみ》なのに、試作すら作れないと情報不足だしストレスだ。

それでも演算で累積された情報の集計を精査し、多種多様な構想と関連付けながら再編していくと新たなアイデアや見逃していた可能性がいくつも見つかってくる。

「片っ端から超高速の試行錯誤《トライ＆エラー》試験試作しちゃう弊害で、たまには深く追究した演算による探究も必要だったかも……うん、ビスチェも有りだな！」（ポヨポヨ!!）

構造さえ計算式にできれば、後は如何《いか》に硬い生地で可動を妨げない作りかの模索。

「うん、でもボンデージドレスとか渡すと、委員長様にしばかれそうだ！」（プルプル）

ある方面では御褒美なんだろうけど、異世界では殺戮《さつりく》間違いなしなんだよ？　うん、でも結構いい感じだな……試作ボンデージドレス？　うん、できちゃった？

そうこうしていると、お風呂上がりでほんのりと桜色の甲冑委員長さんと踊りっ娘さんが浴衣姿で帰ってきた。

「「ただいま戻りました」」「くっ、連敗を喫し今夜こそ復讐戦《ふくしゅうせん》だって言うのに、ＭＰに制限が!?　でも、薄い浴衣がしっとりと肌に張り付いて、透けそうな程に肉体の曲線美を艶《なま》めかしく引き立てて……こ、これは罠《わな》だ！」

下着を着けないままの生肌が僅かに濡《ぬ》れた薄地を張り付かせて、微《かす》かに肌を透けさせる旅館用の浴衣という最終兵器。そんな凶器を着てくるとか絶対に罠だ！

「ちょ、これが罠じゃなかったら、このわなわなと戦慄《わなな》く魅惑の誘惑の肢体美は何だと言うのだー……みたいな!?」

ポニーテールの甲冑委員長さんと、夜会巻きでアップにした踊りっ娘さんの細く伸びた項《うなじ》の魅了攻撃！　そこから目を背けると今度は浴衣の浅い合わせ目の隙間からくっきりと谷間が覗《のぞ》く。その合わせ目を押し広げるかのように暴力的な丸みが薄い生地を張り付かせ、押し上げるように揺れる恐るべき魅惑攻撃！　そう、まさに暴力。これこそが暴力。だって、暴れ出さんばかりの張力で持ち上げられ突き出されて、薄い布地に押し包まれ弾《はじ》ける兇悪《きょうあく》さがヤバいんだよ！

そう、一方的に悩殺されたままの交渉により、MP節約のために装備は解除、魔力は内部循環のみと制限した肉弾戦？

「うん、肉体に見惚《みと》れて騙《だま》されて契約が成立しちゃったけど、公平な条件って最初から2対1で条件一緒って反則じゃん！」（ニコニコ）（ニヤニヤ）

しかも、罠はそれだけではなかった。湿って張り付き透ける浴衣に騙されたが、それすらも奸計《かんけい》！　そう、お風呂上がりで湿ってるのかと見せかけて、実はぬるぬるボディーローションさんが塗布された危険なヌルヌルボディーさんだったんだよ！

「って、滑って捕まえられない！」「ボディーローションは無敵、です！」

しかも浴衣が開けると肌《はだ》がてらてらと輝き、裾が乱れるとぬらぬらと濡れた脚が絡み付く。そう、卑劣極まりない罠だけど、作って良かったと自画自賛の素晴らしさ。そう、きっと男子高校生の夢と希望は異世界の大迷宮の底に在るんだよ！

「うん、この魅惑のエロ姿を見たら異世界に男子高校生大量転移間違いなしで、瞬く間に異世界中の大迷宮が滅び去りそうだ!?」

魅惑の肉感をぬらぬらと抑え込み、ようやく甲冑委員長さんを対面で押さえ込む。そう、密着していれば背後から圧《お》し掛かる踊りっ娘さんもむにゅむにゅ攻撃しかできない。

Ｌｖ25の壁を超えた『性王』の力で、一気呵成《いっきかせい》の万夫不当に怒濤《どとう》の如《ごと》く侵略し、縦横無尽に男子高校生の連撃の嵐が吹き荒《すさ》ぶ。完全に白目《ダウン》するまで攻め立ててから、背後《バック》から羽交い締めしている踊りっ娘さんに肩固めに行くと見せかけて身を翻し一瞬の隙を突く。そう、仏壇返《ぶつだんがえ》しで動きを止めて仰《の》け反っている間に燕返《つばめがえ》しの落とし込み烈火の如く攻め立てる疾《はや》きこと啄木鳥《きつつき》の如く！

途中、御所車《ごしょぐるま》に持ち込まれ苦戦はあったけど、抱え込んでからの獅子舞《ししまい》で雌雄は決した。うん、滅茶白目《めちゃダウン》だ？

そしてゆらりと復活し、美しい白い裸身を起こす甲冑委員長さんへと果敢に挑みかかる！　うん、肉弾戦でも戦えるようだ。そう、なんと智慧さんは記憶域のグレイシー柔術

ｗｉｔｈ48の必殺技まで解析し、分析済みで寝技もばっちりなんだよ……まあ、すぐ覚え返されて、やり返されるから今晩はたっぷりと48の必殺技を喰《く》らってもらおう。そう、男子高校生の夜は長いんだよ!!

男子高校生には無限の可能性が秘められているが赤ちゃんプレイはない！

109日目　朝　教国　街

今日は朝御飯禁止らしい。って言うか、俺は朝御飯は作るなという事らしい？

「うん、自分達《たち》が食べ過ぎてお代わりしてたのに……サービスで厭《あ》きないように毎回カツサンドのタレも替えてあげてたのに、俺の心優しい配慮は通じなかったようだ？」「「「それが原因で軽い朝食なのよ（泣）」」」「うん、あれは美味《おい》しすぎて止まらないのよ!!」「そして、なんで朝から最大戦力二人がげっそりしちゃってるの!?」「うん、なんで敵地で疲れ果てるまで頑張っちゃうの？　どうしてアンジェリカさん達がセクシー衣装で部屋に戻ると、迷わず肉弾戦《プロレス》が始まっちゃうのよ!!」

いや、俺もげっそりなんだよ？　そう、まさかあの短時間でグレイシー柔術の技を盗み返されて、論理的《ロジカル》な返し技で2対1の不利なまま固められて弄《なぶ》られ押さえ込まれて舐《ねぶ》られて男子高校生さんが大惨事だった。そう、性王さんがＬｖ25を超え強化されたけど、よく考えたら迷宮皇さん達もLv50を超えて絶好調だったんだよ！　辛《つら》く厳しく大変に気持ちいい戦いだった。そうして朝が来て時間切れで……早く太陽沈まないかなー？　スキルとかで太陽を割れないものだろうか？

「いや、女子さん達の格闘教官さんでもあるんだから、ちゃんと寝技もこってりしっぽりねっちょりと教えておかないと不備があったら不味《まず》いじゃん？　うん、弛《たゆ》まぬ日々の精進こそが健全な肉体を作り健全な精神が宿るんだよ？　疲れたな？」「「「格闘戦の指導官さん達にこってりしっぽりねっちょりな寝技を仕込まないで！」」」「うん、それ絶対に戦闘で使えないやつだよね！」「寧《むし》ろ、どうしてアレで健全な精神が宿ると思ってるんでしょう」「だけど、組み合いになればあの関節技は有効？」「確かに人体の可動部位を理詰めで壊していくって凄《すご》いよねー？」「でも、組んじゃ駄目だよ」「うん、移動しながら組ませないのが基本ですね」「「「うん、でも習う！」」」

格闘技を戦闘で使わずに何に使う気なんだろう、解せぬな？　でも戦闘中の寝技は危険で、1対1の状況《シチュエーション》なら驚異的強さでも敵が多数のいる戦場では危険極まりない。そう、2対1ってズルいよ!?

だから確かに組ませない。システマでも太極拳でも関節技は多岐に亘《わた》るけど、基本立ち関節からの瞬間破壊。もしくは関節を極《き》める事で相手の身体《からだ》を制御《コントロール》して盾として操る操作技。対して寝技は体重と身体で押さえ付ける密着までが技に含まれ、しかもぬるぬるローションさんだったから激戦だったんだよ！　そう、ぬるぬると極められない魅惑のむにゅんむにゅんが素晴らしく、苦戦を堪能した熱戦だった……うん、爽やかな朝だったよ！

そして朝食を済ませて街を出る。俺と甲冑《かっちゅう》委員長さんとスライムさんに踊りっ娘《こ》さんで、お馬さんに乗って周辺の街や村を偵察。昨日の街はわかり易《やす》かったけど、他の街の多くは軍を受け入れており良好な関係で手を出し辛い。誰が敵かわからないと街ごと敵に回す危険があって下手に手が出せないし、だからこっそりと金目の物を拾うだけに……でも、どうも教会軍の倉庫には、あまり良い物は落ちていないんだよ？

街を得て動きは一気に制限された。しかし、連絡を絶って1日で軍が来るって早過ぎる……うん、やはりこの街って囮《おとり》だった。

そう、お馬さんに乗って偵察をして回り、帰ってきたら大軍が街に進攻していたので後ろから付いて来てたんだけど……やっぱ、人質連れで来ていた。

「で、やっぱり引っ掛かってると？」「アリアンナ……委員長さん達も出ました。囲まれています」「知らない気配　確保してます。人質に釣られました」

シスターっ娘はここに戻る。ならば罠《わな》くらい用意するだろう。人質が居れば逃げられなくって、そして教国なんてシスターっ娘にとっては人質だらけだ。

「えっと、交渉だって言われてシスターっ娘達が誘い出されて、慌てて女子さん達が護衛に付いて一気に人質を奪還？　うん、罠だな？」「はい、誘われました」「あれでは奪還した人質、護《まも》るので動けない」

奪還までの神速の速攻は見事だったけど、人質を助けた事で身動きが取れないまま囲まれる。そうして完全に包囲され、人質さんを防御で動けなくなったと？

「敵数は5千は居るね？」「完全に狙っていました」「委員長もわかってた……我慢、できなかった」

人質さんを護るのに防御陣が崩せないから攻めに出れない。だけど、敵も委員長さん達が強過ぎて攻めきれない千日手。動けないのを良い事に、休ませず矢と魔法を撃ち込む教会軍の攻撃が続く。そう、完全に嵌《は》められてるんだよ？

「うん、疲弊を狙って持久戦なのかもしれないけど、もう後ろの輜重《しちょうたい》隊は食料持ってないのにねえ？　うん、荷馬車の上に落ちてた食料《おとしもの》は全部拾っちゃったんだよ？」「あれ、絶対落とし物じゃありませんでした!!」

だが精神的に囲まれた方は圧倒的に不利。その重圧《プレッシャー》に長時間緊張状態が強いられると、精神を削られ思考力が奪われていく。だけど、動けない。その、もう一つの原因は『反射』装備の盾。

「人質を取り返した事で攻撃の手立てを失っちゃったんであって……今日は食べ過ぎて動けてないとかじゃないよね？　うん、持久戦より兵糧攻めに弱そうだった？」

そう、5千の軍でも、あの程度なら人質が居なければ余裕で勝てる。きっと、食べ過ぎでも簡単に勝てるだろう。

「全員、シスター服のお腹《なか》部分もスッキリしてるし、あの程度ならば力業だけで押し切れるのにねえ?」「絶対護ります、たとえ不利でも、です」

数で押されても、Lvも装備の差も残酷なまでに圧倒的。

「って言うかLv10とかが教国軍の一般兵って、あれって辺境だと子供にも負けるよね?」

(ウンウン、コクコク、ポヨポヨ)

だけど助け出した、護るべき人質さん達は脆《もろ》い。人はあっけなく死ぬ、だから万が一を恐れて防御重視で攻めに転じれない膠着《こうちゃく》状態。

「魔法で結界まで張ってるし、あれって毒とか撒《ま》かれてるんだろうね? うん、委員長さん達にならば効くはずもない毒でも、人質さん達だと命に関わるんだよ?」

そうして、MPまで消費されていく。まあ、常在戦場の心構えで、持久戦なら食い溜《だ》めしている女子さん達は無双だ。うん、朝は軽くって言うからお味噌汁《みそしる》だけ出したら、お味噌恐るべしっていう凄《すさ》まじい食べっぷりな味噌焼きの催促だったんだよ!

「助けますか」「任せる、約束しました……でも、見てるだけ?」

でも、この二人も女子さん達に負けずに食べてたのにお腹はすっきりほっそりで、お胸はグローバル。そう、きっとお胸には夢とか希望とか男子高校生の浪漫《ろまん》とかがポヨンポヨンと詰まっているのだろう……うん、御飯はどこに行ったんだろう?

「面倒です　暇、退屈です」「そう、乱入したら即お昼御飯、です」

砂塵《さじん》の隙間から、羅神眼の千里眼で状況を確認する……がっちりと護られている奪還された人質は女性ばかり。おそらくは攫《さら》われていたシスターさん達なのだろう。衰弱しているのか、乱暴されて服を破られたシスターさん達が力なく座り込み動かせない。そして、シスターっ娘が泣きながら女性達の涙と汚れを拭いている。
「見えました。殺しましょう、約束……あれは嘘《うそ》だ、です」「あれはただの塵《ゴミ》、掃除は約束外。息させるだけ、空気が汚れ、ます」（ポヨポヨ）
オコだな。甲冑委員長さんと踊りっ娘さんに、スライムさんまでもがオコだ？　敵は数だけとは言え……5千？
「よし、我に秘策あり！　包囲している教会軍を包囲殲滅《せんめつ》戦だ！」「「な、なんだってー（棒）」」（ポ、ポヨポヨー（棒））
習ったの？　うん、でもそれ最後に吃驚《びっくり》マークが必須で、棒読みだと駄目なんだよ……だって吃驚してないよね？　うん、皆殺しは包囲殲滅が基本なんだよ？

109日目　朝　教国　街

自分達は戦える。そう言い切って、遥《はるか》君達を別動隊としておきながら……この為体《ていたらく》。だけど無理、女として無理だったの。

眼前で見せ付けるように服を破かれ、兵士達に犯されそうになったシスターさん達を見過ごすなんて、既に襤褸襤褸《ぼろぼろ》の修道服で痣《あざ》と傷だらけの身体で泣き崩れている女性《ひと》達を見捨てるなんて絶対にできなかった。そう、罠だとわかっていても許せなかった。

それが悪手でも、あそこで助けないなんて酷過《ひどす》ぎるから。突然連行されて乱暴され憔悴《しょうすい》しきったシスターさん達。それが目の前で暴力を受け、犯されそうになって抵抗しては殴られる姿……それを見捨てるなんて、どうしてもできなかった。

そうして囲まれて、罠に嵌まって動けない愚の骨頂。うん、笑いたければ笑えば良い。見え見えの罠に掛かり、包囲され進退が極まった愚かさを嘲《あざけ》れば良い。

そう、この攫《さら》われ乱暴され掛かって、傷つき恐怖で襤褸襤褸の女性《ひと》達を見捨てれば簡単に勝てた。助けられる可能性だって充分に在った。

だけどね――あんな場所で慰み者にされようとしている女達《ひと》を見捨てれば命が助かったって、心はもう助からない。あんな惨《むご》い目に遭っていて、誰からも見捨てられる絶望なんてさせたくはなかった。それが無茶で無謀でも、あそこで手を差し伸べなきゃ女じゃない！　許せない、だから一人だって許す気はない……だけど、今はこの女達《ひと》を護る。

「魔法でなら反撃できます」「駄目、防御に集中でMP温存して！」

結局私達は全然駄目だった。Lvが上がって強くなっただけで、駄目なのはそのままだったよ。

「でも、このままだとジリ貧だよ!?」「ううぅ、毒さえ浄化できれば」

異世界で生きる術《すべ》を知らずに小田《おだ》君達に頼り、その小田君達を助けられずに自分達だけになって……そして、自分達も小田君達のようにできなきゃって意地を張って、でも何にもできなかった。

「ア、アリアンナ様……」「大丈夫です、もう大丈夫ですからね」

遥君に助けられて、遥君に甘やかされて、そんな遥君が死にに行けば慌てて強くなろうとして、結局また何もかもが無駄で何もできなくて。

「必ず護ります」「「「うん、任せて！」」」

遥君の心が傷ついているのを知り、身体が壊れている事に気付いて、また慌てて護ろうと強さを目指したのに……また、できなかった。

遥君に、これ以上誰かを殺させたくなんてなかったのに……馬鹿だな私達って。

愚かだな私達って。きっと何処《どこ》かで見ている遥君も馬鹿だなって笑ってるよね？　うん、呆《あき》れてるかも知れない。愛想は……尽かされてないと良いな。

「ごめんね、遥君」

また駄目で何にもできなかった私達だけどね、この女《ひと》達は絶対に見捨てられないの。そして、絶対に許しておけない――だからね。

「ごめん、遥君。助けてもらえるかな……私達はまた何もできなかったよ」

そう、声に出して言う。叫ぶ訳でもなく、ただ語る。だって視《み》てるんでしょ？　私達の駄目さと私達の無能さと、私達の愚かさを。

「いや、ちゃんと護れたじゃん？　うん、ちゃんと助けたじゃん？　できる事だけできれば良いんだよ？　だって、俺は護るのは無理だけど、殺すのは超得意なんだよ？　だって……全部おっさんだし？」

声だけが届く。遥君の声で、遥君の言葉が。これは多分ヒュドラさんでやって遊んでいた、振動魔法による音波操作。そして——うん、終わったの。

私達を遠巻きに取り囲み、卑劣な言葉でまだこの女性達《ひと》を脅《おび》し怯えさせる下衆《げす》達の声は途切れた。私達に猥褻《わいせつ》な言葉で挑発し、恫喝《どうかつ》している怒声は終《お》焉《わ》った。

もう、何を言おうと何をしようと、万が一に今更悔い改めようと終わっている。だから、もうあなた達は過去形。終わってるんだから……せめて静かに終わってね？

「敵の倍の兵力が在れば二手で挟め、だが包囲には十倍の兵力が必要だったっけ？」「そして包囲殲滅よりも、退路を作って壊走させ後方から追撃の方が容易《たやす》い。兵法の言葉ですね」「あぁー、小田君達が教えてくれた戦い方だね？」

そう、そして遥君は——「異世界で1＋1が2だと思う奴《やつ》は馬鹿だ」と言っていた。

「百頭の獅子《しし》を従える羊より、百頭の羊を従えた獅子の方が強いらしいけど？」「うん、だったら5千の屑《クズ》を従えただけの塵《ゴミ》は——最強の3人を従えた災厄の王に囲まれたらどうするんだろうね？」

だから、もう終わっている。包囲陣、それは誰一人逃がさないための布陣。私達を囲み、周囲一帯を覆う大軍をたった4人で囲んでいるの。兵法——何それ美味しいの？

きっと襤褸襤褸のシスターさん達を見て怒っている。殴られて、顔を腫らしたシスターさん達の悲しみに、莫大《ばくだい》なぼったくり利息を加算して怒っている。

だって、ただ殺す気ならば一瞬。あの4人なら赤子の手を抓《つね》るより容易い……って言うか、あの4人には赤ちゃんの手を抓る方がかなりの難事業だろう。でもね、敵を殺し尽くすのなんて息をするより容易なの？

「理解できないかー」「まあ、囲まれたとすら思わないよね……4人って」「「「うん、1体はスライムさんだし？」」」

ゆっくりとゆっくりと歩いて来る。挑む者も待ち構える者も無造作に斬り払いながら、がらがらの包囲を狭めて征く。きっと、たった4人に包囲されているだなんて思いもしていないんだろう。もう、逃げ場すらないとも知らず、挑んでは斬り払われ、歩みを止める事もできずに押されて往く5千の愚衆《ぐしゅう》。

怒声は悲鳴に変わり、罵倒は命乞いへと変わる。変わらないのは煩《うるさ》い声と、積み重なって逝く骸《むくろ》の静寂だけ。

「とにかく治療を！」「「「了解《ヤー》！」」」

たったの4人だからと、回り込んで背後から取り囲もうとしても叶《かな》わない。もうその4人に包囲された以上、後ろを取る事も逃げる事もできないの。

だって、その4人はこの世界で一番怖い人達。優しくて照れ屋で恥ずかしがり屋で、不器用な似た者同士な4人組だけどね……4人とも決して怒らせてはならない絶対者達。

だから、終わってるの。だって、怒ってるから。そう、怒らせてしまったの——辺境の災厄さえも滅ぼす大災厄《ディザスター》さん達を。

「殺せ、何をしている！」「巫山戯《ふざけ》ているのか、囲んでしまえ!!」

悲鳴、絶叫、哀願、怒号。たったの4人だと侮った千の塵《ゴミ》が塵《ちり》へと変わる。

「ぐわあああっ」「な、なんで……がっ」「ひいいっ、やめろ！　やめろおおおっ!!」

狂乱、恐慌、恐怖。危険に気付いて慌てて囲もうとしても手遅れで、千の屑《くず》が億を超える肉片に変わり血を撒き散らせる。

「ば、化け物!!」「た、助けてく……がはあっ！」

驚愕《きょうがく》、狂騒、そして絶望。そうして、ようやく理解する。自分達が囲まれているのだと。私達を囲んで狩っている気だったのに、たった4人に囲まれて自らが狩られる側になっていたのだと。

残る3千が軍勢となって、慌てて圧《お》し包もうと突進して千の首が転がり落ちて転げ回る――残るは2千。

弱い女を捕らえ、犯そうとする時だけは随分と威勢が良かったのに。自分達が狩られ殺されるとなれば、憐《あわ》れに怯えて喚《わめ》き交渉を求め哀願まで始める始末。泣き叫び、命乞いをし、無視されると非難する。人殺しだと、許されないと……自分達のした事すら忘れ、断罪するかのように神の名で正論を並べ、自己擁護しながら斬り殺される醜悪な千の塵屑が無意味な声と共に消え去る――残りは千。

千の兵ならば、まだ大集団。一斉に動けば地鳴りを上げる圧倒的な暴力。だけど、もう泣き叫び逃げ惑うしかできない有象無象は、目の前の恐怖に心を壊され涙と鼻水を垂らし命乞いする見るも哀れな憐れむ価値すらない塵。

「自分の価値すら捨ててしまったのにねえ？」「ええ、彼女達がやめてと言った時にやめずに笑い、助けてと泣くのを助けずに面白がっていたのですから」

そう、許してと泣く彼女達を凌辱《りょうじょく》しようとした塵《ゴミ》に価値なんて残っているはずもない。自らの命の価値を捨てたのだから……もう命乞いする資格もないの。

「やめてくれ……っぎゃあああっ！」「か、神よお助けを……ひっ、ひいいいっ!!」

囲みと呼ぶには少数。包囲と呼ぶにはガラ空き。そんな隙間を目指して逃げ出そうと一斉に駆け出す。だけど、包囲を抜けたと思う間もなく地を這《は》う鎖に脚を捥《も》がれ、不可視の魔糸に首を落とされる。包囲網、そこはもう空間ごと斬り裂く無尽の剣閃《けんせん》の中なの。

そして地中に沈み、粘体に生きたまま貪り食われる。宙は死神の大鎌が舞い、命を刈り取り死を告げていく。だって包囲殲滅にはたった十倍以上の兵力差が在ればいい。兵数は5千対4でも、手数は5万どころか無尽蔵。その力の差は無限よりもまだ遠いんだから。

そして、大鎌を携えて、屍《しかばね》だらけの静寂の中を黒い影が歩いて来る。囚《とら》われていた女性《ひと》達の元へ無言で向かい、膝を突き一人一人の顔を覗《のぞ》き込みながら何かを呟《つぶや》く。

すると悲痛に怯えた顔は和らいで、みんな夢見るように眠っていく。その身体を、顔を、髪を触手さん達が洗い清めて、採寸して下着と服を紡ぎ着せ付けていく。うん、まるで何事もなかったように、何もかもが悪い夢だったかのように身綺麗《みぎれい》に清潔な服を着た無垢《むく》な寝顔の女性達が静かに横たわる。

見た事がない遥君の目の輝き。妖しい金色の瞬く瞳。あれは遥君が一度も使わなかった羅神眼の『瞳術』なんだろう。人の心を操る魔眼、きっと目を覚ませば悪い夢が消えて終わっている。だって、こんなにも安らいだ寝顔なんだから。
何も無かった。目撃者はたったの5千数十人、私達は語らないし、5千の屍は語る事なく生涯が終わった……修道士さん達は街の門を護ってる。つまりシスターさん達の半裸姿を見ちゃった悪者は遥君だけなんだね！
「ありがとう、遥君。ごめんね……私達はやっぱり駄目だったよ」「えっ、ちゃんとできてたよ？　うん、できる事はちゃんとやって、ちゃんと呼んだじゃん？　うん、呼んだから来たんだからできたんじゃん？　ちゃんとできたからちゃんとちゃんとちゃんとちゃんと終わったよ、お疲れー？」（プルプル）
安らかな寝顔。それは優しい嘘。だけど一生騙《だま》されたまま幸せでいられるなら、それはきっと本物の幸せ。でも、騙す方は……うん、半裸を見ちゃってたよね？

109日目　朝　教国　街

全員でMP温存しながら逃がさずに狩る……うん、委員長さん達がよくやるから、包囲殲滅陣をやってみたかったらしいんだよ？　4人で？

「まあ、一応お馬さんも出番を待って隠れてたんだけど、誰も逃げ出せなかったから御不満かも？」（ヒヒンヒヒン！）「うん、後でおやつをあげないと……しかし、お馬さんなのにカツをパクパク食べてたけど、お馬さんってあんなにお肉食べさせて良い物なんだろうか?」(ポヨポヨ)「まあ、いつも魔物さんまで美味しく食べてるから良いのかな? まあ、異世界だし?」(ブルルルン♪)「さて、服も作ってあげたし、ちょっと休憩しよう……やっぱ『瞳術』は負荷がとんでもない危険スキル《バッドスキル》だったな?」

人の精神や記憶は、脳という複雑な回路を一斉に絶え間なく駆け巡る信号。それを書き換えるためには、その一人一人の回路を完全に読み解き、その結果を完璧に演算し仮想的に再構築《エミュレート》する必要があった。

そして、人の脳で他人の脳を読み取るなんて自殺行為だけど、其処《そこ》は丸投げした『智慧《ちえ》』さんが何とかしてくれたようだ。ただ、練習すらしていなかった分だけ負荷が凄かった。うん、脳から煙噴いてても驚かないくらいに灼《や》けるような頭痛だけど、これって温度魔法で冷やしても良いものなのかな?

「回復茸《きのこ》を味噌ダレで炙《あぶ》って……美味しいけど頭痛いな? でも、解決なんてしないから誤魔化すしかないんだよ?」

やっぱり1回目は特にキツいのに十……何人いたんだろう?

「まあ、ちょびっと無茶だったけど、灼けた脳細胞さんってちゃんと再生するのかな……変に超再生されて、脳細胞さんが強力になっちゃうと脳筋路線で莫迦《ばか》になったらマジ嫌だな?」(プルプル)

休憩しようと部屋に戻り、ベッドに突っ伏して目を瞑《つぶ》る。誰かが優しく撫《な》でてくれている……少しだけ痛みが和らぎ、少しだけ眠くなってきた……うん、晩御飯どうしよう？

夢現《ゆめうつつ》の中で何処からか知らない子守歌が聞こえる。きっとこれは異世界の子守歌。優しく柔らかい調べに癒されて……赤ちゃんプレイかー……無いな!?

異世界でも関東と関西の文化の隔たりは是正されないようだ。

109日目　夜　教国　街

完全なんて在る訳はないけど、万難を排して万全を期したけど不完全だった。

「一応、再演算《エミュレート》もしてみたけど問題は無いんだけどな？」

そう、後遺症が残ったようだ。なんだか助けたシスターさん達《たち》に微《かす》かな感情記憶が残ったのか、攫《さら》われていた間の記憶はないけど……男性恐怖症が残ったようだ？

そう、距離を取っておどおどとしながら、警戒してこっちをチラチラと見ている。精神的外傷《トラウマ》が残ったのか、不完全な技術だとは思ったけど存外に役に立たないな？　うん、顔が赤いし？

「あっ、遥君《はるか》おはよう……なのかな？　うん、夜だけど頭は大丈夫？」「おはようだけど、頭が大丈夫じゃなかったら、それ全く大丈夫じゃないよね!?　いきなりディスられてるけど、頭が大丈夫じゃない男子高校生とか好感度と進級の危機なんだよ？　なのに、頭は全然大丈夫でも好感度と進級が全く大丈夫じゃなさそうなのは何でだろう。不思議だな？」

いきなりディスられた。まさか異世界MCラップバトル物語が始まったのだろうか!?

かつて頭大丈夫とまでは言われた事はなかったと思うんだけど、地味にダメージを受ける中々HP《パワーワード》を削る言葉で俺の好感度さんも大ダメージだよ!!

「って、もう晩御飯の支度しちゃったんだ」「うん、シスターさん達が流石《さすが》に毎日ごちそうは子供達に良くないって」「教国ではあの水準の御飯を出し続けるのは不可能だもんね？」「でも……辺境だって最初はこんな感じだった気が？」「そう言えば、今はB級グルメ都市みたいになってるけど……そうだったね!?」

目が覚めたし晩御飯でも作ろうかと思ったら。待てなかったらしい？

「ここも昔の辺境と同じで調味料が高級品なんだって」「今は食料も僅かみたいだし」「料理部っ娘《こ》ちゃんが総指揮を執って料理も教えてたよ」「教国のレベルなら料理部っ娘ちゃん無双だったね！」「頑張りました！　久しぶりに本格的なお料理でしたから♪」

職業《Job》による逆補正《しばり》には穴がある。魔法やスキルを使わない事と、効果付きの魔道具を使わない事だ。それでも大惨事が起こらなくなるだけなんだけど、大事なのは、いかに自分の効果《スキル》を無効化《Off》できるかがコツらしい？

「辺境って貧しかったわりに、食べ物屋さんが多かったのって」「うん、遥君の影響を受けてお店が増えるの早いと思ったら、あれって職業《Job》の逆補正《しばり》でお料理壊滅な人が多いからだったんだね」「「「あれっ、辺境の奥様って……」」」

確かに生まれ持った効果《スキル》を完全に無効化《Offに》するコツなんて、そう簡単ではないだろう。

職業《Job》は特化できる才能だけど、全てが適材適所にならないと歪《いびつ》な発展しかできない。だっだって、この世界に無職なんて居ないんだから……うん、居ないらしいんだよ？って言うか、仕事してなくても村人とか町人ってズルくない？

「状況確認も済んだし、作戦も組み上がったし」「うん、こっちは大丈夫だからね」「遥君明日から出かけて良いから」「「「きっとまた失敗したって、私達は負けないから」」」「「「ちゃんと戦えるの、だから信じて」」」

まあ、今日だって助けなくても勝っていた。あの低Lvな軍と微妙な武装では、どれだけ有利でも到底女子さん達には勝てなかった。

ただ、人質のお姉さん達は殺せたかもしれない。だけど委員長さん達は無理、だってLv100を超えた者ってもう別物なんだよ……ただし、精神は別。だって、あんなのを見せられて冷静で平静で居られる訳がないんだから。

「だから、デザートでお汁粉にしてみた……って、す、凄《すご》い目だな!?」

きっとバケツを持っていたら、バケツで食べただろうというくらいの鋭い目付き！　やはり心に傷を負っていたのだろうか、目に怒りの感情と歓喜の表情が入り交じっている!!

「あんなに……あんなに苦労して脂肪《ヤツラ》を燃やし尽くしたのに！」「今日は八分目って、今日こそは粗食って決めてたのに……何でお汁粉さんなのよー（泣）」「私は食べるよ～？要らないんなら貰《もら》うよ、いっぱい食べても大丈夫だったし～？」「「「駄目！　私も食べる！」」」「「「あれだけの栄養が全て胸……くっ、捥《も》げろ！」」」

まあ、餅米が少なかったから米粉を混ぜた白玉粉で、白玉お汁粉さんだ。

「うん、関東では汁気のあるもの全般お汁粉さん、汁気がなくってお餅に餡《あん》を添えたのが善哉《ぜんざい》さんなんだけど、関西では漉餡《こしあん》を使って汁気ありだとお汁粉さんで、粒餡だと善哉《ぜんざい》さんで汁気のないと亀山とか金時さんで……これは何なのか存在が曖昧なシュレディンガーなお汁粉さん？」「「「何かわからなくっても美味《おい》しい♪」」」

つまり漉餡で汁ありだから、ある意味完璧なお汁粉さんと言えるだろうか？　まあ、全部美味しいんだよ？

そして、女子さん達は白玉信者が多かったみたいで喜んでるけど、俺はお餅派だからちょっと寂しい。そう、昨晩こっそりと砂糖醬《じょうゆ》油でお餅の味見してるのを見つかって、全部食べ尽くされちゃったんだよ？　うん、逆らえなかった……だってあの目はマジヤバい目なお餅怖いなだったんだよ！　そう、全く善哉《よきかな》ではなかったんだよ？

そして、そんな餅米少なめな白玉さんも、米粉で増量したとは言え絶対量が少なく一瞬で壊滅状態に追い込まれる。もう、現在は甘小豆汁と化した旧姓お汁粉さんがお代わりされて絶滅間近だ！　うん、小豆も追加注文だな!!

109日目　夜　教国　大聖堂　教皇の間

趣味の悪い装飾品に埋もれ、俗悪を極めたような華美な教皇の間。嘗《かつ》ての荘厳な清廉さは消え去り、これほど見事な下劣さの自己紹介もないだろう醜悪さだ。

「敗残の兵が居らぬならば壊滅の訳がない。そもそも、我が教会の精鋭部隊が何に負けるというのじゃ。愚かしい、脱走に決まっておるわ。見せしめに家族を公開処刑せよ」

そんな清貧とはもっとも縁遠い部屋の主は、口では清貧と勤労を唱えながら醜く肥え太り醜い顔をさらに歪《ゆが》め汚い声で喚《わめ》き立てる。

「できませぬ。斯様《かよう》な事をなされれば教皇猊下《げいか》のお名前に傷が付きまする。そうして脱走兵が増えれば、猊下の統治に支障をきたしまする。今はゆるゆると猊下の御威光を下々に理解させるべき時に御座ります、民が猊下の御威光を真に理解できるだけの時をお与えになるのが肝要かと」

巷《ちまた》で流行《はや》る芝居の演目「王国の愚王と黒髪の道化師」という喜劇が人気だが、笑い事ではない。それどころではない。今まさに教国には最低の教皇が権力を掌握し、最悪の国王が生まれようとしているのだから。

「ならば草の根分けて見つけ出せ。神の代理人である我の命に背く意味を拷問によって思い知らせてくれるわ」

実質的には既に生まれている。既に権力は手中に収め、後は名目だけ。アリーエール王女が捕らえられれば強引に婚姻し、最悪の王がこの国を治めるのだ。

「はっ、必ずや」

いや、統治などできぬし、する気もないのであろう。芝居の愚王は強大な権力に翻弄され、その重大な責任と重みを理解するが故に押し潰されて愚行を犯し続けていた。だが教国《このくに》には、民の命も国の未来も売り渡して、ただ栄華のために権力を玩具《おもちゃ》にする自らの欲望にしか興味を持たない狂人《おう》が生まれようとしている。

しかも、私兵の如《ごと》き教皇派の教会騎士団が行方知れずだというのに、その安否にすら興味がない。裏切りと陰謀しか知らぬ故に誰も信じられず、全ては反逆だと二言目には見せしめに処刑だと騒ぐ狂皇だ。

弑《しい》するは簡単。間合いにさえ入れば殺《や》れる。あの魔道具だらけの魔道法衣で在ろうと、我が剣ならばこの老骨と相打ちにはできるはずだ。

だが殺しても……権力を奪い合い弄ぶものに引き継がれれば意味はなく、そして——この絶対に安全な大聖堂から出ない小奴等《こやつら》を、全員引き摺《ず》り出して殺し尽くせるのか。殺しても聖堂の力で瞬く間に回復してしまう狂人達。しかも教会の聖具を己が護身のためだけに使う、命汚き老醜共を一掃するには力が足りなさ過ぎる。

「団長、やはりアリーエール様が街へ戻られているご様子です。未だ教会には気付かれておりませんが、教会軍は全滅のようです。おそらくレイテシアも……」

隔絶された聖堂の中で、現実の世界を知らぬ聖堂の中の狂人達が醜く喚き立てる。斬りたい斬りたい斬りたい斬りたい斬りたい斬りたい斬りたい斬りたい斬りたい斬りたい糞《くそ》斬りたい……だが、アリーエール王女が捕らえられるような事があれば、逃すための者は必要だ。だから、無駄死にはできぬが耐え難い。ああ、斬りたい斬りたい斬りたい斬りたい斬りたい斬りたい糞斬りたい!!

「そうか……惜しいな」

ようやく派手で醜悪な教皇の間から出ると、扉の外には騎士団の者が控えていた。斯様な事さえなければ、いずれは教導騎士団を任せたかった。今はまだ若く愚かだが、あれは良い瞳をしていたのに……孤児院を人質にされ、大恩ある王女の捕縛に赴き果てるなど。

「若者の命すら護《まも》れぬ教導騎士団長たる我の無能さ故に……逝ったか」

そのような惨《むご》き一生の終わりを迎えようとは……すまぬ、レイテシア。

109日目　夜　教国　街

そう、それは何だか通例になっちゃった通過儀礼《イニシエーション》。教導騎士のレイテシアさんは孤児院奪還のためにアリアンナさんの旗下となり、そのアリアンナさんも我が身を捧《ささ》げると私達にやっと助力を求めてくれた。

そう、初めて自分から私達に頼み、私達を巻き込んでくれたの。だから仲間になった、だから通過儀礼《いつものやつ》だったんだけど……うん、シスターさん達って本当に免疫ないんだね？

「きゃあああっ、うあっ♥」「あぁ……うあ！　ひゃぁ、あぁっ……あっ♥」

だから、遥君の本気の防具作成《にょろにょろ》。それは命を懸け、本気で生命を護る装備制作《にょろにょろ》。

「あの、張り裂けんばかりの悲鳴の感じだと……まだ、採寸みたいだね？」「「「だね？」」」

そんな一切の妥協を許さない意思が極限の性能を求め、設計図を身体《からだ》に描き形に変えていく。その精密で微細な採寸と設計と緻密な作業を前に、清廉な乙女も狂乱に乱れて仰《の》け反って痙攣《けいれん》して堕《お》ち果てていくの。

「うん、魔手さん採寸で、触手さんが仮設計して魔糸さんで仮設してるくらいかな？」

それはもう堕ち果てては逝き、また堕ち逝く乙女殺しの通過儀礼《イニシエーション》。その名も完全触手製《にょろにょろ》全身測定制作《フルオーダーメイド》の下着《インナー》作成！

「まあ……まだ叫べてるから全然余裕だね？」「「「だね」」」

そう、その超絶的な絶対性能と等価交換な、狂乱の悶絶《もんぜつ》。それは乙女として色々アレな、かなり色々駄目な物凄い採寸なの？

「もうじき息も絶え絶えになるくらい？」「そろそろ調整縫製だもんねー」「あれは全身の肌が快感に狂うから、もう皮膚感覚で飛ぶよね？」「「「うん、がんばれ？」」」

きっと、今頃は目隠し係さん達に必死で抗《あらが》い、目を瞑《つぶ》って顔を真っ赤にしながら何でもない風《ふう》にして……気が狂うほどの演算と計算を繰り返している。

「あれは本当に、まさか気絶すらできない歓喜があるなんて思いもしませんでした（泣）」

「ええ、あれは精神に来ますから……壊れないと良いのですが」「「「だよねー」」」

それを可愛《かわい》いって目隠し係さん達は言っていたけど、採寸されてる方はその顔を見る余裕なんてなくて、きっともう精神的にも肉体的にもそれどころじゃないよね……アレって？

「だ、だ、だ、だめぇ、あっ、ぁあっ……あうっ！」

泣き声が震え甘く切ない嬌声《きょうせい》が交じり始める。多分もう身体には力も入らず、立っていられなくなって……ネフェルティリさんに鎖で吊《つ》られちゃってるところだろう。

「んんー、あの声の感じだと補正の前に再調整って感じ？」「結構手間取ってるね？」

それは、もうこれで死んだら仕方ないよねって言えるくらいに、生存の可能性の欠片《かけら》も諦めない限界まで偏執的過保護精神で粘着的に徹底的に延々と執拗《しつよう》に作り込まれるミクロ単位のフルオーダーメイドの装備。

「初採寸だから情報が少ないし？」「それで丁寧に採寸されちゃうから……もっと凄い事になって暴れちゃってるんだ？」「うん、狂乱の痙攣状態で余計に調整に時間が掛かって、触手さん達に絡み付いちゃってる感じの声っぽいよ？」「結構頑張ってますね……まだ声が出せるなんて」「うん、案外とタフ？」「まあ……気絶する事もできないでしょうね」

終わる事のない嬌声は震え、乱れた吐息が切なげに反響を繰り返す。

「ひゃめれぇ、ひゃうぅ！ぅうっ、あうっ！　うくっ。ひゃあ、あっ。うぅ……あぅ、っん！……ぁあっ！」「うん、頑張ってる」「修道女さんって聖歌を歌ったり演説をこなすからかな？」「まあ、聖職者さんだからか初心《うぶ》だもんねー……お姉さんなのに」

王家に生まれ王女として育ち、修道女となる事を選んだアリアンナさんは28歳なんだけど滅茶《めちゃ》初心なの？　あれは多分、超箱入りに純粋培養されちゃって一切免疫がない。

だから女子会でもお風呂に沈没しっぱなしだった。そんなアリアンナさんが、この試練に毅然《きぜん》と立ち向かったの……まあ、迷宮皇さん達でも無理だから、頑張っても絶対に無理なんだけどね？

「……っぁ……っ、うぅ、あっあぁっ！」

そして孤児院を護ると誓い、剣と信仰だけに生きてきたレイテシアさんも同レベルの初《う》心《ぶ》っ娘さんだったみたいなの？

「まあ……心の準備とか予備知識とか有っても無くても一緒だし？」「だったら、早い方が……良いよね？」

だから遥君には懇々と装備の重要性と、二人の身の危険を説いて、みんなでミニスカメイドでお願い押《お》し競《くら》饅頭《まんじゆう》で揉《も》みくちゃにお願いしてみたの？　うん、料金も仲間割引きで良いそうなの。

「ひいいいいいいいぃ……あうっ、んああっ!!」

ようやく最終補正まで辿《たど》り着いたみたいな絶叫《こえ》。きっと乙女として凄い事になってるから、そろそろ救助の準備だね。息も絶え絶えな嬌声と、啜《すす》り泣きが入り交じる艶《なま》めかしい声。なんだかとっても背徳的な感じがするけど、教典にも「服作るの禁止」とか「触手の採寸は禁止」とかないそうだから、教義的な問題はないはず。うん、元から禁欲の思想も

なくて、多淫だけは戒められているそうだけど……多触手や多蛇さんは大丈夫みたいなの？

「「「お疲れー、終わったー？」」」

身体の起伏に張り付く見事なまでのフィット感。その生地の滑らかさを表した締め付ける様にタイトな拘束感が清廉な修道服《シスター》を背徳的な艶めかしさに変えている。

「いや、もう甲冑《かっちゅう》とシスター服とドレスは終わったし、下着《インナー》各種も済んでるのに目隠し係さんが……ちょ、瞼《まぶた》が千切れる！　目が一目がーって瞑ってるんだよ!?　なんで瞼を開く気しかない目隠し係さんが解任されずに、ずっと常任を委任なの!?　まあ、できてるって言うか、済んでるって言うか事切れてる？　動かないな？」

水着のように身体に張り付き、肉体美を引き立てる陰影の映し出された肉感的な衣装……うん、敬虔《けいけん》さは皆無で清廉さ絶無。清楚《せいそ》さも何それって言うくらいの見事なできあがりだけど、肌に張り付く密着感こそが低ＭＰ消費な高効率防御の結晶なんだろう。うん、一分の隙も感じさせない、一瞬ボディーペイントに見えるほどの凄い一体感《フィット》。

そして息も絶え絶えな、聖職者さんが絶対しちゃ駄目な顔をしちゃってる二人を連れて扉を閉めると——中からは、迷宮皇さん達の絶叫。

うん、あんまり揶揄《からか》うと復讐《ふくしゅう》されるからね？　でも、明日のＭＰは大丈夫なのかな？　きっとフル装備で襲われて鳴り止《や》まない嬌声……あれは本気《マジ》モードだね！

何とか会館の次は何とか高校だという俺の回想シーンはスルーのようだ?

110日目　朝　教国　街

朝から訪れる近隣の街の代表者と、外縁部に逃げていた各教派からの使者がわんさかと集まって王女様コンビが大忙しだ。キツ顔美人女騎士さんまで対応に追われ、てんやわんやでメイドっ娘《こ》が何とか差配しているけど面会希望者の列が切れない。

「うん、握手券とか付けたら辺境ペナント（茸《きのこ》型）が売れないかな？」（ポヨポヨ）

そう思って売ってみてるんだけど、握手券ではダメなようだ？　売れないけど大混雑。反教皇派の有力者達《たち》が旗印を求めれば、教国の王女にして大司教なシスターっ娘以上の御旗はない。だからシスターっ娘は何処《どこ》に居ようと狙われ続ける。

そして、教国の貴族とか教会の教派とか序列とか全くわからないから手助けのしようがない。だって何ちゃら教国の王女の指針について何とか派のかんとかと何とか子爵の何ちゃらが激論を交わし、何とか王国王女が割って入り何とか高校の何とかっていう種類の子《こ》狸《だぬき》がお菓子を貰《もら》っている……混沌《カオス》だな？

「他人《ひと》事《ごと》で完全に傍観者語りの独り言が垂れ流されてるけど、誰かわからないって途中から仲間の話でしょ！」「しかも何とか高校って他人事だけど、同級生なんだから一緒にその高校に通ってたよね!?」「うん、寧《むし》ろよく名前も知らないで、どうやって通ってたの!!」

そして女子さん達も集まってきて……今日も、朝からジトいな？

「あっ、おはよう……って他人事じゃん？　うん、侵略するなら関係者だけど、教国なんていらないいんだよ？　自分達で国を取り戻し治めていくんなら、何とか教国の人達が大騒ぎで悩んで解決するしかないじゃん？　だから滅茶《めちゃ》部外者？　あと、何とか高校は何とか高校前のバス停で降りたらいいんだよ？　何とか会館の次だから間違えないでね、何とか快感じゃないいんだよ？」「「「大事なのってそこなの!?」」」

そう、知らないいんだから部外者だ。この国にどんな街があり、なんという川が流れ、どんな歌が歌われ、なんていう名物料理があり、なんという国名なのかも知らない余所者《よそもの》。

関わって良いのは過去を知り、それでも今を足掻《あが》いて未来を見ている者だけ。そして……試験対策としては、まず国名を覚えると良いかも知れない？

「それ、何を間違っちゃうの!?　そうやって無関係って言って最高級の最重要機密な武器と装備を仲間割引きで作ってあげて、もうとっくにアリアンナさん達は仲間なんでしょ」

「いや、なんか在り得たり在り得なかったりするシスターっ娘が仲間だってなんだって俺達はお手伝いなんだよ？　うん、決めるのも背負うのも本人なんだから、この国と無関係者が無責任に無駄に口を挟むべきじゃないし……って言うか、この国のために生きる気が無いなら考えたってこの国の未来なんてわからないんだよ？　特に名前とか？　うん、名もわからない国だから、未来もわからないからやっぱり無関係？　みたいな？」

装備品が機密扱いなのは、弱点を解析されるのを防ぐためだけで深い意味はない。どんな構造でも正しい手順を踏めば壊せるのだから、注意しているだけなんだよ？

しかし、やっぱりＭＰも完全復活まではしなかった。未だ魔力バッテリーは９割といったところだろうか？　だって、男子高校生さんに採寸作業は辛《つら》いんだよ……その後の男子高校生さんの大暴走と大爆発が繰り広げられて、異形の触手《ニョロ》さんや蛇《ヒュド》さんや鶏《コカ》さんまで参戦の大騒ぎでＭＰ全開で迷宮皇さん達も涙目で泣き喚《わめ》く絶叫の夜で大変だったのだ……うん、すっきりした！

そして、身体錬成を経てＬｖ25の壁を超え、日々日常生活と戦闘をこなして全てが馴染《なじ》んでようやくわかった。そう、何もしないでＭＰが貯《た》まるのを待つよりも、ガンガン使ってた方がＭＰは回復している。それが深夜の房中術によるＭＰ回復以外でも、日常的にも仙術の効果で動き回ったり戦闘している方が案外とＭＰは回復しているらしい？

そう、つまり気功の効果で仙術が作用している。だって、昨晩あらん限りの気力を尽くして頑張って頑張って超頑張ったら、『仙術』がＬｖアップしていて、ＭＰの回復も早くなった。甲冑《かっちゅう》委員長さんと踊りっ娘さんは回復できずに朝まで気絶だった？

そんな訳で朝御飯はブッフェにして並べ、お外で鍛錬。ラジオ体操からの太極拳にシステマを交ぜながら、現在研究中の通背拳と八卦《はっけ》掌に八極拳も組み入れながら組み立てていく。まあ、主に智慧《ちえ》さんが？　うん、丸投げって素晴らしいな。

そして杖術《じょうじゅつ》に移り、剣術と刀術を瞬間的に切り替えながらの試武。重さを活《い》かし回して叩《たた》き斬る剣術と、引き斬って撫《な》で斬りにする刀術の使い分け。これが案外と切り替えられる事で対集団戦の決め手になるんだよ？　何故《なぜ》だかお散歩中のギョギョっ娘が参戦で、裸族っ娘は二番手だと待ってるんだけど？

「ちょ、この二人を相手って、それ朝の軽い運動にはキツいんだよ！」

既にどっちも剣王の称号持ちの使い手さんで、共に女子さん達の中でも5本の指に入る甲冑委員長さんお墨付きの剣士。

その中でも純然たる剣技の頂点はギョギョっ娘だ。煌《きら》めく銀色の斬線が、ただ美しく正確に精緻に精密に流れ過ぎる。そこには無駄な力みも呼吸の乱れも鰓呼《えらこ》吸《きゅう》も無く、ただただ最適な一振りが無駄なく閃《ひらめ》く。一分の隙も無く、付け入る隙も無い身体《からだ》の動きを極め。その体捌《たいさば》きの延長線上にある剣が流麗に流れ、一刀が全て絶技。技術では他の追随を許さず、圧倒的なまでに合理的な無駄のない美しさ。

「くっ、流石《さすが》は甲冑委員長さんの剣技に最も近い剣で、それはもう甲冑委員長さんが剣聖に至ると太鼓判の体捌《たいさば》きが鯛捌きだと絶賛で、お父さんとお母さんはお魚くんという数奇な運命を背負いし美人剣士さんなんだよ！」「背負ってません！　勝手に呟《つぶや》きながら、変な解説入れないで!?　あと、お父さんとお母さんは泳いでも無いしギョギョって言わないんです!!　そして何で私って急に鯛を捌いちゃうの!?」

躱《かわ》し流した剣尖《けんせん》が、跳ね上がるように軌道を変え斬撃が翻る。身体と動きと剣の流れの不一致による幻惑も相俟《あいま》った、全く動きを読ませない閃き。だから突如として剣の軌跡が変化する、正統にして変幻自在の剣技！　この突然生き物のように身を翻す剣尖の、ぴちぴちと新鮮に跳ね回る「お魚流剣術」こそが恐ろしい！

「だから勝手に名前を付けて呟かないでー！　もうこれ以上お魚シリーズを増やさないで!!　さっきは『くっ、これがギョギョっ剣か！』とか言ってましたよね!?　なんで流派が勝手に増えていって、なのに私の名前は覚えてくれないんですかー!!」

純粋な剣術では勝てないから不純な剣術も織り交ぜてみるけど、真剣なにょろにょろ剣も防がれ、虚を衝《つ》いた蛇剣も読まれ、突《つつ》きに行ったけど鶏さんは剣を咥《くわ》えられなかった？　うん、吹き矢は反則らしい……正統派ぶってたスカル・ロードさんへの駄目出しなんだろうか？

自壊すると怒られるから虚実は使い辛い。それに、あれは手加減とかできないから、ただの木剣でも色んな効果を纏《まと》って危ない。かと言って、斬撃を飛ばす乱撃や正統派全否定な吹き矢は反則扱いらしい？

「そう言えば、俺って技がないな？　うん、なんかこう胸が熱くなる格好良いやつ、お魚流剣術に対抗したにょろにょろ流剣術とか？　いやギョギョっ剣の天敵コケコッ剣？」

試しの鶏《コカ》さんにコケコケ鳴かしてみたが効果はないようだ。滑るような自然な動きで斬り込んできて、踊る様な足捌きで回避する。

「これが『魚のように泳ぎ、お魚くんのように捌き下ろす』と謳《うた》われる、お魚流剣術秘奥義『ギョギョっ剣』！　お魚くん一族に伝わりし一子相伝の伝説の剣が今此処《ここ》に！」「違うって言ってますよね！　なんで勝手に歴史まで作っちゃうのー!!」（コッ、コケコ!!）

舞散る様に吹き荒れる剣尖が荒れ狂い、突っ込みの叫びが絶叫に変わる。違うらしい？
「えっ、だって鶏《コカ》さんもだけど、裸族っ娘も『な、何だってー！』っていう顔で納得してるんだよ？」「信じちゃ駄目ー！って、騙《だま》されないで、福貫《ふくぬき》ちゃんはお父さんにもお母さんにも会ったよね!?　お魚くんでもなかったし、ギョギョっとか言ってなかったって言ってよー!!　あと、お魚でもなかったよね！」「えっあっ……うん？」

裸族っ娘が混乱している。きっと記憶の中が、お魚くんでいっぱいなのだろう。うん、恐るべしお魚くんの罠《わな》！

そして叫び疲れて時間切れのギョギョっ娘から裸族っ娘へと交代で、こっちもこっちで強い。そう、技術で僅かにギョギョっ娘に劣っても、天性の身体能力と感性がある女子脳筋四天王の一角！　身体の撥条《ばね》が違うのか剣筋が伸び、しなりやひねりの切れが違う。それが競技者《アスリート》の肉体を持った裸族っ娘。もう、裸で泳ぎ出して反則間違い無しだな！

「着てるから！　脱いでもないし、ちゃんと着てるのにー（泣！）」

ギョギョっ娘よりも短い剣を好み、より速く激しい乱舞。瞬間の攻撃能力なら裸族っ娘の方が強いけど、その回転の速さは鋭くても護《まも》りが甘い。水泳という個人競技の選手ゆえなのか突っ走る傾向があり、攻守のバランスと切り替えが悪い。だから足元を牽制《けんせい》し、動きを止められると流れが崩れる。ギョギョっ娘のように一瞬で流れに乗って防御に心を切り替えられない。攻防一体は難しいけど、それでも攻守の切り替えはできないと不味《まず》い。攻撃中にも残心が無ければ心が揺らぎ、心が揺らいだら……パニくらせる？

（コケー！）（シュウシュウ？）

羽を広げて鶏《コカ》さんが雄叫《おたけ》びを上げ、全身から生えた蛇《ヒュド》さんがウェーブで幻惑し、触手さん達が一斉に猫じゃらしでじゃらす。そして驚いて目が点になった瞬間にボコる？

「ズルい、卑怯《ひきょう》だー、卑劣だー、破廉恥だー！　やっぱり私の身体が目当てで、ボコボコにしてHな補習が課外授業が個人指導なんだね!?」「いや、私の白身が目当てって……まあ、ある意味でお刺身って裸族？」

そろそろ終わりにしないとヤバい。うん、新体操部っ娘が歩いてきている。

さすがに新体操部っ娘との近接戦はまだ無理、あれは万全の状態でも厳しい。だって、何となくJKにボコられるのは男子高校生的に嫌なんだよ？　うん、これは虐《いじ》め問題の勃発で、好感度が無いと虐めにまで発展するとは異世界とは恐ろしい。そう、食べ過ぎれば食べ過ぎるほどに迷宮皇さん達との訓練《わんもあせっと》で強くなっていく女子さん達の恐ろしい成長速度の罠だ！　うん、まあ食べ過ぎだ？

しかし、なんで裸族っ娘はいじけてるのだろう？　何か辛い事でもあったのだろうか、JKも色々と大変なようだ。

「遥《はるか》さん、みんなが探してましたよ。一応の作戦の概略が決定したそうです。まあ、基本方針だけの作戦とも呼べないものですが」「決まったって、合戦は避けるんじゃなかったの？　内戦なんて勝っても国が疲弊するだけ損なんだし？」「昨日のあれで方針が変わりました、と言うか見る目が変わったようです」

教会へと戻ると、既に作戦会議《ブリーフィング》が始まっていた。大戦略――国を分かち雌雄を決する天下分け目の天王山。その完全なる合戦の作戦図が書き込まれている。

交渉中はシスターっ娘達に妹エルフっ娘が付き添っていた。つまり、使者達は嘘《うそ》も罠も『感情探知』で見抜くエルフっ娘の前で交渉し情報を提供した。そこから嘘偽りない情報だけが精査され累積されたはず。そして真実を見て決断するのはシスターっ娘だ。

王国の騒乱では、王女っ娘は王家と王国を滅ぼす覚悟で辺境に付いた。ただ民だけが救えれば良いと覚悟を決め、その想《おも》いに女子さん達は協力した。最善策《ハッピーエンド》何てどこにもない、それでもシスターっ娘は選び答えを出せたのか。

「あっ、遥君。作戦……戦略ごと変更になっちゃったの。もう膿《うみ》を出し切らないと教国は立ち直りそうにないみたい」「集まった人達からの情報だから話半分だとしても、かなり酷《ひど》いよ」「うん、教皇派だけじゃなく、腐敗した教派は完全に潰さないと……もう教会の存亡に関わるくらいに酷い有様みたい」「最悪、教会自体を潰さないとこの国はもう駄目でしょうね」

王家打倒《クーデター》で全権力を手中にし、この世の春を迎えて本性が出た。教会の仮面が剥がれ、支配者として思うがままに振舞い始めた。その本性は下劣、ならば始まるのは略奪に強姦《ごうかん》に処刑と相場は決まっている。そして街単位で内戦状態、流民達は外縁部を目指して逃げ惑う、悪夢のような素敵な教会さんだったらしい。

だから、シスターっ娘の決断は聖戦。主力はシスターっ娘に王女っ娘とメリメリさんが付き、スライムさんが護衛する正統本家元祖本元本物マジ教会軍として賊軍教会教皇派を討つと布告して街々を解放していく。うん、なんか名前に何か文句がありそうだけど、名前なんてわかり易《やす》ければ何でも良いんだよ？

そして、遊軍として女子さん達が、名目上は予備隊となってシスターっ娘達の本隊を助けながら敵軍を潰して回る。こっちには甲冑委員長さんが付く。あくまで主役はシスターっ娘達にして、戦後の混乱を抑えるという事らしい。うん、遊軍だけど遊びに行く訳じゃないとオコだったけど、それなら紛らわしい名前を付けないで欲しいものだ？

俺と踊りっ娘さんは偵察部隊、こそこそと敵の本拠地を偵察する裏方さんだ。偵察なのに「見てきた時点で何もかも終わってる気がするから報告は要らない」という偵察らしい？　うん、変わった偵察もあったものだ？　しかも名前が強行威力偵察特攻殲滅《せんめつ》部隊と長くてわかり難《にく》くて覚え辛いんだよ？　もう、何しに行くかわからなくなりそうな名前だが偵察部隊なんだよ？

「シスターっ娘は王宮に行きたかったのに良いの？　こっちに入ったら偵察のついでに王宮まで送るよ？」「家族の安否が気にならないと言えば嘘になります、そして助け出してあとは王に任せたい臆病な気持ちも変わりません。ですが私は王女であり、大司教なのです。民と信徒に対し責任があります。そして皆さんが私のようなものを仲間だと呼んでくださいました、だったら恥ずかしい事も情けない所も何もかもそのままでも私は戦います。だって皆さんの仲間なのですから、こんな私を仲間だって言ってくれたのですから、だからみんなに顔向けできないような恥知らずな事だけはできないんです」

初めて会った時とは別人のように、凛々《りり》しく力強い真っすぐと前を向く眼差《まなざ》し。そして初めて会った時とは別人のように、エロい衣装！　けしからん程の変化で中身は心身共に鍛えられ西洋系異世界人ならではの暴力的肉体《ダイナマイトバディー》で、外側は薄く張り付くタイトとフィットを極めたシスター服がエロい！

まあ、俺の役割は見てくるだけの簡単なお仕事だ。だが、これでやっと『報連相』が使われる時が来たと思ったら、報告は要らないそうなんだよ？　偵察さんなのに不思議だな？

出生の秘密がマングースなコカトリスさんは蛇の女王を諦め烏骨鶏を目指すのだろうか？

110日目　昼　教国　草原

お馬さんには委員長さん達《たち》に付いてもらったから、歩きと言うか走り？　まあ、偵察《パシリ》？

辺境では下手な馬車並みに一般人の移動速度が速い。しかも貧乏だったから馬車は珍しかったけど、教国では馬車だらけだ。そう、やはり偽装馬車での潜入は良い手だったんだよ！　一度もバレなかったのに非難囂々《ひなんごうごう》の罵詈《ばり》雑言《ぞうごん》で苛《いじ》められたけど、完璧な作戦だった。

うん、だって全くバレてないんだよ？

そして普通は誰か一人付いてくると言うと揉《も》めるんだけど、今回はあっさり踊りっ娘《こ》さんに決まった。甲冑《かっちゅう》委員長さんとスライムさんが譲り、踊りっ娘さんが感謝していたみたいだった。まあ、何気に踊りっ娘さんと二人っきりとか珍しいと言うか、長時間なら初めてな気もするけど押し倒してる場合ではないのだろう。うん、大草原だから御休憩《ホテル》な場所も無いようだ？

途中途中で地図に標《しるし》の付いている受け持ちの街に寄って治安が悪ければ軍をボコり、ムカつけば軍をボコり、おっさんだとおっさんをボコり、倉庫の落とし物を拾い集めながら首都の街を目指しててくてくと高速移動で進むから時間が掛かる。道々の乗合の駅馬車は鈍《のろ》いから、自分で高速移動の方が圧倒的に速いんだけど気楽なお馬さんの旅になれると高速移動も結構面倒なんだよ。

「次の街が要注意な教国軍の拠点で、教皇派に付いている有力な大司教の治める街らしいからこっそりだよ？　目立たないようにこそこその忍び込んで偵察だからね？」

ちゃんと俺は神父服で踊りっ娘さんはセクシーシスター服を着用、ばっちり変装で完璧な潜入作戦なんだよ。

「鐘が鳴って軍隊集結　布陣して展開中　空中岩投擲《メテオ》した時点でこっそり無理。手遅れ」

中々原始的な宗派のようで逆らう者を処刑して槍先《やりさき》に刺して晒《さら》し首《くび》を掲げ、恐怖で街を統治していたようで兵舎や教会の前は晒し首だらけだった。ほとんどがおっさんだったとは言え晒し首は駄目だろう、おっさんとは埋めるものだ！

灰は灰に、塵《ちり》は塵に、土は土に、おっさんは地中に。あと、落とし物はお大尽様に？　うん、お前らの物は俺の物とは誰の言葉だったか……まあ、空中岩投擲大盤振舞《メテオ・レイン》で埋めたてたら兵隊がぞろぞろと出てきたんだけど、これだけ埋めてるのにまだ湧き出すの？

街の中だと迷惑条例で怒られそうだから、外まで出てきたらぞろぞろと全身鎧《よろい》でのろのろと駆け付けた兵士達が並び整列し布陣していく。練度も高く装備も充実し、Lvだってそこそこ高い精鋭なのだろう。そんな精鋭のする事が晒し首で威張る事なら、一緒に並んで埋まっていれば良い。門前の小さな小さな晒し首は、孤児っ子と変わらないほどの小さな子供のものだったんだよ。

「MP節約で穏便に虐殺するから、こっそり突破して門の狭い位置で二人で並んだら街は封鎖で、後は敵を斬り続けて居なくなったら終わり？　みたいな？」

だから敵が全て外へ出てきて、のろのろと展開するまで気長に待つ。二人ぼっちだと舐《な》められて全部が出てこないかと思って、土魔法で泥人形を2千体御用意してみたんだけど警戒が凄《すご》いな？　うん、でもMPが勿体《もったい》ないからただの泥人形。マッド・ゴーレムですらない、手に持たせた丸太で地面を叩《たた》き、地響きで威圧するだけの人形だよ？　そう、実はお餅搗《つ》く時に設計してた使い回しな泥人形さんで、搗き立てのお餅って美味《おい》しいんだよ？

そうして、ようやく密集しながら移動を始め、徐々に速度を上げ押し寄せてくる軍勢。防衛の横並びの構えから、移動しながら密集隊形に形を変えて突破を狙う突撃が泥人形達へ激突する。

　そう、接着剤《トリモチ》をたっぷりと混入した泥人形へと突進し、接着剤《トリモチ》の泥濘《でいねい》に塗《まみ》れながら将棋倒しで縺《もつ》れ重なり地面にへばり付く。圧《お》し重なって山積みになって接着されていく大突撃?

「征き、ます!」「うん、踏んだら引っ付くし、ばっちいから気を付けてね?」

　その瓦解した軍隊へと踊り込む。乱入のまま乱戦で乱舞に斬り回れば、どうせ周囲は全部敵。俺が右でボコり、踊りっ娘っさんが左を薙《な》ぎ払う。突撃の高速移動の速度を乗せて薙ぎ払い、その勢いのままに吹き飛ばす。

「うん、力《StR》が無くても速度《SpD》があれば、大体世の中って勢いが有ればノリでなんとかなるみたいなんだよ?」

　体内で錬気した気を漲《みなぎ》らせて、全身に注ぎ込み循環させる。力ではなく速さへ、そして速さを技へ、斬り刻み斬り散らして弾《はじ》き飛ばして踊り込む滅多矢鱈《めったやたら》の斬撃押しだ!

　高速思考《アクセラレーション》が時間の流れを軋《きし》ませて、空気が重い流体になり纏《まと》わり付く。青色の世界、乱れ群がる時間遅延《スローモーション》の甲冑の槍衾《やりぶすま》を斬り払い、掻《か》い潜《くぐ》って撫《な》で斬《ぎ》りに斬り倒す。全員おっさんだから時間遅延《スローモーション》でじっくり見ても楽しくない、跳躍《スキップ》機能とかで消し飛ばせないものなのだろうか?　うん、煩《うるさ》いんだよ!

　実際の時間は僅か数秒――その鈍く長い時間の中を重たい身体《からだ》で延々と斬り回り、突破して門の前で反転する。これで、もう街へは戻れない。逃げる者は放っておく、トリモチは毒入りだから解毒できないなら街へ戻らないと野垂れ死ぬ。近くの街まで辿《たど》り着けるかは神のみぞ知る。でも、爺《じじい》って呆《ボ》けてたけど知ってるかな？　まあ、良い子なら神の御加護で助かって悪い子だけが死ぬのが宗教、だからきっと満足して苦しみ死ぬんだろう？　うん、あ

「踊りっ娘さん、あの奥で怒鳴ってる黒い大剣持ったおっさんは俺に頂戴ね？　しかも、おっさんの剣なんかヤバくない、闇みたいな嫌な感じがアレからするんだよ？　しかも、おっさんだからきっと加齢臭までするんだよ、ばっちいから近づいちゃ駄目だよ」

大盾が舞い、曲剣が踊る。鎖が躍り、敵兵達がきりきり舞いで吹き飛ばされる盾殴打《シールドバッシュ》。うん、どうも女子って、盾委員長の盾っ娘以外の全員が盾の使い方を間違えているような気がするんだよ？　困ったものだ？

「わかりました。でも、気を付けて　黒剣《アレ》、危険です」

やっぱりかー……何か嫌な気配があるとは思ったけど、迷宮じゃないし気の所為《せい》かとも思ったらあの剣らしい。禍々《まがまが》しい闇の如《ごと》き漆黒の大剣。この距離では名前しか鑑定ではわからないけど、『影剣《レプリカント・ソード》』。凄《すさ》まじいまでの存在感で、影剣だから夜なら見えにくいだろうに明るい日中だから滅茶《めちゃ》目立ってるんだよ？

並び立ち、教会兵達が押し囲んでくる。全身鎧で大盾を構え、槍先を向けて突き込んできて……不思議そうな顔をしながら、次々と倒れていく。うん、鶏《コカ》さんの『魔吹矢《ブロウガン》』による精密狙撃《スナイプ》はミリ単位の甲冑の隙間すら正確に狙い撃ち、そして『石化』が発動すると動けないまま味方に押されて倒されて崩れ壊れて欠片《かけら》になっていく。うん、もう既に鶏《コカ》さん

の目がゴルゴってる！　報酬は玉蜀黍《とうもろこし》なんだそうだけど、それってもう完全に蛇の女王としての威厳《せってい》を忘れ去ってるよね！

「まあ、うりゃ？っていうか、とおっ？」

眼前に迫り来る槍衾を薙ぎ払い、斬り掛かる剣戟《けんげき》を吹き飛ばす。そうして陣取った門の中は左右は硬い城壁で、敵は正面だけ。馬車1台分、人が6人も並べばいっぱいの狭き門だから敵兵の数が3千でも正面にはずっと6人。きっと精鋭なのだろう、だけどトリモチの効果で毒状態に陥り始め、焦りで背後から味方に押され過ぎて倒れて踏み潰されていく。

「押し寄せる？　堀を掘る？　そして、おっさんが落ちる？」

そして、潰れる。落ちても落ちても押されて落とされ、積み重なって圧し潰されていく。

毒状態に焦り、連携が乱れれば兵士なんて魔物よりも全然弱い。人はひ弱で簡単に戦闘不能になって死んでいく。基本的に弱い生き物だからこそ装備やスキルで身を固めて連係して戦う強さ、それがもう全部無意味。身を護《まも》るはずの鉄の甲冑、その耐物理効果で無敵の気分だったのに、その重さに押し潰されて埋まっていく。そして、そんな自信の素である甲冑が、何故《なぜ》簡単に斬られているのか不思議そうな顔で死んでゆく。うん、もしかしたら木の棒で斬られたのが納得できないのかも知れない？　いや、それは使っている本人にだって意味不明なんだから、気にしたら負けだよね？

「薄い鉄板に耐物理攻撃（小）と耐状態異常（小）の効果付与って、それ甲冑でも辺境のマルチカラーの服よりも脆《もろ》い張りぼてなんだよ？」

完全武装の鎧姿で、自信満々に対峙《たいじ》して攻撃を避《よ》けようともせず次々に突っ込んでくる。シスターっ娘によれば、教会騎士団とは本来は辺境に赴き魔物と戦うための部隊だったという。それが辺境に赴きもしないから、そんな騎士団だから普段着以下の脆い装備に頼って本当の戦いを知らないまま死んでいくんだよ？

「うん、それじゃゴブやコボの集団にだって勝てないよ？」（ウンウン）

満足な武器も持たない民ばかり殺し、自信を持ち過ぎ自身を過信して意味もわからず死んでいく。対等な敵と本気で戦った事が無い、自分達よりも強い敵と相対した事が無い。だから得意満面に挑みかかり、傲岸不遜なまま斬り払われ理解も及ばず自信満々な装備と共に砕け散る。愚かしいとか無能だとか言うレベルじゃ無く、ただ哀れだ。

「これで、教国は神に護られし地で、最強の騎士団を持ち辺境から魔物が溢《あふ》れ出《い》でようとも絶対不可侵な神聖な地だと喧伝《けんでん》していたの？　そして、それを信じちゃってたの!?」

信じていたのなら、いっそう哀れだ。ＭＰを微小たりとも使っているかすら怪しい、超省エネ運行の迷宮皇《踊りっ娘》さんの影すら踏めていない。実力の片鱗《へんりん》すら見せる事無く、ただの生身の力と技だけで相手にもならない。いっそ哀れに見えるほどの滑稽な無能な愚かさだと、烏骨鶏《コカ》さんもお嘆きの事だろう。

「って言うか、鶏《コカ》さんも黒で統一してみたの？　別に俺が黒で統一してる訳じゃ無いんだよ？　うん、これって神父服だし？」（コケ？）

残り千を切り、逃げ込みたい街の正面には俺達が門で通せんぼ。あとは右にも後ろにも左にも、地に突き立つ禍々しき大鎌。そう、可愛《かわい》らしさと禍々しさの絶妙な交響曲《シンフォニー》なデモン・サイズことアークデーモン・デスサイズ達。その迷宮王級の悪魔達に、その薄紙のような甲冑で挑めば結果なんて見るまでもない。ちゃんと街の人達と融和的に共存できている部隊だって沢山あった、できなかった罪は贖《あがな》うべきだ。うん、晒した首の子供に謝りに逝ってくれればいい……だって爺《かみ》が大好きなんだろ？

そして、奥からひときわ豪華な武装の集団が構える。どうやら毒も効いていないようだし、上位装備の精鋭達っぽい。きっと兵士達を捨て駒にして、こっちを疲弊させて様子を窺《うかが》っていたのだろう。うん、今、頑張って踊りっ娘さんと二人で疲れ切った感を出してるところなんだよ？　一応二人で髪を真っ白に塗って、燃え尽きた感を出してパイプ椅子に座ってるんだけど中々来ない？　やはり、お互いの髪を白く塗り合いながら、ちょっとだけいちゃいちゃしてたのが不味《まず》かったのだろうか？　でも、脱がしてないんだよ？　エロティックなシスター服なのに踊りっ娘さんはお触り禁止だったんだよ？

「やっぱり来ない　髪白くした意味、なかった！」

まあ、来ないから出る。

「せっかく髪も白くして、前に尖《とが》らせて待ってたのに……うん、グローブまで嵌《は》めて待ってたんだよ？　まったく異世界人はどいつもこいつも空気が読めないな？」

初撃――ずっと用意し準備されていた、弱く出力を抑え威力を制御しきった「次元斬」で前衛の盾兵を薙ぎ払う。そこに踊りっ娘さんが躍り込み、踊るように斬り裂いて舞い回る。巡る剣舞と旋廻《せんかい》し廻転《かいてん》する鎖の輪舞《ロンド》。そこには黒剣持ちを近づけさせない、近くで鑑定《み》るとヤバいなー、これ。

　MP温存は後回しで、魔力を注ぎ世界樹《ユグドラシル》の杖《つえ》は戦慄《わなな》き脈打ちながら七支刀へと姿を変える。あっちも魔剣か神剣の類《たぐい》で、一合打ち合ってみたけど神剣とも打ち合える。つまりLv負けしている俺が吹っ飛ばされる？　うん、ただの装備頼みかと思えば、おっさんが結構強かった？

「おっ、Lv62とか教国軍で過去最高クラスのおっさん？　うん、でもおっさんってLv高いほど駄目そうな先入観《イメージ》？　by潜入員？」

　正対に構えると黒剣を引き、正眼に構え腰を深く落とす。試すか？

　一挙動に剣を斬り掛かり、押し込むように突き込む。その攻撃を軽く身体を反らして、巻き込む様に剣でいなし……返す一刀で薙ぎ払ってくる。正解《ビンゴ》だ、剣術だが刀術のような両手持ちの技巧的な剣技。そう、剣の型がスカル・ロードそっくりだけど、吹矢は吹かないらしい？

　そして互いに半歩を詰めると鉄火の火花が舞い荒れる。荒ぶる剣戟が精密に手順を詰めてくる、一手一手に次に繋《つな》げる意味を持ち、詰めの一刀まで吹き荒れ続ける剣戟の豪雨。そしてその時が来た、回避不能の美しいまでの吸い込まれるように振り下ろされる一閃《いっせん》。スカル・ロードにやられたアレだ。そして、この黒剣は必殺の魔剣。

だから、これで勝ちだ。完璧な理詰めで追い込んだ後の究極の一刀。だけど知ってるんだよ？　そんな乱れ汚《けが》れた、型だけの剣術ではない本物の一刀を識《し》ってるんだよ？　うん、もう地の底で見惚《みと》れるほどに美しい究極の一刀を見ちゃってるから……斬り落とす。スカル・ロードには似ても似つかない、遠く及ばぬ剣閃《けんせん》を黒剣ごと騎士を斬り落とす。ついでに吹き矢も吹いてみた？　うん、こっちが本物なんだよ……何故だか凄く邪道っぽいけど？

「うわっ、掠《かす》めてただけなのにミスリルの肩盾《ファンネル》が抉《えぐ》られてるよ。どんだけヤバいんだよ、この剣！　しかも、何か呪われてるっぽいけど持っちゃって大丈夫なのかな？」

でも、呪いは視《み》えなかったはずの剣は『影剣《レプリカント・ソード》　ALL30％アップ　MP吸収（大）　HP吸収（小）　装備破壊（大）　貫通　斬裂　武器複写（装備しているもののみ）　＋ATT』。

「うん、ヤバい剣だけど呪いはないよなー……あっ、これか！」

手に持った剣ではなく、腰に佩《は》いた『呪毒の大剣《ヴェノム》：【所有者にも精神破壊、精神異常が及ぶ】　呪毒　即死　必死　麻痺《まひ》　精神汚染　精神破壊　精神異常　＋DEF』。

つまり、『影剣《レプリカント・ソード》』で、腰に差した『呪毒の大剣《ヴェノム》』を複写していたらしい？　試しに俺が『武器複写』してみると、世界樹《ユグドラシル》の杖が2本になった。魔力を注ぎ七支刀《しちしとう》にしてみると、ちゃんと七支《しちしとう》になるから完全複写だ。そう、これは凄い剣だが、唯一の問題は……木の棒を2本持ってるようにしか見えない？

「うん、この見た目《ビジュアル》って、俺は太鼓を達人《マスター》しちゃったりするの!?」

斬られていたらヤバかったな？　闇とは関係なかったけど、精神がやられるらしい。斬られずとも禍々しい怨念のような鬼気を撒《ま》き散らしている。だけど、手にしただけで蝕《むしば》まれるはずなのに、俺の精神に異状は無いようだ？

「まあ、『健康』があるから呪毒とか即死や必死はどうせ効かないんだけど……うん、これで俺の精神の健全さが世に認められたんだよ！」「御主人様《ますたあ》、精神が破滅的。それ破壊できない!!」

そして、ちょい気になった、踊りっ娘さんをお触りしようとして禁止事項《ボコり殺》されたセクハラおっさんを見に行くと『強奪のグローブ　SpE・DeX40％アップ　装備強奪（要接触）　効果複写《スキル》（1つのみ。要接触）　＋技術補正』というグローブでお触りをしようとしていたエロいおっさんだった？

「って言うか、格好から言ってこいつが大司教だな？　エロかったし？」（ウンウン！）

まあ、触りたくなる気持ちは痛いほどによくわかる。だけど俺だって日中は極力我慢に我慢を重ね、禁欲的健全さを強いられて頑張ってるんだよ！　だから、お触りは禁止です！　踊りっ娘さんには手を触れないでください！　あとで俺が触るんです!!

「やっぱ、教国の装備はヤバいな……お触りのグローブって？」

まあ、仮にスキルを得ても、複写なら本人から奪える訳ではない。だから、使いこなせる本人に勝てない微妙さではある？　そして甲冑委員長さん達のスキルを複写されると最悪な危険だけど、甲冑委員長さん達にお触りできるならその時点で迷宮皇にスカウトされる超絶な逸材だ？　うん、そんな奴《やつ》いたら教国はとっくに天下を取っているんだよ？

「まあ、俺のスキルは取られても困らないって言うか使えないから複写の意味ないな？」

そう、俺のは単独だと役に立たないか、使う事すらできないのだから。

「まあ、女子さん達だと危険かもしれないけど……まずＪＫにお触りしようとした時点で社会的にも生命的にも死亡するから大丈夫だろうね？」（ウンウン）

うん、あと男子高校生をお触りする奴も居ないだろうし……居たら、ヤバいな！　教会恐るべし？

流石に道の傍で鉄鎖拘束プレイは男子高校生には高度過ぎて高等教育の範囲を逸脱しちゃっているだろう。

110日目　昼過ぎ　教国　草原

「使えないのにとっても素敵、その名も強奪のグロ～ブ～（パッパカパッパッパーッ♪）」

そう、『強奪のグローブ』を装着して、いくら踊りっ娘《こ》さんを触っても装備は奪えない？　うん、楽しいだけだった？　そして、怒られた。そう、実験とは苦難が付きものだな！

だけど、屍《しかばね》累々な大量のおっさん達《たち》からは装備やアイテムに現金まで触れただけで剝ぎ取れる。一応は触りたくもないのに触って試してみたら追剝《おいはぎ》には便利だった。うん、でもおっさんを脱がせるとかマジで嫌なんだよ？　しかし、死ぬか意識を失うと装備強奪が容易になるのだろうか？

ただし、おっさん数千をお触りが嫌すぎる。そんな事を思っていた時もありました、なんとグローブを着けたまま触手さん達で触れると一斉に強奪できた！　そして一面に積み重なった半裸のおっさん達の死体……うん、埋めよう！　これは屍毒《しどく》による感染症とか、病原菌とかより、このビジュアルこそが危険《どく》だ。もう、これは呪いより危険な精神攻撃だと言って良いだろう！　うん、もうこれってMPが惜しいとか言ってる場合じゃない!!

「まあ、大儲《おおもう》け？　黒剣も当たりだったし、でも、壊された肩盾《ファンネル》は修理しないとなー……でも、ミスリルの在庫量がヤバいな？　やっぱセクシーシスター服に盛り過ぎたかも？　いや、このエロさはそれだけの価値がある、惜しくはない！　みたいなー!!」

ジトだった？　うん、こういう時スライムさんのぽよぽよがないと寂しいんだよ？　だけど、戦乱になり本当に危険な時にはスライムさんが頼りだ。膨大な数の敵から護《まも》ったり、押し返すなんて甲冑《かっちゅう》委員長さんでも不可能だろう。数とは恐ろしい、なにせ殺せても勢いが止められない大質量の軍勢なんだから。

だけど、スライムさんならどうにかしてしまいそうな気がする。何故《なぜ》なら莫大《ばくだい》なスキルを捕食し、消化吸収して体内で混ぜ合わせている究極生命体で、しかも可愛《かわい》い！　つまり可愛いは正義なんだから悪《おっさん》なら滅びるべきだ！　だからスライムさんは向こうに付いてもらった。実際こと防御に関しては最強の守護者《ガーディアン》なんだよ？
　そうして街へ入り、ざっと眺めてみたが兵隊は残っていないようだ。うん、なんか衛兵みたいなのは居るけど、街の人と一緒にこっち見てるから教会側ではないんだろう？
「拾う物も拾ったし、埋める者は埋めたし進もうか？」（コクコク）
　そう、俺にはこっそり偵察の旅が待っている。だから、もうこの街の偵察は充分だろう
……うん、ここも「敵はなし」っと？
　問題は、せっかく各街の偵察情報を纏《まと》めているのに報告が要らない偵察って何なんだろう？　うん、どうも女子さん達には偵察の大切さが理解できていないようだ？

　そして、またこっそりと街々に寄って、潜入してボコったり拾ったりしながら中央を目指す。何度か検問に引っ掛かったけど、俺の完璧な変装のお陰で何事もなく通り過ぎられるはずなのに文句《いちゃもん》を付けてきたから片っ端からボコった。うん、全く俺の完璧な変装に文句《いちゃもん》を付けるとは見る目のない兵隊達だ！

「全然　潜入じゃゃない！」「いや、こんな完璧な変装に引っ掛からないような節穴の目なら、それはもう潰した方が良いんだよ！　全く異世界は役に立たない検問ばかりだな？」

　そして気を取り直して完璧な変装で高速で歩いていると、何故だか「怪しい奴《やつ》め」とか言ってくる阿呆《あほう》な巡回兵を片っ端からボコボコにする。

「うん、いったい何度完璧な変装だって言ったらわかるんだよ！　お前らの目はどうなっ

てるの!?　完璧な変装なんだから何も怪しくないんだよ、何のためにこんな完璧な変装してると思ってるの!!　そんなんだから神信仰《じじいフェチ》とかに目覚めちゃうんだよ！」

　全く困った奴らだ。そう、ただの一人も俺が怪しくないという事が理解できないなんて、教国の兵士の質の低下は嘆かわしい限りなんだよ？

「全くもう、ぷんぷんだよ？　結局またこの駐屯地も『敵はなし』なんだよ？　せっかくの偵察なのに、今迄《いままで》全部『敵はなし』なんだけど、そもそも報告は要らない偵察って何なんだろうね？　でも、ここからは兵力が集中されてるし、ヤバい魔道具やスキル武器も出てきそうだからこっそりだよ、こっそり？　みたいな？」（……）

　頷《うなず》くかジトかどちらかにして欲しいけど、ちゃんと意思の疎通は取れているようだ？　うん、何か言いたそうだが言わないから聞かなくて良い事なのだろう。

　そして、報告する事もないまま、延々と麦畑と町とボコが続く風景の先に城塞都市が見え始める。街だ、幾重にも首都を囲むように並ぶ街々。競うように高い塔が並ぶ建物の全てが教会なのだろう……うん、魔道具で先《ま》ずエレベーター作れよ？

　魔物の侵攻で文明が後退し、戦争でまた文化が退廃する繰り返し。そして最悪なのが魔道具の知識の独占、だから発展しないから……昇降機《エレベーター》もないのに建物が無駄に高い！

　文明の停滞の理由は競合と競争をなくした独占販売。何もしなくても売れるから研究がなされない、そして引き継ぐだけで知識は劣化し新たな魔道具を生み出す根本の基本技術が失われている。だから辺境を滅ぼさなければ独占すらできない、何せ競合できるだけの力が失われている。だからこその俺への神敵ご指名だったんだろう。うん、もしかしたらぼったくられた私怨かも？

　見て回っても教会にはもう手順通り作るだけの技術しか残っていない。開発どころか改良すら無理そうだ。結局、物造りと商売は共存はできても、決して相容《あいい》れないんだよ？

「そう、そのせいで俺達はこの異世界で、そんな理由で俺達はこんな異世界で、いったいどれだけの階段を昇らされたのだろう！　あれは全部教会のせいだったのだ、許し難い悪行だ、エレベーターないんなら五階以上の建物作んなよ！　特に迷宮《ダンジョン》下りるのだって滅茶《めちゃ》大変なんだよ！　普段は甲冑委員長さんが怖いから言えないけど、甲冑委員長さんが居た大迷宮の地下１００階って天井が滅茶高くって階段が超長かったよ！　そう、大迷宮の真の恐ろしさは階段だったんだよ！」「煩《うるさ》い　静かに、潜入!!」

　道行く馬車も増えて、馬車だらけの道を駆ける。人通りも増えて、交通渋滞間近だな？

うん、道が狭いんだよ？

「きゃーっ！　助けてー、誰かー!!」

　うん、テンプレだ。だが、このテンプレは辺境では見られないレアなテンプレ。だって辺境だと他所《よそ》から来た盗賊さんが子供達にボコられ、奥様《おばちゃん》に棍棒《こんぼう》でボコボコに蹂躙《じゅうりん》されるんだよ？　うん、「きゃー、助けてー」って盗賊さんが泣いてるんだよ？

「って、なんで誰も、そこの……神父……さん？　とシスター……さん？　助けて……って言うか何者っ!?」

行商らしきお姉さんが兵隊さんに襲われている――という状況な説が濃厚なのだろう？って言うか、なんでわざわざ神父さんとシスターさんの格好をしてるのに神父さんとシスターさんが疑問形なんだよ！

「はあー、もう今日一日で何十回と説明したかわからないんだけど、神父さんとシスターさんの格好してるんだからきっと神父さんとシスターさんなんだよ、どこからどう見ても神父さんとシスターさんなのに一体全体神父さんとシスターさんに何の不満があるの？うん、見ての通りの神父さんとシスターさんに変装してたら、それって神父さんとシスターさんなんだよ！」

異世界人は話が通じない。だから、もしかして耳でも悪いのかと心配をしていたんだけど、どうやら目も駄目なようだ？

「お、おい！　お前ら何者だ!!」「怪しい奴、捕まえろ！」「おい、あのエロいシスター見てみろ……う、美しい……」「おおっ、凄《すげ》え美女だ!!」

いや、踊りっ娘さん？　今、嬉《うれ》しそうにイヤンイヤンしてる場合じゃないよね？って言うか今日だけで何十回目のイヤンイヤンなの!?　それ毎回やらないと駄目なの!?

「な、なんて兇悪《きょうあく》な目をした神父でやりゃあ……ごげぇ、ごばぼぉ！　べりゃどぅ」（ボコボコボコボコボコボコ……ボコ、ボコ？）「な、何をする、きさまー！　ぐはあっ」（ボッコ、ボッコ、ボコ、ボコボコボー。ボコボ、ボコボ、ボコボコボー！）「どー、どー、どー。落ち着く　兵隊《これ》もう動かない」

万人に平等を教えるべき教会の使徒が、何たる差別主義だ。うん、神父を目つきで差別するなんて言語道断天魔覆滅で、俺の瞳は愛らしいんだよ！　もう、頭焼いて禿《はげ》の軍団にしておこう。でも、杖《つえ》が2本になると連打性に優れ16ビートの連打が燃えつきるほど炎熱《ヒート》で頭が禿《は》げて震えるぞ禿《ハーゲ》？　うん、これが山吹き色《サンライトイエロー》の超禿感《オーバードライブ》と言われるものなのだろう？

「し、神父様？　えっと、ありがとうございました？　それにシスターさんも……エロいですね？　とっても？　神父様にも兇悪感が背後で怨念化《オーラ》してますけど、本当に神様にお仕えしています？　絶対に神様を敬ってたりしませんよね‼」「って言うか何してるの？　どう見てもこの禿達より強いよね？　『きゃー』って一人で山吹き色《サンライトイエロー》の禿くらい倒せたよね？」「禿達ってさっきまで禿げていませんでしたけど？　危ない所をありがとうございました、私は名もなきか弱き旅の行商の者です。名もないですしか弱いんです！」

逃亡や脱走という感じでもないけど、なら逆に潜入？って言うかだぼだぼの旅装ローブの中の装備が？

「その隠し装備は……オタのじゃん？　あー、パクったの？　ぼったくったの？　苛《いじ》めたの？　ま、まさかハニトラ！　ゆ、許さんぞオタ共め、もうオッタオタにしてやるー！　ちょ、獣人国に用事思い出したから帰るよ踊りっ娘さん？　うん、可及的速やかにオタるんだよ！　あいつ等《ら》だけケモミミさんのハニトラに引っ掛かるなんて許し難し！　俺も掛かるんだよー！」

うん、獣人っ娘初登場。って言うか兎耳《うさみみ》も兎尻尾も見えないけど兎耳っ娘だ。そして、

そこそこ強いし装備も強い……うん、オタのだし？

「えっ！　ええっ！　うぇーっ!?　な、な、なんでどうして獣人って！って言うかどうして小田《おだ》さんの事を……あっ、黒髪！　ぐっ、ぐ、ぐ、軍師様っ！　あの鬼より怖くて悪魔より悪くて、災厄すら泣いて逃げるっていう！　あっ、良い人だけど最恐最悪で女の子は近づくと大変な事になるっていう災厄《アノ》！」「いや、踊りっ娘さんちょっと放してくれるかな？　めっちゃ重大な用事が生まれたんだよ？　うん、道理で獣耳っ娘を全く見ないと思ったら犯人判明で、オタをモフモフ隠蔽の罪で灼《や》かないといけない用事で大忙しだから、もう教国なんて壊滅で良いよね？　なんかそれどころじゃなくなったし!!」

　縛られた。って、お外でプロメテウスなの？　いや、流石《さすが》に道の傍《はた》で鉄鎖拘束《プロメテウス》プレイは男子高校生には高度過ぎて高等教育の範囲を逸脱しちゃってるから、せめてテントとか……寝袋プレイもありだな！

「聞いてくださーい！って言うか目立ってますから離れましょう、こっちです」

　それはオタ製の隠蔽遮蔽結界。逃げて隠れる気満々のオタ達の取って置き《ビックリドッキリ》な品だったのに、パクられちゃったの？　まあ、兎尻尾なら仕方あるまい、俺も今からハニトラに引っ掛かる心の準備は万全だ！　うん、でも取《と》り敢《あ》えず鎖でプロメテウスなハニトラは上級者向け過ぎるからちょっと解いてくれないかな？　これハニトラに引っ掛かり難《にく》いんだよ？

「すいませんでした、私は……小田様達との約束を破ってしまいました。こんな高価な装備をお預かりしてるのに……ごめんなさい……ごめんなさい」

全くオタ達がケモミミっ娘の情報を秘匿するから情報が混乱している。うん、帰ったらちょっとお説教《フレアバースト》だな。そして、この娘の名前は何とかと言い兎人族《とじんぞく》の剣士なのだそうだ。襲撃に仲間や村の人を護れず、逃げる事しかできない絶望的な逃避行の中でオタ達に出会ったらしい。そして攫《さら》われた仲間を助けにオタ専用海賊船に乗り込み冒険に出て、商国の奴隷船や商国の港から子供や女性達を助けたけど双子の妹だけが見つからなかった。だからオタ達から装備を借りて、商国と教国の外縁部だけと約束して潜入したらしい。そして、教国側に移動されたとの情報を得て深追いして、ここまで来てしまったそうだ。

「いや、オタ達はカツアゲされるプロフェッショナルだから装備くらい奪って全然大丈夫なんだけど、教国で獣人だってばれたらどうする気だったの？って言うか、よく関所や検問を抜けれたねー？」「はい、私達兎人族は音と振動で探知する事が得意ですから、あと種族特性の『加速』や『跳躍』スキルと『隠密《おんみつ》』で少しずつ追いかけてたんです。神父様……じゃない軍師様はいったいどうして？」「いや、見てわからない？　こっそりとここまで来たんだよ？　うん、ここまでずっと普通の神父とシスターさんとして一切の異論は認めずに満遍なくボコり倒したから完璧な潜入なんだよ？」

二人とも初対面だよね？　うん、なんでツイン・ジト？　だが、ついにケモミミっ娘のジトが。そう、異世界に来た意味はあったのだ！　まあ、毎晩いっぱい意義はあるんだけど……それはそれ？

二兎追う者は先ず一兎目の餌付けが大切だと御馳走を並べてみたが草食ではないようだ？

110日目　昼過ぎ　教国　草原

永い永い旅路。でも、どれだけ捜しても妹には追い付けないまま、ついには人族だらけの中心地に近づき過ぎていました。人族が多過ぎて隠れる場所も逃げ場もなくなり、ついに兵隊の目に留まり絶体絶命の危機に。でも、ここで戦えば妹の事を諦めて逃亡するしかなくなる。そんな時に、絶対に神父ではない神父さんが神父の格好で……黒い瞳で私を見てたんです。

妹を追って獣人国から商国まで行き、ある酒場で私の村を襲った男達を見つけました。兎人族《とじんぞく》の超聴覚で教国まで妹を連れ去った商国の奴隷商人達の会話を聞き取ったところ、大聖堂のお偉い様の売約済みで手も出せなかったとぼやいていました。命も怪我《けが》も貞操も無事、だけど首都どころか大聖堂に連れて行かれれば助け出すなんて不可能。だから、引き返せなかった。諦めるなんてできなかった。

奴隷狩りの襲撃で逃避行の殿《しんがり》で、最後まで懸命に戦い抜いてみんなを逃がして戦った妹を見捨てるなんて。ずっと二人一緒だった妹、その家族を見捨てるなんて。

だけど、此処《ここ》は教国。此処で戦えば逃げられてももう妹は。それで咄嗟《とっさ》に助けを求めた。

無意識に救いを求めてしまった。人族の中で、獣人が助けなんて求めても無意味。今は獣人だってばれていないけど、気付かれれば全てが終わるのに。きっと、もう一生妹とは会えない、そんな風に考えて心が不安に押し潰されていく。

当然誰もが目を伏せ、関わり合いになりたくないと足早に通り過ぎる。自分達《たち》が巻き込まれなくて良かったと目を逸《そ》らし、足早に遠ざかる人波。そんな中で、ただ一人目を逸らさないで俯《うつむ》きもせず逃げ出さずに立っている神父姿の……でも、絶対に神父じゃない人！

そう、だって絶対に違う!!

だって——この人は違う。まるで全然全く違う。そして問うような目で見つめてくる。何を求めているのか、何が欲しいのかと。見た事も感じた事もない深い深い感情を奥底に湛《たた》える黒い瞳が、泣き出しそうな私の瞳を見つめる……だから思わず言ってしまった。助けてって。人族なのに、神父の格好をしているのに、誰も助けてくれたりなんかする訳がないのに。

でも、私の口から漏れ出た言葉。思わず零《こぼ》れ出た『助けて』って言う、たった一言で——世界が一瞬で凍り付いた。

怖い。だけどその冷たい目は私にではなく兵士達へ。その感情は狂気のように恐ろしく、悪夢のように悍《おぞ》ましい熱量が皆無の何処《どこ》までも冷たい視線。兵士達はそれだけで動揺して口走る。

怯《おび》えるように「な、なんて兇悪《きょうあく》な目をした神父でゃりゃあ……ごげぇ、ごばぼぉ！　べりゃどぅ」と。「な、何をする、きさまー！　ぐはあっ」と。断末魔の悲鳴を上げて十数人の兵士が一瞬で倒れ、動いたと思った時には終わっていた。そして、私の目の前には、たった一人で立っている黒衣の……神父？

「どー、どー、どー。落ち着く　兵隊《これ》もう動かない」

そして、女神様。そう思うほどに美しいけど、そう思うには余りにも艶《なま》めかしいエロティックなシスターさん。この女《ひと》も絶対にシスターじゃない。だってこんなに綺麗《きれい》な女《ひと》いる訳ないし、こんなに強い女《ひと》が居る訳がない。兎人族の本能が告げる、絶対に在り得ないような超絶的な強さだと。

「し、神父様？　えっと、ありがとうございました？　それにシスターさんも……エロいですね？　とっても？　神父様にも兇悪感が背後で怨念化《オーラ》してますけど、本当に神様にお仕えしています？　絶対に神様を敬ってたりしませんよね!!」

そして、こんな艶めかしく妖しいシスターさんが居て良い訳がない。だって、神様なんてそっちのけにする、神々しいまでの美貌と蠱惑《こわく》の美肢体《プロポーション》。動揺して混乱したまま、お礼にもなっていないお礼を述べる。助けてもらったけど、でも私は……獣人だ。

そして、絶対に神父さんじゃない神父姿の人。全く強さを感じない、だから怖い。在り得ない、生まれたての赤ちゃんだって強さは有るんだから。なのに、全くないなんて逆に在り得ない。獣人族は強さを見抜く、そして私達兎人族は戦闘に向かないからこそ、その能力は獣人族の中でも突出しているんです。なのに……何も感じない。何もないのに、ただそこに居る。

「その隠し装備は……オタのじゃん？　あー、パクったの？　ぼったくったの？　苛《いじ》めたの？　ま、まさかハニトラ！　ゆ、許さんぞオタ共め、もうオッタオタにしてやるー！　ちょ、獣人国に用事思い出したから帰るよ踊りっ娘《こ》さん？　うん、可及的速やかにオタるんだよ！　あいつ等《ら》だけケモミミさんのハニトラに引っ掛かるなんて許し難し！　俺も掛かるんだよ！」

そして獣人だと気付かれていた！　な、なんで……でも、それすらもどうでも良いようで、小田《おだ》さん達をオタる？　だけど、その瞳には侮蔑も嫌悪もない。その目はどこか遠くを見ているようで、それでいて全てを見透かされているようで怖い。だけど、その顔はただ茫洋《ぼうよう》とやる気もなさそうなどうでも良いようなのに……何故《なぜ》か優しくて、何故か信用できるような、誰にも似ていない見た事もない不思議な顔で笑いかけてくる。

教会の人は獣人は人の真似《まね》をする獣だと私達を蔑む。そうではない人でも、その目は憐《あわ》れむ。ずっとずっと見てきた人族の目には感情の濁りがあって、その目は決してこんなにも澄んでいない。そう、人族で違ったのは小田さん達だけだった、おどおどして話しかけてもくれなくて目も合わせてはくれないけれど……その目には嘲りも憐れみもなく、ただ優しくてただどうして良いのかわからなくて困っているような瞳だった。そして、その瞳は獣人族と同じ、苦しみと絶望を知っている瞳でした。

「えっ！　ええっ！　うぇーっ⁉　な、な、なんでどうして獣人って！って言うかどうして小田さんの事を……あっ、黒髪！　ぐっ、ぐ、ぐ、軍師様っ！　あの鬼より怖くて悪魔より悪くて、災厄すら泣いて逃げるっていう！　あっ、良い人だけど最恐最悪で女の子は近づくと大変な事になるっていう災厄《アノ》！」

フードの中から黒い髪が顔へ落ちかかる。後ろから超絶美人シスターさんが羽交い締めにして、それを振りほどこうと暴れる度に黒い髪が流れて現れる。それは小田さん達と一緒の真っ黒な髪、そう言えば目も真っ黒だった。

そして、思い出す。船の上で焦る私を宥《なだ》め、あたふたしながら世間話をしてくれた。そんな、おどおどと他愛もない話の中で、そのお話だけが心に残った。

黒髪の軍師と呼ばれる小田さん達のお友達の事。とっても我儘《わがまま》で、とっても非常識で、すっごく兇悪で、最悪に最恐で考えられないような事ばかりして、想像もしない事をしでかす大迷惑な大災厄。何もかもが無茶苦茶で、なんでもかんでも無謀で横暴だって。そう話して文句を言っていた小田さん達の顔が告げていた。その弾むような声が語っていた。その人は良い人だよって、その顔が心から語っていた。

でも、大迷宮の主達が毎晩泣き叫ぶほど怖いらしい。迷宮の悪魔すら服従すると言う、迷宮の氾濫《スタンピード》が逆に逃げ出し滅びる歩く大災厄。そして、とっても良い人。だけど……女の子は近付くと危険だと？

「いや、踊りっ娘さんちょっと放してくれるかな？　めっちゃ重大な用事が生まれたんだよ？　うん、道理で獣耳っ娘を全く見ないと思ったら犯人判明で、オタをモフモフ隠蔽の罪で灼《や》かないといけない用事で大忙しだから、もう教国なんて壊滅で良いよね？　なんかそれどころじゃなくなったし!!」

道行く人達が見ている。だから、慌ててそこから離れて、小田さん達に借りた魔道具で姿を隠す。それは私達一族が一生掛かっても払えないような高価な魔道具。御伽噺《おとぎばなし》でしか在り得ない様な凄《すご》い物で、きっと売れば一生涯村のみんなが裕福に暮らせるようなとんでもない物。それを私に貸してくれたのに、妹さんが無事だと良いねって言ってくれたのに……私は。

「すいませんでした、私は……小田様達との約束を破ってしまいました。こんな高価な装備をお預かりしてるのに……ごめんなさい……ごめんなさい」

その気持ちを裏切った、その信用を裏切ってこんな高価な預かり物を持ったままで……こんな所にまで来てしまった。だから全部話した、約束を破った事も、妹の事も、小田さん達に手伝ってもらった事も何もかも全部。

「いや、オタ達はカツアゲされるプロフェッショナルだから装備くらい奪って全然大丈夫なんだけど、教国で獣人だってばれたらどうする気だったの？って言うか、よく関所や検問を抜けれたねー？」

怒鳴られると思ってました、殴られるだろうって思ってたのに。なのに、どうでも良さそうに魔道具や装備を取り上げる事もなく、まるで世間話のように聞いてきました。どうして怒らないいんだろう？　それどころか……優しい目だった。とっても優しくて泣きそうになるくらいに優しい目でした。

「はい、私達兎人族は音と振動で探知する事が得意ですから、あと種族特性の『加速』や『跳躍』スキルと『隠密《おんみつ》』で少しずつ追いかけてたんです。神父様……じゃない軍師様はいったいどうして？」

どうして小田さん達の仲間の黒髪の軍師様が、神父服を着て教国の中心部で兵隊さん達の頭を焼いてるんでしょう。全く何一つ意味がわからない？

「いや、見てわからない？　こっそりとここまで来たんだよ？　うん、ここまでずっと普通の神父とシスターさんとして一切の異論は認めずに満遍なくボコり倒したから完璧な潜入なんだよ？」

それだけは考え付きませんでした。思い付きもしませんでした。神と教会の尊厳を踏み躙《にじ》る、挑発的にして脅迫的なこの恐ろしい格好は……変装だった。吃驚《びっくり》です！

それからはずっと吃驚しています。目立つからとシスター服を作って貰いました、シスターさんほどピタピタのエロスじゃないとはいえ、充分にぴっちりでスリットが凄いシスター服で絶対にこっちの方が目立つと思うんですが……効果《スキル》付きの凄い防御力と動きやすさ。ちゃんと採寸するともっと凄いそうですが、何故かシスターさんは遠い目でした？

そしてオタの装備なんて使っていたらオタが感染《うつ》ると、二振りのダガーとロンググローブ、そしてロングブーツを瞬く間に拵《こしら》えて渡され——意識が遠のき、気絶しそうになりました。だってこんな凄い剣なんて、きっと獣王様だって持っていない。これ一つだけで強化やスキルが何個も付いてるって!?

それを私の腕や、身体《からだ》の動きを見ては調整して私のための専用武器に……グローブもブーツも、そもそもシスター服もとんでもない物なんです。それを気安くポンポンと「妹さん助けるならまずは装備で、次に御飯?」と言って並んでいく装備。そして食べた事はおろか、見た事もない御馳走《ごちそう》が沢山。

勧められるままに食べると美味《おい》し過ぎて泣いて、あまりの美味しさに妹にも食べさせてあげたくて泣いて、嬉《うれ》しくて有り難くてそしてずっと張り詰めていたのに何だかほっとしてしまってまた泣いてしまいました。そしたら頭を撫《な》でられながら言われました、「妹兎っ娘の所に行って晩御飯にしようか? うむ、Wモフモフか! モフいな!!」って。それは、まるで遊びに行くような気楽さでにこやかな顔で簡単に……だって、だって、それは付いて来てくれるっていう事。

それからは侵入できなかった中央部まで潜入作戦だと、潜入という名の暴力で全てを解決し街も関所も警邏隊《けいらたい》も自称潜入という名の凶行で押し通り罷《まか》り通って猛威を振るい街々を探索して進みました。

私にも、あの時の小田さん達の不思議な表情の意味がわかりました。だって、きっと私も今あんな顔をしてるんでしょう。眩《まぶ》しそうな目で、見果てぬほど遠くを見るような目で。そして……かなりあきれた目《ジト》で?

オタ情報って結構な確率でとんでも理論が交じってる。

110日目　昼過ぎ　教国　草原

Wモフモフ計画。それは一流のモフリストにとっては避けて通れぬ道。ならば妹兎《うさぎ》っ娘《こ》のもとへ行こう。姉兎っ娘を伴って二兎《にと》を追う、何故《なぜ》ならそこにWモフモフがあるからだ！

「さて、行こうか……って、高速移動はできないのかな？」「えっ、高速移動はできますけど……この格好でお外に出るんですか！　なんかピタピタで身体《からだ》の線が出ちゃって破廉恥で、あと尻尾出てるからばれちゃいますよ？」「全くお前は何を言ってるんだな兎尻尾は正義で、隠すなんて論外な完璧な変装だから大丈夫なんだよ？　うん、その証拠に今迄《いままで》も一回だって捕まってないんだよ？　まあ、ばっちり？」

兎っ娘さんはスキル構成から言って剣士だが、体術寄りの高速型。だからダガーも両刃の流線形な斬り裂く形状にして試し振りさせてみたら……やっぱ、獣人は強いな？　うん、人族とは撥条《ばね》が違う、桁違いの敏捷性《びんしょうせい》で動きがしなやかで無駄がない。同Ｌｖの人族兵士程度では全く対応できないだろう。そしてＬｖも49とそこそこ強い、って言うか装備の調整で踊りっ娘さんの相手をしてるから見る見るＬｖが上がっているけど既に涙目？　うん、それ異世界最強なんだよ？

獣人のしなやかで敏捷な身体を持ち剣士としての才もあり、全身の撥条が驚異的な加速を生む、けどボコられる？　全開の技をそれ以上の技術で流され、より速くより研ぎ澄まされ強さが目覚めていく。剣を交えてのくんずほぐれつな接近戦に、身体の曲線美のままにフィットする肉感的なシスター服がむっちりと形を変えうにゅうにゅと鬩《せめ》ぎ合う素晴らしい戦いだ！　ぴょこぴょこと動くウサ尻尾も申し分ない、そしてその跳躍力を活《い》かした弾《はじ》き出されるような加速はスリットが開け素敵なガーター網タイツの太ももさんがむちむちと躍動している。踊りっ娘さんと並んで見劣りしない美貌と、訓練になり得る戦闘技術は大したものだ。うん、その姿態も大変にけしからんものだ。

このまま美の化身と戦う、可愛《かわい》らしい丸しっぽと丸いお山と丸いお尻をずっと眺めていたいところだけど妹さんは双子さんらしい！　そう、まだ、見ぬ二子山がもう一つどこかにあるんだよ!!

「よろしい、ならば捜し出そう。W二子山がぽよんぽよんならば捜すしかない！　何故捜すのか、そこにおっ……お山があるんだよー！」「煩《うるさ》い、です!!」

うん、強制レベリングも済んだらしい。魔物さんが居ないから、技術Ｌｖを訓練で上げただけではＬｖ66で伸びなくなったようだ。だから、さっさと移動する。そして、片っ端から街に寄り妹兎っ娘を捜し出さねばモフリストの名が廃るのだ！

そして完璧な変装による侵入《ボコ》で、街を探してまた次の街へ。忍び込んでは気配を探し、情報を集めおっさんをボコる。

「全く何処《どこ》も彼処《かしこ》もこっそり潜入するのを邪魔するお目目節穴な門番ばかりで、ボコり続けて早7つ目の街なんだよ？」「今のは騒ぐ前から殴る気満々でしたよね!?」

例の如《ごと》く普通に門を通り、普通に門番に挨拶をして、極普通に門番をお説教《ボコボコ》をしてから普通に街へ潜入する。このひっそりな偵察ならではの緊張感を維持して、こそこそと一番大きな建物の方へ歩いて行く。うん、ここにはちょっと用事《おとしもの》があるんだよ？

「えっと、なんで堂々と門から入っちゃうんですか？」「えっ、そのための変装だし壁を越えて忍び込んだら怪しいじゃん？　潜入は堂々としているのがコツなんだよ」

そう、あまりに当たり前過ぎる至極当然の事を聞いてくるから、踊りっ娘さんもヤレヤレしてるんだよ？　どうも姉兎っ娘は変装での潜入というものがわかっていないようだ。

「堂々と通っても一回も普通に通れてなくて、毎回止められて門番さんみんな禿《は》げて転げ回ってましたよ？」「うん、きっと神罰？　つまり爺《じじい》のせいだから俺は悪くないんだよ？」

どうして神父服を着て超絶セクシー美女シスターさんを二人連れていたら、普通の通りすがりの神父だとわからないんだろう？　しかもボコってもボコってもわらわらと増えやがって暑苦しい。しかし密集したおっさんの集合体には通背拳が殊のほか有効だった、智《ち》慧《え》さんに研究を依頼しよう……オタ達《たち》がまた無駄に詳しそうだな？

「あれ、教える！　吹っ飛ばした掌底、あれは見た事ない、です」「あれは、まだ研究中なんだよ。うん、一応は知識として知ってて、見た事もあるから智慧さんが原理を究明してくれると思うんだけど情報が足りないんだよ？　多分オタ達が詳しいんだけど、オタ情報って結構な確率でとんでも理論が交じってるんだよ？　うん、太極拳ですら右手に動の気を纏《まと》って、左手に静の気を纏って合一って……できないよ!!　太極拳の本でそんな技見た事がないんだよ!?　全く危うく信じるところで、思わず練習しちゃったよ!!」

うん、あと足の裏に気を集めると水の上を歩けるって無理だよ！　無理だったよ！って言うかよく考えたら空歩で良いじゃん、風邪ひくところだったよ！

何故か踊りっ娘さんが歩きながら練習し、姉兎っ娘も見様見真似《みようみまね》で追随する。胸を張り、背筋を伸ばし、踏込みと同時に腰と胸部を回転させて肩のリーチを活《い》かし掌《てのひら》から足裏までを一本の棍《こん》と化し貫き通す技法！　そう、胸を張って回すからぷるんぷるんのもにゅんもにゅんで4つのお山が大忙しに大暴れで、街ゆく男性達も前屈《まえかが》みに固まり動けないようだ。こ、これが遠当ての技!?　股間に当たっちゃったんだろうか……危ないな？

途中ナンパしてきた兵士達で人体実験しながら、二人で研鑽《けんさん》を積み重ねている。そう、腕を鞭《むち》のように伸ばし、柔らかく素早く遠くへ伸びる打撃を特徴とするんだけど、何故だかオタ達の知識では4人共が強烈な震脚と気功の力を使い、螺旋《らせん》を纏って掌底打を打ち込む瞬間に自分の体重を何倍にもする事でより威力を倍増させる技だと言っていた？

「まあ、気功術も震脚もできるし、何なら魔力だって重力だって乗せられるけど……やってみたら、やっぱ何かが違う？　うん、何か1おっさんを殴っただけなのに、十数おっさんが吹っ飛んで動かなくなってるけど……これもう拳法じゃないよね!?」

しかし、この姉兎っ娘は凄《すご》い？　見様見真似で呼吸法まで既にできていて、気功まで操り始めている。そして模倣の即興なのに技がしなやかで美しい、揺れるお胸とスリットの太ももさんも美しい。しかし獣人族とは恐ろしい、人族が恐れ慄《おのの》き迫害する訳だ……そう、ノーブラだ！　うん、要保存だな!!

既に兵士達をボコりながらLv70を超えて更に身体能力に磨きがかかり、そのメリハリボディーは更なる進化を遂げボンキュッボンの出る所は丸く張り出し、引っ込む所はほっそりしなやかな美獣人さん。そして、人と獣の美しさを兼ね備えながらも、全く毛深くないつるつるお肌！

「うん、モフモフは耳と尻尾だけかー？　モフリストとしては、もう少し獣寄りが好みなんだけど男子高校生としては美人さんで申し分ない素晴らしい獣っ娘だな？」

そして、街の中央のひときわ古い教会へ。

「たのもー、って頼まないけど、お使いの見ての通りの普通の神父とシスターさん御一行様だから通るよー？　まあ、ご苦労？　お疲れ？　ごきげんよう？　あでぃおす？」「ちょ、ちょ、ちょっと待て！って待ってください!!　あのー、神父様……じゃないんですよね？あれっ、格好は神父様なのに絶対に違うってわかるのはなんでだ!?」「ご、ご、御用件を伺いたいのです、神父……様？　えっと、なんで神父様のような格好を為《な》されてるのでしょうか？　あと、お連れの方々はもう少し格好を隠して頂けますと……ここ修行中の多感な時期の修道士が多く居まして、それがシスター服だったら教会は……信者いっぱい来そうですね？」

全く、門番という者はどうしてこうも……まあ、なんか必死に呼び止めてるけど、拘束したり攻撃したりする気はないようだ？

「いや、ここの何とかって言うおっさんの大司教のおっさんに在り得たり在り得なかったりする存在が不確定なシュレーディンガーなシスターっ娘からお手紙を預かって来たんだよ？　あと、可愛いけどシスターさんへのお触りは禁止されてて、俺もここまでに何回も迷宮に行くと良いんだよ。だいたい大迷宮の底には、それはもう煩悩を発散しても発散しても深刻な煩悩不足に陥るほどの素晴らしいものがある時が極稀《ごくまれ》にあるという噂《うわさ》もあるんだよ？　うん、マジ凄いんだよ？」

そう言ってシスターっ娘から預かった手紙を見せると、踊りっ娘さんと姉兎っ娘さんのスリットを見そうになる目を必死に手紙に向けている。凄《すさ》まじい精神力、さてはさぞや名のある門番さんなのだろうか？

「こ、これは！　この紋章はアリアンナ大司教とアリーエール王女のWネーム、レアでプレミアだ！」「す、すぐに大司教猊下《げいか》にお伝えいたします。こ、こ、こちらの応接室でお待ち頂けますでしょうか、神父さ……使者様」

いや、意地でも神父って呼ばないってどういう事だよ！　ちょっと撫《ぼこ》でてみようかと思ったら駆けて行ってしまった。でも、教会の廊下は走っても良いものなんだろうか？

質素堅実な石造りの、頑丈さのみが優先されたシンプルな建物。大事に綺麗《きれい》に長い年月をかけて丁寧に磨かれて、なめらかに擦り減った石の壁や床。虚栄を排し機能的に造られたからこその清廉な趣が生み出されている。そう、わかり易《やす》く言うと貧乏くさい。

「ここも獣人の気配はないねー、まあシスターっ娘の知り合いみたいだし、教皇派とかそっちの獣人差別主義者じゃないと思うから緊張しなくて良いんだよ。どうせ、おっさんだし？」「で、で、でも、だ、だ、大司教って凄い偉い人ですよ！　ずっと昔は獣人国も……教会に帰依していましたから」

扉が開きおっさんかと思いきや死にそうなお爺《じい》さん、お爺さんが神《じじい》フェチって宗教って闇が深いな？

「お待たせいたしましたな、この教会の長《おさ》をしておりますステカテルと申す老骨です。お嬢さん、頭を御上《おあ》げなさい。我ら教会は獣人族の方々に頭を下げる事は在れど、下げて頂けるようなものでは在りませぬ。そして、それは王国の方々にも同じ事。我等《われら》の肩書など権威ではなく罪の重さなのです。だからお嬢さん、緊張などしないでください。そちらの方のよう……に、はできませんね。頭を下げる下げないどころではなく、話聞いてないですし？　アリアンナ大司教からの書状をお届け頂いたとか……あのー、なぜ神父の格好を？」「えっ、変装？」「「「…………」」」「ちょ、なんで全員で目を逸《そ》らすの！　この完璧な出来ばえの修道服神父バージョンのどこに問題があるの!?」「服　完璧です。大丈夫、原因はそれじゃない、です」「も、もしかして……本気で変装だったんですか!?」「いえ、お召し物は大変に良くできておられますよ、寧《むし》ろ出来が良すぎるほどです。ただ……私《わたくし》は仕事と言うのも憚《はばか》られますが、若かりし頃から教会に居ったもので数千の神父を見て参りました。色々な者が居り、変わり者や癖のある者も多く居りましたが……ここまで神父に見えない者には会った事がございません。不思議ですなー、如何様《いかよう》な者であれ着せればそれなりに見えるはずなのですが、神に仕えてる感がここまでないとは驚きですな」

あれ、ディスられてるの？　いや、神に仕《じじい》えないのは、神使《じじい》えないんだよ？　うん、全く使えなかったな？

通背拳は通臂拳と言い腕が伸びる伝説上の通臂猿猴の腕を柔らかく鞭のように素早く遠くへ伸ばす打撃だった気が？

110日目　夕方　教国　とある街の聖堂

辺境に赴いたアリアンナからの書状が届いたと、だがその書状を持参した使者の説明が理解できぬ内容ばかり。教皇派の罠《わな》かとも思い至るも、それは絶対にないと言い切る守衛達《たち》。「あの方は絶対に教会に関係しておられません、間違いありません！」と力説し、「神父服の似合わない方や、似つかわしくない者は多くあれど、あれほどまでに邪悪に似合い、兇悪《きょうあく》に着こなせるものなど教会には絶対に居りません！」と断言する。

だから怪しい者ではないのかと問うと、口を揃《そろ》えて「長く教会に身を置き、未《いま》だ嘗《かつ》てあれほど怪しい神父と妖しいシスターは見た事がございません！」と自信満々に答える。

なれば自らの目で確かめるしか術《すべ》はないのでしょう。凶悪な魔獣が犇《ひし》めく辺境へと己が命を投げ打ちながらも、正しき教義に従いかの地に赴いたアリアンナからの書状ならば受け取らぬ訳には参らぬのです……ただ、師として無事で在ってくれればと願うのみ。

「まあ、手紙だから食べずに読んだ？　いや、読まずに食べるから問題になるんで食べずに読むのは良いんだよ！　うん、大使を黒山羊さんにするから揉《も》めちゃうんだよ、獣人国は？　茂《しげ》ってたし？　黒かったな!!っていう手紙？　みたいな？」

神父の格好をしながらも、絶対に間違いなく欠片《かけら》も教会関係者ではないから教皇の手の者でもないと断言された少年は、その通りの者でした。その左右に控えるシスターも、こんなシスターが教会に居たら不埒《ふらち》な信者が殺到で行列ができる事でしょう。神に仕えるには恐れ多いほどの神々しき美しさ、そして敬虔《けいけん》と清廉を惑わせる事間違いなしな背徳感溢《あふ》れる淫靡《エロティック》感。確かに怪しい者ですが、相手を欺く間者にこれほどまでにこれ以上なく怪しい者は送り込まない事でしょう。

「拝見いたします。失礼をば」

しかし、手紙に集中し辛《づら》い。目の前で美女に手を伸ばしては手を叩《たた》かれている神父服の少年もそうですが、その手を叩く妖艶過ぎて修道服《シスター》と呼ぶには余りに艶《なま》めかしい背徳的な衣装を身に纏《まと》った神々しいまでの美女。世の美しき女性を指して絶世の美女、傾国の美女と言うも国なんて倒れ捲《まく》って世界だって滅んでも惜しくはないだろうという奇跡のような美しさ。そしてその横で困ったように俯《うつむ》いている獣人の娘も可愛《かわい》らしいが整った顔立ちは美しく、その獣人らしい引き締まったしなやかな体軀《たいく》はボンキュッボンで私もあと50若かったら手紙どころではなかったでしょう。

そして、向かい合って座っているから深いスリットから艶めかしい肌がチラチラと覗《のぞ》き、目のやり場に困りますが目のやり場は手紙です。集中、集中、おおーうっ、チラッと……集中、集中。

教会の現状を嘆き世俗の称号を捨て、一切名乗らなかったアリアンナがアリーエールと王女の称号を添えて署名しておられる。それは彼女なりの決意と覚悟、その真摯な想《おも》いが詰まった書状……真面目に読まないといけませんな……うわー気が散る！　捲らないでくれませんかね、あと40若かったらガン見してましたね。年の功、年の功、集中、集中。

読み連ねてゆくに、その内容はアリアンナがその目で見た辺境での日々と目の前に居る黒髪の少年達の事。その目で見て、自らが感じ学んで体験した辺境の現実真実。それ故に深くなる教会への嘆き……そう、辺境では幼き子供までもが魔物と戦い、街の女性までもが迷宮に赴いているという真実。

生まれついての王女としての身分。そして若くして大司教の地位を得たがために、多くの者から慕われるも友を持った事がなかったアリアンナの友達との日々が綴《つづ》られている。それは行間から喜びと嬉《うれ》しさが溢れ出んばかりの、感謝と尊敬の想いのこもった文章。その行間に文末に、ぼやくように呆《あき》れるように文句と愚痴の如《ごと》く書き記される目の前の少年への想い。ですが、この「迷宮で転がし回されて振り回された」というのは何なのでしょう？

「ふむ、拝見させて頂きました。そして、アリアンナがお世話になりました」

そう、これは宣誓の書簡。教皇を討ち、教会の教義を原典に回帰させる意思の表明。

「皆が危険だと止め、帰らぬ者になると嘆き、辺境になど行かぬようにとの多くの嘆願を振り切って果てる覚悟で最果ての地に赴いたのです。ですが、辺境の現実は我らが聞かされていたものとは掛け離れていたようですな。良い旅だったのでしょう。願い、祈り、神に縋《すが》るだけだったアリアンナは自らの足で立ち、自らの手で教会と教国を変革する覚悟を持ったようです。それは大司教として決意を持ち、王女として覚悟をお持ちになられたのでしょう。ええ、まるで辺境への旅に赴く前とは別人のようです」

そう、我等《われら》に血を流せなどとは決して口になどできない優し過ぎる娘だったのです。ですが、辺境で本当の戦うという事の意味を教えられたのでしょう。

「ありがとうございます、この老骨の最後の役目は終わったようですな」

教導騎士団と連絡を付けねばなりませぬが、監視され実質は街に軟禁状態の身。街の兵士達の目を掻《か》い潜《くぐ》り使いを出すとなると。

「ああー、それって戦えとかいう意味じゃなくて、巻き込まれないでねっていう意味なんだよ？　教皇派と一緒に大聖堂に居たら敵と見做《みな》されるよーって意味で、みんな修道服だから見分けつかないし、シャッフルされたらわからないしおっさんなんてどれもおっさんだから敵味方がわからなくて全部敵なんだよ？　きっと良いおっさんは、生まれなかったおっさんだけだ的な意味？　まあ、シスターさんが危ないから離れてねって言う事で、おっさんは別に巻き込まれても問題ないし、シスターさん達ならむしろ俺が巻き込まれちゃってあんな事やこんな事まで巻いて巻いてマイムマイムなんだよ？っていう意味？みたいな？」「説明無理　黙って、ください。　教皇派と軍から離れる　危ない、です」

旗色を明確にせよという事、つまりは教皇派の占める教会軍に勝てると。確かに反教皇派の兵力と国軍を合わせれば、拮抗《きっこう》はできるやもしれぬが教会は外からは落とせぬ……腐敗し内部から乗っ取られはしたが、あの大聖堂自体が太古の聖遺物。あの中で勝つ事は不可能なのですが、それを知らぬアリアンナではないはずなのですが。

「だ、大司教様。外に、外に軍が！」

捷《はや》い、使者の方を捕らえに来ましたか。もしくは、美しき女人を二人も連れて目に留まったのか……お逃がせせねばなるまいが、封鎖されているならば手立てがない。

「ぐぎゃあああああっ！」「違うって、そこで『つーはい、けん！』って伸ばしてからで、『つー、はいけん』だと2拝見みたいでなんか違うんだよ？」

そして——手紙の意味を知る。耄碌《もうろく》し頭の固くなった年寄りには荷が重い手紙であったようです。アリアンナが私に頼みたかった事は、この方達と共に教皇と戦う事なんかではない。そう、この方達から無関係な者を逃がし護《まも》れと。おかしな手紙だと思ったのですが、おかしい事が書いてあった訳ではなく、内容自体がおかしかったからわかり難《にく》かったとは。

永き生涯を教国で過ごし、狭い教国の常識に凝り固まった老人には、辺境まで赴き見聞を広めその目で世界の真実を見てきた若者の言葉は難し過ぎたようですな。

「難しい。台詞《せりふ》、無いと駄目?」「うん、お約束って大事なんだよ?」

がしゃがしゃと鎧《よろい》を鳴らし、押し包むように幾重にも取り囲む辺り一面の甲冑《かっちゅう》の壁が吹っ飛ぶ。ただ、伸ばした手で突いただけで暴れ馬に撥《は》ねられたかのように重装備の大の大人がまとめて宙を飛んで行く。

馬鹿馬鹿しいほどに馬鹿げた光景で、馬鹿馬鹿しいほどの我ら教会の者の愚かさを思い知る。子供が魔物と戦い、女人が迷宮に潜ると聞いて驚いていた自らが馬鹿馬鹿しい。目の前で少年と少女が遊ぶ様に、我らが恐れ怯《おび》えていた兵士を軽々しいほど簡単に吹き飛ばしているのですから。

これを見てきたのですね。そうして世界を知り、教国の小ささと愚かしさを知ってきたのでしょう。我らが世界の全てと信じ思い込んできた教国など、これほどまでに弱く愚かしかったのだと。我らが知っていた狭い世界は、こんなにも簡単に吹き飛ばされる見せかけだけの脆《もろ》く儚《はかな》いものだったのだと。

街を占領して恐怖で従えていた圧倒的な強者は、辺境の少年少女の前では遊び相手にもならず吹き飛ばされ転がり回る。街の者達もまるで目が覚めたかのように転げ回り動けない兵士達を蔑み、絶対的な恐怖たる教会の騎士団《テンプルナイツ》の無様な姿を見て夢から覚める。そう、絶対的と信じ恐れていたものは、怯え従わされた相手はただの人だったと。少年や少女に吹き飛ばされへしゃげた豪華で荘厳な甲冑から出てきたものは、怯え泣きそうな顔のただの人だったのです。

「通……背……拳！」「「「どわ――――っ！」」」「通――背――拳？」「「「がぼあ――っ！」」」「えっと、つうはいけーん？」「「「があぁ――――っ！」」」

これが神に祝福されし地上の代弁者と、権威誇る大陸最強の神の騎士団と教えられてきた者達の現実。自らもそう信じていたのであろう、長き教会の歴史の中で語り継ぎ教えてきたのですから……だが、皆がその目で真実の姿を見てしまった。張りぼてだった教会の威信と、辺境の子供の恐ろしさを。そう、辺境とは恐ろしい。当然そこに生きる者も、また恐ろしいのだと。その地を穢《けが》れた地と蔑んできた我等の愚かさと共に、皆が目にしてしまったのです。

「いや、打ち上げたら駄目なんだよ？　それはしょーりゅーけん！って別の技になって、空中で嵌《は》め殺しが始まるから打ち上げないでね!?」「難しいい!!」

街の者に押さえ付けられ、甲冑を毟《むし》り取られ殴り付けられる騎士団の末路。剣も失い、角材で殴られ、火搔き棒で叩かれて泣き喚《わめ》く騎士達の絶叫。怯えて虐げられてきた相手は、ただの人であったと誰もが気付いた時に教会の支配は終わりを告げました。教徒を護るべき騎士団が狼藉《ろうぜき》を尽くし、民に恨まれていた報いを受けているのですから、虐げし者の真実の姿を知った街の者達はもう止まらぬでしょう……そう、今この街の教会の力による支配が潰《つい》えました。それは子供にも勝てぬ、ただの虚構の最強だったのですから。

「通背キーック、です！」「「「だあぁ――っ！」」」「うぇえぇ、キックもあったの!?って今のどうやったの!?」「手の代わり　脚で　通背です」「な、なんだってー!?」

日々魔物と戦いし辺境の少年少女が戯れる。教会の永き支配の歴史すら遊びで打ち砕き、常識という名で我らが捕らわれた檻《おり》をも踏み躙《にじ》って戯れる。この国は、教会とは児戯程度のものでしかなかったのだと、閉鎖された世界の中で驕《おご》り高ぶっていた愚か者の集まりだったのだと告げて回る。我等は世界を知らなさ過ぎたのでしょう、世界とは――こんなにも恐ろしいものだったのですから。

しかし、あのスリットから覗く美脚の通背キーックの美しさは……せめてあと30若かったらお近づきになりたかったですなー。恐ろしや恐ろしや。

複雑な出生の秘密が家庭問題でお父さんを滅多打ちにして賞品に貰ってきたそうだ。

110日目　夜　教国　とある街の聖堂

質素倹約なのか貧困困窮なのか、魔道具大国なはずなのに照明の魔道具もなく、僅かな蠟燭《ろうそく》が灯《とも》された暗い聖堂。永い歴史を感じさせる石壁が蠟燭の炎に合わせて揺らめき、何《な》故《ぜ》か外ではお祭り騒ぎで教会にも人の出入りが多く騒々しい雰囲気が街を満たしている。

うん、そう言えば通背拳《つうはいけん》ごっこして遊んでいた兵士《おっさん》が、片っ端から街人にボコられていた。ここってバトルロワイヤルな危険な街だったのだろうか？　出歩くと危険そうだな？

そして大司教の爺《じ》っちゃんが改めて手紙を読んでいる。眉間に皺《しわ》を寄せ、柔和な顔に苦悩が走る。はっ、まさか不幸の手紙！　１００人に回さないと不幸になる郵○局の罠《わな》なの!?

じっくりと読み、内容を噛《か》み砕き咀嚼《そしやく》する様に丁寧に飲み込んでいく。いや、食べてはないんだよ？　うん、爺っちゃんが手紙を食べだしたら痴呆《ちほう》の危険だよ！

そして、大司教の爺っちゃんに姉兎《うさぎ》っ娘《こ》が絶賛攫《さら》われ中の妹兎っ娘の事を相談して捜していると言うと、地図を広げて計算してくれている……えっ、荷馬車ってそんなに遅いの！　うちのお馬さんなら一日かからないのに？

「そうなりますると、おそらく追い越されておりますな。首都とその衛星都市に入る荷馬車や物資は必ず要塞を通る取り決め。この手前の川沿いにある要塞都市イーストゲートに向かったのでしょう、あの街は深夜であろうと出入りできますからな。ただし、あそこは常備軍が駐留しております。その規模は数千単位のはずです」

中々、追い付けないと思っていたら追い越して、道もズレていた。そう、商用の荷馬車は経路が違ったらしく、姉兎っ娘も丸しっぽをピコピコさせて聞き入っている。

「妹がそこに……遥《はるか》様、私は行きます。ここまでの事ありがとうございました、この御恩は生涯忘れません」

悲壮なまでの決意に満ちた眼差《まなざ》し、それを苦笑いで微笑《ほほえ》ましく眺める踊りっ娘さん。だって、獣人族は強いけど弱い。驚異的戦闘能力を持ちながら、魔力抵抗が低いから魔法や魔道具に苦戦し追い詰められてきたんだよ？　勿論《もちろん》、姉兎っ娘に着せた超フィットセクシーシスター服ｗｉｔｈ極深スリットＦｅａｔ．ガーター網タイツさんなら魔法抵抗は当然、各種付与効果で身体能力も上げて物理防御だって高い。見た目も最高で素晴らしいボンキュッボンで踊りっ娘さんと並んで誘惑魅惑のエロフェロモンを撒《ま》き散らしている……うん、枯れ果てて焼かなくても引火して燃えちゃいそうな干からびた大司教の爺っちゃんですらチラ見する脅威のダイナマイトバディーコンビ！　しかも、さっきの通背拳ごっこでは長い脚で震脚しちゃうもんだから、それはもう胸もお尻も揺れちゃって揺れちゃって凄《すご》かった。きっとあれだけ揺れれば震脚の効果もさぞ凄かったのだろう！

「うん、じゃあ行こうか？」

なんか貰《もら》った地図だと、どう通っても要塞都市に行きつかないと思ったら経路《ルート》が違ったらしい。そして、一応そこも標《しるし》の付いてる要偵察な目標なんだよ？

「えっ、私はそのイーストゲートに向かうんです。わかっています、もう人族の領域に深く入り込み過ぎました。もう助け出すのは無理だって……それでも」「うん、そのイー何とかゲットだぜ？　に行くんだよ？」

何故ならばモフリストとは虐待動物っ娘の保護も重要な業務内容で、おっさん虐待も使命！　そして、その街こそが河から攻め上る船舶の拠点だから潰しておきたいし、運輸の要所なら良い物が落ちていそうだ！　うん、迷宮と違って拾いに行かないと儲《もう》からないんだよ、偵察って？

「駄目ですよ……もう無理なんです、わかってます。敵だらけの中に妹は……だから、せめてお姉ちゃんとして最期は」「って言うか、その街も標《しるし》が付いてるから、どっちにしても偵察するんだよ？　うん、だって俺って偵察な潜入中なんだよ？」

無理なんて理屈的にできないだけで、実力行使すると世の中の問題の大半はアッと問う暇もなく無力化できる。そう、無理を通せば道理で上手《うま》くいくと思ったとの喜びの声も聞かれると言うとか言わないとか？　まあ、言ってみた？　だから行ってみよう。

「遥さん……駄目ですよ、数千の兵ですよ！　無理です、戦いにもなりません……ですから」「うん、戦いにはならないんだよ？って言うか、いったい何度説明したら潜入だってわかるんだろうね？　こっそり入って偵察するんだから戦いになんてならないんだよ？　うん、なった事がないよ？」

戦うなんて無駄で無意味《ナンセンス》、目的に必要のない戦闘なんて用もないんだよ。全く何のためにここまで隠密《おんみつ》に潜入してきたと思ってるのだろう？　そして、どうしてこうも異世界人にはこっそりというものが理解し得ないのだろうか？

「えっと、それはもしかして神父服とシスター服でまた門から入るという、あの……あれをまたやるんですか？　あれってどうせボコるなら『ご苦労、門番共よ。俺は普通の怪しくない神父さんなんだよー』っていうアレ無しで最初からボコった方が早いんじゃないかと？」「ボソボソ（言っても無駄、です。　本人だけ潜入と偵察を気に入ってる　偵察、誰も期待してないです）」

流石《さすが》は踊りっ娘さんだ、潜入と偵察の隠密行動《ステルス》の大切さを説いているのだろう。全く以《もっ》て異世界人は暴力的発想しかできないようで、王国でも尾行っ娘一族の重要性と希少性を理解できているものが少な過ぎた。そう、尾行っ娘一族が辺境側に付けなかった事こそが、辺境にとって致命的だったというのに……うん、だって領主は突進しかしないんだよ？

大司教の爺っちゃんが泊まっていけと勧めてくるけど、夜陰に紛れて潜入するのが隠密の醍醐味《だいごみ》。そう、隠密の心得とは「死して屍《しかばね》、疲労文無《もん》し？」と昔の偉い人も言っていた？　まあ、隠密すると屍は疲れて文無しらしい？　大変そうだな？

110日目　深夜　教国　城塞都市イーストゲート

暗い、狭い、そして怖い。私を囚えていて、だけど護《まも》っているのは冷たい檻《おり》。下卑た人族の男達《たち》の目に晒《さら》されながら、その汚らわしい手に触れられず檻ごと輸送される日々。もうあれから何日目なのかもわからない。もう何も考えられない。

「疲れたよ、怖いよ、お姉ちゃん……お姉ちゃんは無事だと良いな……」

そして、また覗《のぞ》きに来る下劣な視線……は、驚愕《きょうがく》の目線だった？　それは、人族の男にしては変わった風体の少年で、かなり若いように見えて、言葉は聞き取れるし大陸共通語

だからわかるのに……理解ができない……怖くて、疲れて、辛《つら》くて、悲しくて、もう言葉もわからなくなっちゃったのかな。

「ちょ、超驚愕の事実が発覚で、なんと妹兎っ娘は狼《おおかみ》さんだったんだよ！　いったい何を言っているかわからないと思うが、送り狼さんとか狼に衣とか言う格言でもなく前檻の狼さんで、後ろ扉の兎さんとの複雑な出生の秘密が家庭問題で兎《おかあ》さん狼《おとう》さんに食べられちゃったの!?　やっぱ、送り狼!?」

疲れ果てて、最期に見たものはお姉ちゃんの幻影だった。幻でも、お姉ちゃんが無事で元気そうで良かった。泣いてるけど顔色も良くて、凄く綺麗《きれい》な服で……って、なんて破廉恥な格好してるのー!?

「食べちゃってませんよー、部族の揉《も》め事《ごと》で決闘になって兎《おかあ》さんが狼《おとう》さんを滅多打ちにして賞品にお父さんを貰ってきたそうです。だから私達ミックスなんですけど、私は兎《おかあ》さん似で妹は狼《おとう》さん似なんです」

もう会えないと思っていた生まれた時からずっと一緒だったお姉ちゃんに、最期に夢でも逢《あ》えた。夢って凄いなー、何人もの人族の男達が壊そうとしても絶対に壊れない魔法の檻が木の棒で斬れちゃってる。決して出られないと思っていた檻はただの木の棒で簡単にバラバラにされました。

そして、お姉ちゃんが抱きしめてくれた。私の最期の夢は、とってもいい夢だった……どうか、お姉ちゃんも幸せだと良いな。

「敢《あ》えて言おう、僕の茸《きのこ》をお食べ――――っ！　Ｉｎ教国？」「モガガァーッ！（モグモグ!!）」

夢は悪夢だった。でも、これが夢なのはわかっている。だって、もう会えるはずのないお姉ちゃんがいて……エロい格好をしています？　そして、聖遺物だという絶対に逃げ出せない堅牢《けんろう》な檻は、木の棒で簡単に切断されてお口には茸を入れられちゃって、そして外へ出ると兵隊達の遺体の海……しかも、全員下着姿。うん、悪夢間違いなしです。

そして、悪夢は続き、現在は逃げるどころか倉庫という倉庫を荒らしまわっていて、お姉ちゃんは泣きながら抱き着いたままで何を言っているかわからない。

そして、説明してくれている男の人は説明はしてくれているけど何を言っているか全くわからない。夢だから仕方ないのかもしれないけど、でも全然意味がわからないけど……私を助けるためにこっそりと潜入して、ひっそりと要塞に侵入して、今はこそこそと脱出しながら偶然偶々《たまたま》倉庫や宝物庫に落ちていた落とし物を拾ってるんだそう……不思議な夢みたいです。でも、ずっと覚めないで欲しいくらい素敵な夢なのに、悪夢。だって、ついに要塞が崩壊し崩落を始めてて、中々にスリリングな夢みたい？

そう、これは夢――だって、目の前で夢のように強く、夢見る事も恐れ多いほどの美人さんが通路に犇《ひし》めく兵隊達を軽く手で押しただけでふっ飛ばしていく。何故かお姉ちゃんまで覚えたと自慢気に兵士達をふっ飛ばしていく。そうして泣きながら自慢げに笑うお姉ちゃんが、また抱き着いてくる。

まともに食べる物もなくって、捕まった時の怪我《けが》で襤褸襤褸《ぼろぼろ》だった私の身体《からだ》も夢の中ではすっかり元通りでお姉ちゃんを抱きしめられる。

うん、悪夢だけど良い夢だな。そして、お姉ちゃんと二人で頭を撫《な》でられる。夢の中で夢のように美味《おい》しいお菓子を貰って、二人で泣いて二人で笑って食べる。そんな夢のように幸せの中で、周囲は地獄のように燃え盛り崩れ落ちて廃墟《はいきょ》と化していく悪夢。

そう夢の中で見る悪夢のような光景は、つまり現実……えっ、こんなエッチい格好させられてるのが現実!? うわー……エロいっ!!

異世界通背拳の行き着く先は危険なぽよんぽよんのようだ。

110日目　深夜　教国　城塞都市イーストゲート

スパイ、それは非常に非情で不条理なもの。何故《なぜ》なら、完璧に変装して潜入中のスパイさんに非常識にも文句《いちゃもん》付けてくる兵隊がまた居るんだよ？　うん、見る目もないとは情け無い無情だったようだ？

「全くいつになったら神父服着てたら神父だよねっていう、極当たり前の事が理解できる門番教育が普及されるんだろうね？」

そう、毎度お馴染《なじ》みな、神父服を着てるのに不審者だと騒ぐ無能な門番達《たち》に制裁《フルボッコ》を加えて街に侵入する。深夜だというのに酔っ払いのおっさんだらけで、酒臭いやらおっさん臭いやらで汚物《おっさん》は消毒《焼却》だ？

「門番さんが騒ぐ前にボコる気満々でしたよね!?　もう、思いっきり棒を2本振り被《かぶ》って叩《たた》く気でしたよね!!」

これが東側の流通の関所である要塞都市。そして軍の駐屯地でもあり、物流の拠点でもある検閲都市。その名も何とか《イット》かんとかの街？

「うん、教国中央への、あらゆる物流を監視する街って言うか駐屯地って、店もなければ何もない兵隊しか居ない兵舎の街って……それ、なんておっさん地獄!!」

そう、街1個全部がむさ苦しい兵士ばかり。その反動なのか、踊りっ娘《こ》さんと兎《うさぎ》っ娘さんを見た瞬間に我先にと群がる兵士達に囲まれて、ひっそりな潜入なのに二人のせいで台無しなんだよ？

「貴様ら何者だ！」「お、おい、凄《すげ》え美人だ！」「ああ、どっちも上物だぜ」「だから神父服着て神父だよって言ってて、それで神父以外の何者だと思うのか寧《むし》ろ俺が聞きたいんだよ？　そして、踊りっ娘さん、毎回そのイヤンイヤンは必要なの!?」（イヤンイヤン♪）

必要らしい!!　しかし演技力に問題があったのか、それとも艶美力が問題だったのか、押し合い犇《ひし》めき合い、群がり覆い尽くさんばかりの怒濤《どとう》のおっさん達が……通背鎖でふっ飛ばされていく？

「いや、それ本当に通背拳なの!?　踊りっ娘さん、通背って付ければ何でも吹っ飛ばせるとか思ってない!?」「これ、楽しい！」

下品な罵声と威圧を喚《わめ》き立てて煩《うるさ》いしおっさん臭いから速攻で潰そう、下劣なおっさん大集合の街だったようで「奴隷女の味見すると壊れて死んじまった」だの「今居る獣人は檻《おり》が頑丈で壊せねえから飯をやってない」だの「この女達は何人目まで生きてるか賭けようぜ」だの下衆《げす》用語集でも愛読して熟読してるのかと言うくらい下劣なおっさん大集合な要塞みたいだし探知にも民間人の気配はない、下衆なおっさんばかりの駐屯地……この世の地獄だ、兎っ娘は妹が心配で焦り動揺していて危なっかしいなー？　護衛にデス・サイズさん達を飛ばしておこう。さて、殺《や》ろう。

「ぶっ飛べおっさん大渋滞、通背岩石《メテオ》！」

おおー、確かに「通背」って付けて打ち出すと、よく飛ぶ武術的効果《プラシーボ》が！　まあ、通背拳を打ち出す要領で、アイテム袋に入れておいた岩石を飛ばしてみた？

「6通路《レーン》は全滅《ストライク》だけど、2通路《レーン》は一人逃げた？」「次　私！　大岩、これが良い!!」

大岩は通路いっぱいの大きさだからガターの心配はないけど、端っこに倒れ込まれて二人残ってしまった。ただ、通背キックでふっ飛ばしている兎っ娘のガーターー網タイツはとっても心配だから、しっかり見守っておこう!!

「があぁっ！」「うぎゃああっ!!」「敵だ、誰か助け……」

辺り一面のおっさん達をふっ飛ばし終わると、何故だか自分達は「通背」って言えば良いかと思って好きな事してた癖に、俺の通背岩石《メテオ》ボウリングにだけジトだった！　ちょ、仲間外れ！　まあ、ぼっちだけど？

　そうして、ようやく探知に掛かる獣人の気配。

「これで姉兎っ娘に続き、妹兎っ娘をゲットで双子っ娘コンプリート？　通背うりゃ？」

　建物の壁をこっそり爆砕して、ひっそり侵入しこそこそ《ぼこぼこ》進む。貨物室を見つけ、鍵ごと扉をこっそり粉砕すると……そこには汚れて窶《やつ》れ果てた狼人族《ろうじんぞく》の少女が、全身に怪我《けが》を負ったまま放置されていた。その傷口は膿《う》んで腐り、四肢は壊疽《えそ》を始めた惨《むご》たらしい傷跡だらけの身体《からだ》で檻に閉じ込められていた。そう……狼《おおかみ》!?

「ちょ、超驚愕《きょうがく》の事実が発覚で、なんと妹兎っ娘は狼さんだったんだよ！　いったい何を言っているかわからないと思うが、送り狼さんとか狼に衣とか言う格言でもなく前檻の狼さんで、後ろ扉の兎さんとの複雑な出生の秘密が家庭問題で兎《おかあ》さん狼《おとう》さんに食べられちゃったの!?　やっぱ、送り狼!?」

　だけど、檻に『治癒』と『回復』魔法が弾《はじ》かれていて、鍵穴らしきものも見当たらない。

「食べちゃってませんよー、部族の揉《も》め事《ごと》で決闘になって兎《おかあ》さんが狼《おとう》さんを滅多打ちにして賞品にお父さんを貰《もら》ってきたそうです。だから私達ミックスなんですけど、私は兎《おかあ》さん似で妹は狼《おとう》さん似なんです」「えっと、『悠久の檻《ゲージ》　破壊不可』って、こんな聖遺物《もん》を奴隷捕まえるのに使うなよ！　これ、軍隊の装備より全然重要じゃん!?」

　貴重な物だけど、たかが檻だ。絶対に壊れないらしいけど、壊れないなら斬ればいい。

右手で檻に触れ、左手で一息に世界樹《ユグドラシル》の杖《つえ》を振り抜く。そう、『矛盾のガントレット』の右手で『破壊不可』を『物理魔法防御無効化』すると、檻は壊れず反動なのか腕に灼《や》けるような激痛が走る。だから一息に……次元斬を放つ。

「硬っ！って、まあ捥《も》げなかったからギリセーフ？」

凄《すさ》まじい反動に左手の肉が千切れ、音を立てて骨が砕ける。

「無理、それ壊れない！」「腕がぐちゃぐちゃに!!」

無茶だったけど無理は通せば大通りと、きっと交通整備計画でも推奨されている事だろう。そして障害物が消えると泣きながら駆け寄り、狼っ娘を号泣しながら抱きしめる兎っ娘。そして、俺をジトる踊りっ娘さん？

「いや、この檻は無茶しないと壊せないんだよ？　うん、お茶にする？」

超高速再生で左腕は動くようになったし、急がないと見た目以上に危険な状態。

「敢《あ》えて言おう、僕の茸《きのこ》をお食べ――っ！　Ｉｎ教国？」「モガガァーッ！（モグモグ!!）」

これで大丈夫。莫迦《ばか》達だって手脚は生えた、莫迦は治らなかったけど他は全て治した超高級茸だ。うん、莫迦と禿《はげ》以外はなんとかなるみたいだから、きっと狼っ娘さんは大丈夫なはず？　うん、お茶も飲む？

「うん、間合い、時期《タイミング》、呼吸と完璧な『僕の茸をお食べ』を、あむあむと咀嚼《そしゃく》してごくごくと飲み込んでいるからもう大丈夫なんだよ？」

これで狼っ娘は大丈夫だけれど、俺が未《ま》だ治りかけだったみたいで左手の骨と肉が砕け

散ってる？　辺境を離れ、魔素が薄まると身体が脆《もろ》くなっている。仙術や房中術による強化が魔素不足で足りないのか、魔素が少ないと錬成された身体の強度が落ちてしまうのか？　うん、これは深夜に実験と調査と探究が必要そうだ。うん、深夜の実験は実戦よりも過酷な限界の実践なんだよ！

「うーん、再生も遅いな？」

　魔力吸収も遅くなっていたし、弱体化の危険があるという事は踊りっ娘さんを連れて来たのは失敗だっただろうか？　迷宮皇に必要な魔素量とかわからないけど、注意はさせておいた方が良いな。

　しかし、狼っ娘は身体は回復したけど、まだ意識が朦朧《もうろう》としているのか何となく反応がおかしい。うん、夢見るように夢現《ゆめうつつ》な他人事《ひとごと》のような口ぶりだけど、まだ治療が先だ。衛生的観念から言って不衛生は回復を阻害し悪化する原因になる！　よし、洗おう！　そして着せよう！　すお、ちゃんともうエロシスター服は準備済みなのだ！

　水魔法と温度魔法のコラボな即席スチーム洗浄で綺麗《きれい》にして、泡沫《あわあわ》ボディーソープも薄めてスチームに配合し触手さんで身綺麗にして服を着替えさせていく。当然だけど、ちゃんと踊りっ娘さんが目《R18》隠し係で眼球を毟《むし》り出す勢いで目を抉《こ》じ開けている……うん、どうして異世界では目隠し係という高尚な職種の業務内容が理解できないのだろう？

「うん、双子だから同じサイズだと思って用意していた妹兎っ娘用シスター服なら準備万端なんだけど……うん、尻尾穴が違いそうだ？」

下着は二人共一般用のスポーツタイプだから、尻尾穴だけ手直しして、補正しながら着せ付けていく。外から駆けつけて来る兵隊さん達は甚《いた》く通背拳がお気に入りになられた踊りっ娘さんが通背無双して遊んでいるし大丈夫そうだ、回転としなり、螺旋《らせん》を作り直線に変え一点を一直線に撃ち抜く。それに魔力や気功や効果《スキル》が相乗され衝撃波付きの何かの技になっているんだよ？　でも、通背拳って震脚使ってたっけ？

「いや、俺の知っている通背拳とオタ達の言う通背拳に凄まじい差異があって、それはどう見てもオタ達が言っていた通背拳の方が採用されちゃってるよね!?」

やはり異世界知識はオタ達の方が正しかったのだろうか？　でも、通背拳って異世界の技じゃなかった気がするんだけど……吹っ飛んでるな？

「きゃあああー、何っ！　このエロい格好!?って、お姉ちゃんまでなんて格好してるの、嫁入り前の獣人が破廉恥……って、洗われて着せられちゃった!!」

ようやく夢現から覚め現実を見据えられたようだ。うん、中々素晴らしいお点前《ナイスバディー》でございました？　堪能させて頂きました？

「だ、大丈夫。これは変装……だって言い張ってましたけど、よく考えたらこの格好で人前を歩いてたんだ!?　うぅ、もうお嫁に行けない……」

全く真面目で真剣《シリアス》な潜入工作だというのに、変装くらいで恥ずかしがるとは隠密《おんみつ》として嘆かわしい限りだ。敵地に深くひっそりと潜入してるんだから、もうちょっと真剣味を持って欲しいものだよ……うん、まあ敵地から敵さんが居なくなりそうな勢いだけど？

「いや、人前は歩いたけど、今その目撃者が全部消え去りそうだから大丈夫そうなんだよ？　うん、目撃者絶滅の危機？」

おっさん達が壁ごと吹き飛び、その壁も爆発するみたいにぶっ壊されていく……通背拳？

「よ、よくわかりませんが、命の恩人に心からの御礼《おれい》を。救われ御温情を頂いた我が命と我が身は……むぐぐもがもが！（アムアム♪）」

取り敢えず、お口にアップルパイを突っ込んで黙らせる。うん、全く敵陣で大きな声で騒ぐとは潜入特殊工作員失格なんだよ？　まあ、辺りは悲鳴と絶叫と爆発音で聞こえないだろうけど？　でも、通背拳って爆発音が鳴り響くものだったかな？

「まあ、複雑な出生の秘密は置いといて、脱出までが潜入なんだから気を引き締めないと駄目なんだよ？　うん、敵は誰も残ってなさそうだけど、敵陣なんだから最後までこっそりなんだよ？　そう、こう壁に張り付きながら、身を低く移動して時々きょろきょろするのがコツなんだよ。まあ、何の効果があるのかはわからないけどお約束なんだよ？」

倒れたおっさん達の装備も便利アイテムな『強奪のグローブ』の装備強奪能力を纏《まと》った触手さん達が片っ端から回収してくれ、途中偶然にも倉庫に落ちてた落とし物も全回収だ。

「魔道具もあるけど、武器も微妙だなー？　うん、素材は悪くないのに、設計も作り込みも甘いし仕上げも荒いんだよ？　これなんて実際の潜在能力《ポテンシャル》の3割程度も出せていない、粗悪量産の資源の無駄遣いだよ。うん、魔改造《作り直し》が必要そうだな？」

結局、聖遺物はあの檻だけで、それも運び込まれたもので物資は食料や武具の落とし物が殆《ほとん》ど。あまり金目の物は落ちてないけど、お金が落ちてるからまあ良いだろう？　今も遠くで悲鳴と爆音が鳴り響いているし、踊りっ娘さんも大変に通背拳がお気に召したようだ。うん、まあ通背拳だと言い張っている何かだけど、大変にお気に召したようだ。

「いや、通背キックまでは万が一《ワンチャン》もあるのかもとか思っちゃったけど、通背プロメテウスとか絶対ないよ！　それ、プロメテウスさんも吃驚《びっくり》だよ!!」

うん、今度から訓練《ボコ》がヤバい。甲冑《かっちゅう》委員長さんも結構正統派ぶりながら、ああいうの好きなんだよ……こ、これは有り得るな！　だけど、女子さん達にまで広まると、特に副Bさんの通背ぱふぱふは凶器が狂気で狂喜乱舞に驚喜な事になりかねない！　そう、それは男子高校生さんには絶対に避《よ》けられず、決して避けられない危険な技なのだ！　うん、きっと魔物でも避けれないだろう、怖《すご》そうだな!!

やはりお饅頭はお口をふさぐのに最適な形状だという事が確認された。

111日目　早朝　教国　旧城塞都市イーストゲート跡傍《そば》

久々の村人Aさんのテント。それは懐かしささえも覚え、感慨深さに浸りながら夜食の準備をしていく。懐かしさついでに木の実のジュースを振る舞い、お手伝いをしようとしたがる獣っ娘姉妹は中で休憩させて踊りっ娘さんに見張ってもらっている。うん、見た目だけ回復したって、未《ま》だ体調は万全には程遠いはずだ。

当面、大部隊の移動は確認できない。だから、まだ教国精鋭部隊は中央《セントラル》に引き籠もっているんだろう。ならばシスターっ娘達《たち》の居る街へ侵攻するのは、今現在東側に集結していた各街の駐留部隊だけになるはず。そして、その軍の武器や糧食は全部拾っておいたから継戦能力は低いだろう、それ以外の部隊は未知数だけど動員兵数は抑えられたはずだ。そして、最短の輸送ルートは河だけだ。

そう、上流にもう一個髑髏《しるし》印の付いた街がある。運河における輸送の東部の要《かなめ》となる港湾都市の街、そこも墜《お》としておかないと後方の安全が確保できない。だから非常に残念で心外で慙愧《ざんき》の念に絶えないけど、ここは完璧な変装の効果は度外視で速攻で攻め落とす必要があるようだ。

「まあ、入るまでは潜入でもいいか？」「いらない！　意味ない！　あれ、長い!!」

だが妹狼《おおかみ》っ娘は寝かせて食べさせないと身体《からだ》のダメージが大きい。まだ、精神的にもまいっているはずだ。後でちゃんと治療も必要そうなんだけど、先《ま》ずは寝かせて御飯。

しかし狼さんだから肉好きかと思ったら姉兎《うさぎ》が肉好きで妹狼はお魚、野菜好きで踊りっ娘さんは何でも好きなんだそうだ……そして聞くまでもなく3人とも甘いものは大好きなんだそうだ？　うん、太るよ？　わんもあせっと
「さあ、たーんとお食べー、それはもうターンと食べてA《エース》が逆さまになっちゃうくらい食

べるんだよー、『∀』っていう記号は集合論や論理学で用いられる、『全ての～』を意味する全称記号なんだから全種類食べるまで終わらないんだよ。でも、妹狼っ娘は茸《きのこ》メニュー中心で食べてね？　まあ、召し上がれ？」

涙目でがっつくように食べ、お粥《かゆ》を中心とした軽めの薬膳尽くしなのに泣きながら食べている。おそらく何日もまともなものを口にしていない、だからいきなり漫画肉とか出しても胃が受け付けないだろう？　うん、試作品はけっこう美味《おい》しかったんだよ？

そして、妹狼っ娘もだけど姉兎っ娘だって食うや食わずやで妹を追いかけていた。疲弊し疲労し、そのスリットからは絶対領域まで披露中で大変そうだ！

だから料理は薬膳って言うか和洋折衷中華入りな茸尽くし？　まあ、回復最優先だけど、楽しく食べられるように品数で覆い尽くしてみた？

「「姉妹揃《そろ》って助けて頂きありがとうございました。我ら獣人族にとって命の恩は一生のお……もがもがーもぐもぐ♪」」

うん、泣いているけど美味しいらしい？　デザートは饅頭《まんじゆう》で良いだろう、獣人国って和食文化みたいだし。うん、お口を開けたから突っこんでみたが美味しいようだ？　女子さん達に沢山作って置いてきたからお裾分けなんだけど、一応数日分の大量のおやつを纏《まと》めて置いてきたんだけど……まだ、ちゃんと残っているだろうか？

強制的に獣っ娘姉妹は仮眠させて、オタ製の隠蔽遮蔽結界でテントを隠蔽する。そして、護衛作戦《ミッション》の報酬は桃ジャムで、デモン・サイズさん達に警護を敬語で頼み込んで警備は万全。その間に俺と踊りっ娘さんで、川沿いの集積地の街に偵察に出る。だって、そこも元々の偵察ポイントなのだからしっかり偵察するんだけど……なんで偵察する街の標《しるし》って全部髑髏《どくろ》マークなんだろう？

偵察の結果「敵なし」だった。門が閉まってたから俺の完璧な変装を活《い》かす間もなく、踊りっ娘さんの通背モーニングスターで門ごと街は壊滅した。

軍事拠点ではあるけど港。だから一般人も居るかもと懸念していたんだけど、容赦なくぶっ壊す。だって軍と奴隷商の街だ。巻き込まれようと路頭に迷おうと、自業自得で「神《じじい》の御心《みこころ》のままに」なんだから、文句は神《じじい》に祈れ？　万が一に子供が居たら巻き込まないように注意して全部破壊。獣人奴隷を保護しながら破壊を尽くし、奴隷商の財産は根こそぎ拾って一文無しにしておいた。

「うん、これなら民間人に紛れて逃げ出していても破産だな？」

そして多くの奴隷商は私兵を率いて襲ってくるから、通背建築物雪崩落としで埋めておいた。速攻で終わらせ、そして中で保護した襤褸《ぼろ》襤褸《ぼろ》でぐしゃぐしゃな獣人奴隷達は、茸漬けにして餌付けして洗って着替えさせて魔動船に乗せて結界装備を取り付けて獣人国に追い払った。

だって、あそこまで酷《ひど》い目に遭ってしまったら、もう人族である俺の事を信じるのは無理だろう。うん、俺って人族だからね？　うん、人族なんだよ？

「ちょ、獣人奴隷達の酷い扱いを見てオコなのか、よっぽど通背拳が気に入って吹っ飛ばすのが楽しいのか、踊りっ娘さん無双で俺は途中から『僕の茸をお食べー』しか出番がなかったよ！」（ニコニコ♪）

しかし今から中心部に向かい本番だというのに、俺も踊りっ娘さんもMPを使い過ぎた。だけど、ここが東部の運河の軍事拠点にして物流の街だった。

「そう、後方のシスターっ娘の街へ教国軍の増援や物資の補給をさせないためにも、しっかり拾ってしっかり壊そう。うん、再建できないように念入りに港も壊しとこう……って、もう瓦礫《がれき》の街だった!?」（ニコニコ♪）

そして、ここからなら獣人国へは上流に向かうだけだし、船はいっぱいあるから安全な航路。一応念のために戦闘ができそうな獣人に拾った武器と防具を渡し、積めるだけ食料も持たせて魔動船の護衛を任せる。きっと、もうこの獣人さん達は獣人国に戻るまで心は休まらない。うんこんな事になるなら兎っ娘達も乗せて帰らせてやりたかったけど、この獣人さん達の状況から言って、早く逃がしてあげた方が良い。

「ちゃんと感謝してた　御主人様《ますたあ》、何も悪くない」

河は俺達が来た道沿いだから、もう上流の軍隊は壊滅しているし安全なはずだ。残ってる軍が居てもシスターっ娘の街に集結中だから河には兵力不在だし、船旅だけで戦闘はないだろう。

大急ぎで準備した魔動船が出港していく。未《いま》だに疑心暗鬼のおっかな吃驚《びっくり》な顔で、まだ喜んで良いのかもわからないまま解放され助かった事も信じられず未だ怯《おび》えた顔で。それでも、何度も何度も頭を下げている。人族に酷い目に遭ってきたというのに、深々と頭を下げたまま船は遡上していく。獣人さんって律儀だな……まあ、奴隷商から拾った賠償金も持たせたし、当座は困らないだろう。

「こんな事なら兎っ娘達も連れて来とけば、一緒に獣人国まで帰れたのに……うん、失敗したな？」

やっぱ、ちょっとだけ出航を待ってもらえば良かったかな？

「怯えて、ました。あれ以上は無理、可哀想《かわいそう》。急いで帰らせてあげて正解、です」

助けて治療して御飯を振舞っても怯えは消えなかった。心の深い所が傷ついてしまっていた。きっと人族だというだけで、俺達にはもうどうもしてあげられない。だから、人族が居ない所へ、少しでも早く帰らせてあげるべきだった。

「ただ、獣人国の川沿いだとオタ達が居るんだけど、あれは怖くっていうか……寧《むし》ろオタ達が苛《いじ》められそうだけど、それならそれでストレス発散にちょうど良いかも？　うん、あいつ等《ら》ならボコられても怪我《けが》しないし？」「まだ頭下げてる　ちゃんと伝わって、ます」

だから、もう船は心配はない。まあ、心配なのは日の出と共に昇る遠い遠い東の地からの狼煙《のろし》。千里眼で辛うじて見える細い狼煙が、遠い地の戦争の始まりを告げている。あそこで人と人の殺し合いが始まる、そしてそこにみんなが居る。

「気になるなら　本気で、引き返せば　まだ間に合うかも、ですよ」

はるか遠方で狼煙が上がり、それに呼応して次々に狼煙が増えていく。それは布陣が終わった戦いの始まりの合図、あそこで合戦が始まり血が流されている。

「気にはなるし気には病むんだよ？　うん、止《や》めさせられるものなら止めさせたいよ？　でも、決めたんだったら意味が在るんだろうねー、多分？」

人と人が愚かしく殺し合う戦《いくさ》の場に女子さん達が居る。まるで自らの手を血に染めない事を罪かのように、思い悩む見当違いの女子高生達があそこで戦いを始める。

「人の血で手を汚す事の方が罪に決まっているのに……オタ莫迦《ばか》達は良いんだよ、どうせ異常だから？　うん、元々普通にできないんじゃなくて、普通がわからないから普通の真《ま》似《ね》すらできないんだから」

そして、俺達は戻る気がない。そして異世界に居るなら、それはもうずっと殺し合いなんだよ。だから、俺達だけで良いのに。

「それでも俺には意味も意義もわからなくても、本人達にとって——それが譲れないほど大事な事なら、それはきっと大切な事なんだよ。だから、それは止められないんだよ？　でも、こんな碌《ろく》でもない世界に、意味や意義なんてないのにねー……」

だって、この世界がそんな素晴らしいなら、甲冑《かっちゅう》委員長さんや踊りっ娘さんが暗い地の底に居たはずがない。こんな世界に救われる価値なんて在るのかすら怪しいほどだよ。

「なのに、戦うんだってさ」「覚悟、本物だった　本気で考え決断、してた。　ちゃんと、みんな気持ち、決まっています」

だから俺には止められなかった。それはもう俺《他人》が立ち入っていい領分ではなかったから。人が選び、心に決めた事には誰にも立ち入れない。女子さん達に大事なものは人それぞれで、誰もが自分の大事なもののために心を決めた。その想《おも》いを知り、思いやる事くらいしかできないんだよ。ずっと一緒に居たって、心なんてわからないから。だって……名前もわからないいんだよ？　うん、未だに誰が本物の副委員長すら判明してないし？

「ほんと、人ってわからないものだよね？」

だって、最後に見た時みんな違う顔をしていた。俺の知らない女子さん達だった。もう、全然さっぱり効いていなかったけど、あれ以上はバレるし危険だから仕方がなかったんだけど……あそこで『瞳術』を見せてしまったのが最悪の悪手《とどめ》だった。うん、ずっと俺が騙《だま》していた事に気付いてしまった。

だから見た事のない、全然知らない顔だったんだよ……怒ってるかな……怖いな!?

騙され弄ばれた乙女の復讐とは恐ろしいものらしい？

111日目　早朝　教国　とある街の前方の平原

広大な草原《くさはら》の中で互いに名乗りを上げ、己が大義名分を怒鳴り合い戦場の見えざる天秤《てんびん》は戦いへと傾いていく。緩やかだった移動は慌ただしく変わり、空気がきりきりと緊張を孕《はら》む。じりじりとした緊迫感が、降り積もる雪のように大地に積み重なっていく。見えない何かに足を取られるように、誰もが歩みは重く動きは硬い。

「始まるね」「うん」

各地から集まった反教皇派の軍勢。寄せ集めの4千超の騎士団が布陣し待機する、その御旗はアリューカ王国のアリーエール・アン・アリューカ王女殿下。実際の指揮はディオレール王国の姫騎士シャリセレス・ディー・ディオレール王女殿下と辺境姫メリエール・シム・オムイ姫が差配する小さな街の小さな本陣。

そして、それを押し包むように寄せてくる人の大海原。地の果てまで続きそうな見渡す限りの人、それが全て教会軍教皇派の軍勢。2万を超える人、それはもう動く町。一網打尽にするために街を包囲する圧倒的な軍勢は、周辺の各街に駐屯していた教会軍が一堂に集合し布陣する圧倒的な人の海。

「凄《すご》い人数」「うん、数字はわかってても目の当たりにすると……ね」

緊張が高まり、多過ぎる人集《ひとだか》りに空気が足りないかのように息苦しい。それでも容赦なく鬨《とき》の声《ごえ》が上がる、それに呼応して一斉に喊声《かんせい》が平原一面を覆う。軍勢の圧力に大地が揺れ、緊張の糸は切れ、呪縛が解けたかのように戦場を狂気が満たしていく。狂わなければ恐ろしくて人を殺すなんてできないのかも知れない、そう思わせるような異様な熱狂と狂乱が平原を覆い尽くし、そして轟《とどろ》く叫び声が激突する。

「たかが3万にも満たない、ただの数字です。たった一人で3万を止めた遥《はる》君《か》に、たった

る。

2万超を止められなかったと泣きついて慰められたいんですか」「うん、わかってる」

騎士団が動き、右翼で遊撃として独立し布陣する、たった21名の私達《たち》にも兵を寄せてく

「敵の部隊こっちにも来ます」「接敵まであと……5秒？　敵戦力は？」「いっぱいですね、3、2、1、来ました」「「「行かせないよ、どおっせーい！」」」

人垣が吹き飛び、血飛沫《ちしぶき》が噴き上がる。血風と鉄錆《てつさび》の臭いの中、助けを求め泣き喚《わめ》く人の声が消えていく。

「ふぅー、弓3連！　即全速突撃で殲滅《せんめつ》！」「「「了解《ヤー》！」」」

悲鳴、苦鳴、絶叫。断末魔の声と、呻《うめ》き啜《すす》り泣く声。これが戦争、これが人が人を殺すという事……この場には綺麗《きれい》ごとなんかない、ただ護《まも》りたいものを護る。それを奪うものは全て敵だから戦う。

「そのまま敵右翼の重装騎兵部隊を横撃、本陣の邀撃陣《ようげきじん》に追い込むよ！」「「「了解《ヤー》！」」」

手が震えてる、きっと声も上ずっている。だけど誰も足を止めない、だから誰も立ち止まらない。みんなが知っているから、こうして私達が護られていた事を。もっと沢山の人を、たった一人で殺しながら護ってくれていた事を。

「密集形態で槍《やり》用意、盾は前へ！」「「「了解《ヤー》、換装完了《オールレディ》！」」」

きっと遥君が居ればこう言うんだろうな……独語か英語か統一しろよって。

「一撃離脱！　突撃！」「「「了解《ヤー》！」」」

追い掛けてくるのは怨嗟《えんさ》の声だけ。命乞い、脅迫に懐柔、それを全て突き込み弾《はじ》き飛ばし突撃する。飛び散る手脚と血飛沫、そして無残に転がる頭《こうべ》。

「撤退、即方陣に変換して！」「「「了解《ヤー》！」」」「弓兵がこっち向いたよ！」「上空、矢に注意して。風壁を展開！」「「了解《ヤー》！」」

戦況は優勢、だけど元々の兵数が5倍以上居る。削っても地力が違うんだけど、でもこれは遥君が用意した野戦陣に退《ひ》き込んでの迎撃戦。被害は極々軽微で敵だけを削り続けている防衛戦。そして、ここで私達が大軍を引き受ければ引き受けるほど、敵陣深くに居る遥君は自由に動ける。王国の戦争で遥君が追い込まれた理由、それは護ろうとしたからだった。遥君は自由に攻めれば強いけど、護るには脆《もろ》いのに背後の辺境全てを護ろうとした。だから、ここで私達が護る。遥君が自由に戦えるように、遥君が自由に……すると、なんだか凄く碌《ろく》でもない事しそうだね？

だから戦闘を終わらせて追いつく。また、たった一人で戦わなくて良いように。何もかもを一人で背負い込ませないために、私達は吐きながらでも戦い抜く。

「味方右翼に狼煙《のろし》3つ」「本陣からシャリセレスさんが攻撃に出ました！」「うん、敵後背から矢の一斉射、そのまま左翼の敵陣を掻《か》き乱すよ！」「「了解《ヤー》！　乱れ撃《つぜ》弓用意！」」

この鉄錆の臭いが戦場《いくさば》。焦げ臭いと鉄火の煌《きら》めきの中で、人と人とが殺し合い泣き叫ぶ。魔物に滅ぼされそうな世界で人同士が無意味に殺し合う。今も辺境では人々が力を合わせて魔物と戦い続けてるのに、辺境から遠い地で無意味に人同士が殺し合う愚かな争い。それは魔物よりも愚かな自滅のための戦争、生きるための生存競争ですらない意味のない血に塗《まみ》れた人族同士の権力闘争《殺し合い》。

「撃てーい、撃てーい、狙い中央に。撃てーい！　あと、3斉射後に敵左翼へ！」「「「了解《ヤー》！」」」「敵左翼、魔道部隊居ました！　青旗の陣の後方！」「目標変更、魔道部隊潰すよ。弓3連から投槍で！」「「「了解《ヤー》！」」」

寡兵でも後背を取られ、自由に動かれれば脅威。

「騎馬40接近！　私達で貰《もら》うわよ!!」「「「ＯＫ、お願い!!」」」

だから、きっと機動力のある精鋭を出してきた。でも、一番気合が入り、狂おしいほどに猛《たけ》っているのは島崎《しまざき》さん達。接敵のまま駆け抜け、一合のもとに騎兵を斬り捨て薙《な》ぎ払って崩していく。

「島崎さん達が戻るまでに終わらせるよ！　3連、撃て！」「「「了解《ヤー》！」」」「中央に敵精鋭が集中、恐らく最前部中央のアリアンナさん狙いの突撃部隊！」「魔道部隊殲滅後、中央に魔法攻撃、炎と風で！」「「「了解《ヤー》！」」」

乱れきった戦場は、混乱のまま用意された終演に向かい始める。総力戦、それは様子見をやめた全軍による力押し。

「シャリセレス隊が敵左翼から突入！　敵左2部隊孤立しました」「体育会、孤立した2部隊をシャリセレスさんと挟んで潰して！」「「「了解《ヤー》、任せて！」」」

そして始まる終焉《しゅうえん》。地面に浅く埋められた隠し長槍《パイク》の馬防柵が姿を現し、敵の進軍を串刺しにしながら止めていく。更に落とし堀に敵兵達は転がり落ち、堀は突如炎の壁となり、敵の進軍を阻み悲鳴だけを残し消え去っていく。

なのに勢いで止まれないまま、後続から押されて焼かれていく兵士達の絶叫。そして動きを止めれば、そこは敵陣《射程圏内》。容赦なく降り注ぐ、矢の雨と魔法で大地を覆っていた大軍が見る見る縮んでいく。そう、街の前の何もない平原が、実は隠された野戦用の砦《とりで》。そう、此処《ここ》は最初から一人で勝手に戦い全てを一人で終わらせる何でもかんでも抱え込んじゃう心配性な黒髪の軍師さんの用意した野城。それはみんなを護ろうと徹底的に計算され尽した殲滅用の野戦陣、だから私達はこの場所で負けてあげられなんてしないの。

「減らすだけで良いよ、あの野戦陣は崩されたりなんかしないからね」「わかってる、あれ崩せたら尊敬ものだし？」「うん、悪辣だよね、全く攻め手が思いつかないもん」「結局護られちゃうんだね、あの心配性さんに」「「「だね」」」

だから負けられない。死ぬなんて論外で、大怪我《おおけが》だってさせない。みんな笑っているけど顔は真《ま》っ蒼《さお》で、微《かす》かに剣や槍が震えている……きっと私も。

だけど、へこたれたりなんかしない。怖くて叫び出して泣きそうでも堪《こら》えて呑《の》み込む。だって護ってくれている、今だって今迄《いままで》だってずっとずっと。

綺麗ごとなんかじゃない、人が血塗れになって死んでいく、噴水みたいに血飛沫を上げて、お腹《なか》から内臓を溢《こぼ》しながら死んでいく。これが戦争、だからこそ遥君が私達を頑《かたく》なに遠ざけた異世界の現実。それは残酷で救いなんてない、無駄な死ばかりの残酷で冷酷な真実。遥君がいつも呟《つぶや》いていた、異世界《こんなせかい》なんてって……だから、私達を帰そうとしている。だからこの世界の汚い真実なんか知らなくて良いと遠ざけていた。

「無理だったら言ってね、こんなの平気じゃなくて当然なんだから」「大丈夫。怖くても辛《つら》くても大丈夫！」「うん、こんな思いをしながら、ずっと遥君は護ってくれてたんですから」「そーそー、ちょっぴり泣きそうだけど……ここで頑張れないと女が廃っちゃうよ！」「ずっと一緒に居たいなら、このくらいできて当然！」「「うん、大丈夫。ちゃんと知らないといけないんだから、こうやって護られてたって事を!!」」

こんな残酷な世界で、たった一人でみんなを幸せにしてたんだね。こんな辛くて苦しいのを笑いながら、ずっと甘やかしててくれたんだね。だけどもう私達は、もう知っちゃったから。だって見ちゃったから、遥君の魔眼の『瞳術』を。だからね……無効化《レジスト》しちゃったの、みんなで。

そう、幸せな夢だった。このままずっと夢見たまま騙《だま》され続けたら、きっと幸せだった。ずっとずっと幸せでいられるようにしてくれていた、全部を独りで背負い込んで……たった一人で騙していた。

「反撃来るよ、中央突破して離脱！」「「「了解《ヤー》!!」」」

いっぱい甘えて我《わ》が儘《まま》を言って、毎日笑って偶《たま》にちょっとだけ泣いた。みんなが仲良くて、全部全部遥君に甘えていれば幸せな世界……そんな訳ないじゃないの！　あの頃の遥君は眠る事すらできていなかった、身体《からだ》だって心だってずっとずっとぼろぼろだった。

そう、騙されてた。私達は優しい嘘《うそ》に甘やかされて、考えられなくされていた。ずっとずっと全部が嘘だった――それは『瞳術』で遥君を心配できないようにされ、心が壊れそうな時には遥君に甘えるようにされ、弱い弱い気付かないくらいに微弱な心理操作で、私達は……優しく騙されていた。甘えて、駄々をこねて、精神が壊れないように安定させられていた。

それを一人で全部抱え込んで……限界まで無理した結果が、強過ぎる力で自分を壊していく遥君の自壊現象だった。私達は幸せに騙されたまま、痛くて苦しくて辛かった遥君に甘やかされ駄々をこねる子供だった。だけど、もう全部無効化《レジスト》して、全部わかっちゃったの。

ずっとずっと心まで護られていた事に。ずっとずっと、そのために無理して無茶して私達を笑わせてくれていた真実《こと》を……この残酷な世界の現実から、ずっと護られ騙され続けていた事を。

「うん、行くよ！　向こうの精鋭を削るけど、魔道具には注意してね！」「「「了解《ヤー》！」」」

みんなの苦しみや悲しみを独りで背負って壊れ続けていた。私達が無力で愚かな子供だったから、全部を遥君が……護られていただけの子供な私達が、誰かを助けたいなんて言って、その全てが遥君を苦しめていた。

「結界展開！　右手の部隊から突撃!!」「「了解《ヤー》！」」

だから自分で背負う。だから手を汚し、胸を張って遥君と同じ所へ行く。そうしないと

隣になんて立てないから、私達は泣き虫で無力な子供でも、それでも女だから！

「メリエールさんが……突破して敵陣を分断しています！」「孤立したらヤバいよ⁉」「左翼防御、突破するよ！」「「「了解《ヤー》！」」」

もう、絶対に騙されたりなんかしない。今度は私達が傷ついて苦しんででも、絶対に甘やかし返す。うん、100倍返しだ！　だから血に塗れて、震えながら自らの意思で殺人鬼となり鬼子母神《きしもじん》のように鬼と化そう。ずっとずっと遥君が私達を護るためにそうしていたように、悪鬼羅刹と化してでも今度は私達が護ってあげたいから。

「右に反転、もう一回抉《えぐ》るよ。目標、メリエールさんに合流！」「「「了解《ヤー》！」」」

ずっとずっと夢みたいに幸せだった。ずっとずっと幸せにされていた、だから仕返しなの。ずっとずっと、ありがとう。だからね、女の復讐《ふくしゅう》は怖いんだから。今度は絶対に遥君を幸せにしてやるんだからね！

「中央空いたよ、全力突撃！　征けえぇいぃ‼」「「「了解《ヤー》‼」」」

私達は、この血塗れの残酷な世界で生きていく。遥君がこの残酷な世界を傷付き壊れながら幸せにするのなら、今度は私達が傷付き苦しんででも絶対に遥君を幸せに仕返してやるんだから！　うん、だって精神《こころ》を操作された乙女の復讐なんだからね！

「崩れたよ、一気に蹴散らせー！」「うん、全部片付けてみんなで遥君の所に行こう！」「「「了解《ヤー》……って、無事かな、教国中央部は？」」」「「「うん、出番残ってるかな？」」」

うん、急ごう。性王の野放しが心配なの？　だって……餌付けと人攫《ひとさら》いの常習犯なの！

うん、まさかまた女の子を拾ったりしてないよね？

年の功とは謝罪からの流れるような展開で最適な位置を奪取できるものらしい。

111日目　朝　教国　旧城塞都市イーストゲート跡傍《そば》

テントの外で寝袋でコロコロな仮眠というか休憩中。流石《さすが》に妹狼《おおかみ》っ娘《こ》だって精神的外傷《トラウマ》を受けていて、人族で、ましてや男が居れば落ち着かないだろう。

そう、そもそも踊りっ娘さんといちゃいちゃできないならテントに居てもしょうがない。だからお外で寝袋でコロコロ。中からは女子会トークが微《かす》かに聞こえるし、やっと姉妹が再会できたのだから話したい事だっていっぱいあるのだろう。

もう遠い空には狼煙《のろし》は見えない。負ける心配はない、教会の主力は未《ま》だ中央部を固めて引き籠っている。ただのエゴだ、何も知らずに悪い夢だったと元居た世界に戻って欲しかった。だって、帰る居場所《とこ》があり、帰れる場所があり、待っている人が居るのに。うん、多分なんとか高校だってまだ有るだろうし？

「「おはようございます、遥様《はるか》」」「おはよう……って、もうちょっと寝てても良いんだよ、今から朝御飯の支度するから？」

もぞもぞと寝袋から出て、ごそごそと支度する。病み上がりだし、消化の良さならば麺類だな。手打ちでは手が足りないので、触手打ちうどんを捏《こ》ねながら醤油《しょうゆ》に鰹節《かつおぶし》と昆布のだし汁に煮切った赤酒で汁を作る。うん、トッピングは天かすと乾燥若布《わかめ》と卵に煮込んだ筋《すじ》肉で足りるだろうか？　うん、葱《ねぎ》を盛って完成だ？

「うん、犬に玉葱は駄目だったけど、妹狼っ娘が葱が好物って異世界ってファンタジーだな？　うん、召し上がれ？」「「ありがとうございます、頂きます」」

　メリメリさんや王女っ娘やシスターっ娘は苦手だったけど、獣人族は啜《すす》れるらしい。うん、元気いっぱいに涙目でずるずると啜り、泣きながらお代わりするわんこ肉玉うどん。そう、どうも異世界人は御飯を食べさせるとよく泣く。べそべそと泣き、ずるずると啜り姉妹で抱き合う……百合《ゆり》っ娘姉妹!?　ちょ、外に出てようか？　覗《のぞ》くけど!?

「とっても美味《おい》しかったです」「食事までありがとうございました、我等《われら》姉妹は命の恩人にしょう……もげぐがごぉ、もぐもぐ？」

デザートは茸《きのこ》たっぷりの肉まん。うん、点心だからデザートだ。丁度良く、お口が開いたから突っこんでみたけど、やはり男子高校生の習性なのだろうか？

　そして妹狼っ娘の装備を用意する。事前に姉兎《うさぎ》っ娘と同じ装備を用意していたから調整だけで良かったけど、武器が全く違った？　うん、双子装備でお揃《そろ》いにしたのに二卵性異種族問題は無情だったんだよ？　小盾と長剣が得意らしく、素振りの型を見ると刀技に近いみたいで試しに小鉄っちゃんＭＫ＝Ⅱを振らせてみると気に入ったようだ？

「なら、それは俺のだからあげるよ？　うん、長さと重心だけ少し弄《いじ》るから、踊りっ娘さん相手してあげて？　いや、通背拳なしで！って、通背盾って何!!　それ、いつ覚えたの!?　うん、通背盾《シールドバッシュ》は禁止で……なんか、電柱コンビが覚えちゃいそうだなー。うん、盾って何だっけ？」「それ、私も覚えたいです!!」

左腕をガントレットに装甲化して、若干重いけど盾として最低限使えるように変えてみる。そして小鉄っちゃんMK＝Ⅱを長さを変えた両手持ちの二刀流にし、踊りっ娘さんに挑んで調整していく。攻守にバランスが取れた基本的《ベーシック》で隙のない剣だけど、遊びがない分読まれ易《やす》く奇策に弱そうだ。何度か重心と持ち手の厚みを変え、時々刃幅を調整し、刀身はそのまま柄《つか》を長くしてバランスを整える。

「うん、防具はシスター服で充分だよね、エロいし？　まあ、甲冑《かっちゅう》の方が安心感があるけど目立っちゃうし、エロさ足りないし？」「それ本当に説得してるんですか!?」

どうも頭巾《ベール》でケモミミが出せないのが不満みたいだけど、兎耳とか長いから出してると斬られそうなんだよ？

「こ、こ、こんな凄《すご》い武器を拝領する訳には！　だ、だって遥様は木の棒なのに!?って言うかこんな凄い刀を持っていて木の棒？　しかも2本？」「それ、木の棒が使えない時の予備武器《サブウエポン》だから全く出番がないんだよ、初代も取られたし？　うん、副Aに？　だからあげるよ、もう調整しちゃったし？」

傅《かしず》き両手で刀を捧《ささ》げ持ち頭《こうべ》を垂れる。姉兎っ娘にダガーをあげた時も同じようにしていたし獣人族の作法なんだろうか？

「いや、気に入ったんなら良いけど、もっと奪い取って逃げるくらいの気概と絶対に手放さない気迫がないと乙女戦争《バーゲン》では何にも買えないんだよ？　うん、マジで怖いんだよ？」

「「この御恩を返すまで帰りません、身命を賭《と》してお供いたします。まして我ら命を救……もがもがもぐもぐ！」」

他人事《ひとごと》のようにヤレヤレしているけど、踊りっ娘さんもアンパンは食べるらしい。何度も獣人国へ帰る提案をしても、後方に引くのを勧めても断られ、休憩をとらせると踊りっ娘さんに指導を受け訓練に励み、敵兵に会えばＬｖ上げだと斬り払う。するとＬｖも順調に上がってはいく？　そして確かに戦闘種族な獣人の中でも技術も体術ものが違う才能だけど、それでも教国中枢部に連れて行くのは危険過ぎると説得するけど帰らないらしい？

教国の中心地は中央部《セントラル》と呼ばれる聖域。そこは全域に魔術結界が敷かれた教会の聖地で、教会軍が持つ加護の魔道具で力が上がり、持っていないと負荷がかかるという魔導都市。

「まあ、加護された魔道具は山ほどパクって来たけど他にも小細工満載だろうし、獣人は魔道具にこそ苦しめられてきてて圧倒的な力を持ち得ながら迫害されてきたほどに相性が悪いんだよ？」「「絶対に足手纏《あしでまとい》にはなりません!!」」

うん、付いて来ちゃったんだよ？

「お待ちしておりました。よくぞご無事で、無事に妹さんを助けられたようですね。貴女《あなた》の懸命な努力が運命を変えたのです、よくぞ頑張られました。妹さんも教会の者の犯罪をお詫《わ》びさせて頂きたく、我ら教会の腐敗が全ての原因。申し訳ありませぬ」

大司教の爺《じ》っちゃんが膝を突き、深々と頭を下げる。それは謝罪であり懺悔《ざんげ》であり、そしてスリットの隙間を覗くのに最適地点《ベストポジション》！　さすがは年の功、謝罪からの流れるような展開で最高の位置取りだとっ!?

そして大司教の爺っちゃんから渡される大量の手紙と地図。これを各街々の書かれている相手に渡せば反教皇派は離反するか距離を置くだろうと？　つまり敵味方を明確に分ける分断工作な便談工作で、これで敵が鮮明にされわかりやすくなる。ただ、個々の人達《たち》まではどちらに付くかはわからない、宗教に狂信も洗脳も付きものだから最悪全てが敵だと思っていた方が良い。

そんなこんなで《名残惜しそうな爺っちゃんを後に》街を出て、あーだこーだと《やっぱスリットエロいよねと》話し合い街道を進む。当然、騒ぎに気付き教会軍が待ち構えている。ただちょっとヤバいのは、それが大盾《おおたて》を構えた兵を並べていて、その後方の兵も格好が違う。そして誰もから魔力の高まりが見て取れる……多分あれが教国の魔法戦部隊の魔導騎士団。獣人が苦手な魔法と魔道具に特化した部隊だ。

魔道具の大盾の尖《とが》った先端を地面に深々と突き刺し、槍《やり》の柄も地面に埋め込んで槍衾《やりぶすま》を作った鉄壁の前衛。それは決して退《ひ》かず、そこを動かず、絶対に後ろには通さない覚悟の堅守の陣を敷いている……から、獣人っ娘達を両手に抱え、踊りっ娘さんはおぶって空歩で一気に頭上を飛び越えて陣の後方に着地する。

「あー、重かっ……いえ、何でもありません！　はい、何も言っておりませんですますよ！　みたいな!!」（（ジトー……））

　敵は困ってる。味方はジトってる？　大盾の重装歩兵は動けないし、大盾を固定しちゃってるから方向転換も難しくて困っている？　そして、重装歩兵に護《まも》られ、絶対安全な後方に居るつもりの魔導兵が前衛になっちゃって滅《め》茶《ちゃ》困っている？　そして俺も抱えてた手がちょびっとだけ滑って、滅茶ジトられて困っている？　うん、全く異世界は困ったものだ？

　そして、大・混・乱？　慌てふためき魔導士達は前衛の重装歩兵の後ろに隠れようと逃げ惑うけど、びっちりと隙間なく並べられた盾の壁が通り抜けられずに大渋滞。そして、その大盾も槍も向こうに向けて地面に突き刺し固定しちゃったから抜けなくて方向転換したいのに魔道士が殺到して動くに動けず悪戦苦闘の大混乱な大賑《おおにぎ》わいの満員御礼の大騒動のようだ？

　更には周辺一帯が濃密な状態異常と毒が覆う空間。姿が見えた時には毒攻撃を仕掛けてきていた。自分達は魔道具で無効化できる自信があるからこその毒による防御と攻撃。獣人っ娘姉妹は大丈夫かと確認しながら敵に近づいてみたけど、エロいシスター服はちゃんと無効化《レジスト》できているようだ……エロいけど？

　だから流し返してみた？　魔導騎士団の作り出した猛毒地帯《エリア》に、更にヒュドラの毒と状態異常にコカトリスの毒と呪いの混合《ブレンド》して流し込んで超濃密で超絶濃厚な状態異常と毒の濃霧が瘴気《しょうき》となり覆い尽くす。

「うん、獣っ娘も完全に毒と状態異常は無効化《レジスト》できてるっぽい？　まあ、今の実力なら迷宮だって大丈夫そうだけど教国はヤバいんだよ、この状態異常だって下層迷宮並みだし？　うん、普通の装備だと無効化《レジスト》不能の猛毒の濃霧状態なんだよ……怖いな？」「この濃霧の殆《ほとん》ど蛇《ヒュド》と鶏《コカ》のせい！　寧《むし》ろ教国軍が、苦しんでる、です！」

　濃い暗灰色の霧と靄《もや》の中でおっさん達が悶《もだ》え苦しみ、猛毒の瘴気の中に躍り込んだ美少女獣人っ娘姉妹が無双な大活劇。うん、訓練で覚えたのか、もう踊りっ娘さんの体捌《たいさば》きを模倣している……うん、あの才能なら甲冑委員長さんに師事すれば、すぐにギョギョっ娘並みの剣術を裸族っ娘を超える身体能力で使いこなし無双しちゃいそうだ。つまり俺がヤバい、あれ以上女子力が高まると俺も身体調整を急がねばお説教でボコられる！

　視界皆無《ZERO》の猛毒の雲海の中を、舞うように斬り裂く姉兎っ娘と煌《きら》めき閃《ひらめ》く妹狼っ娘の斬撃の嵐。探知能力がずば抜け、濃霧も物ともせず。姉妹だけあって、その連係も見事で肢体《プロポーション》はもっと見事で見応えのある絶対領域なむっちりな太腿《ふともも》様も大活躍な見どころ満載だ！　そう、見ているにはとっても素敵なんだけど、連れて行くには危険が大きいのが悩ましく、白い太腿様がまた悩ましく悩殺ものなんだよ？　うん、悩ましいな!!

「遥様、敵軍全滅です！」「ご検分をお願い致します」

　なぜ敬語？　しかも跪《ひざまず》くの!?　妹狼っ娘は尻尾をブンブンと振り、姉兎っ娘もまる尻尾をぴこぴこ振っている。そしてじわじわと寄ってくる兎耳と狼耳の無言の圧力《プレッシャー》と、ケモミミの誘惑に負けて頭を撫《な》でてみると尻尾達がぶんぶんぴこぴこと大暴れだ……懐いてるか

な？　うん、お菓子《プリン》をあげてみよう？

「美味しいですー、このぷにゅぷにゅ柔らかいのが美味です、至高の至宝です！」「甘くて蕩《とろ》けて柔らかい、幸せです、こんなご褒美を頂けるなんて果報者です」

うん、餌付けしてしまったようだ。道理で帰りたがらないはずだ。撫でろ撫でろオーラも凄いんだけど、狼っ娘は狼だからわかるけど兎っ娘ってそんなキャラ設定でいいの!?

うん、何故《なぜ》か踊りっ娘さんとデモン・サイズさんまで順番待ちなんだよ……撫で撫で？

猿の代わりに子狸を提供すると珍味さんが齧られる危機だった！

111日目　昼　教国　街道

教国は腐敗しきっている、怠慢だと言っていいだろう。釈然としない事この上ないが、神父姿なのにまた文句《いちゃもん》を付けてきた！　なのに、爺《じ》っちゃん大司教からの手紙を渡すと潜入できた？　うん、これではまるで俺の変装より手紙の方が効果的だったというあらぬ誤解を受けかねない!!

そして次から次へと教会に手紙を配達し、軍の倉庫に落とし物を拾いに行く。

「えっと、この街の教会にはお手紙がなかったから、話し合いの余地がないから落とし物くらい拾っても問題はないという事だな？」（（ジトー……））

うん、問題ないらしい。やはり中央部へ近づくに比例して、徐々に落とし物の武器装備が豪華になり魔道具も増えていく。まあ、迷宮と比べるとお小遣い稼ぎ程度で、お大尽様には程遠い微々たる落とし物だけど折角の心尽くしだから拾っておこう?

「こんなに街があって人も多いのに、野原多いよね? うん、祈らず働け?」

手紙があるとスムーズに街々を回れるけど、これはようやく俺の変装の効果が認められたのだろう。だって、爺っちゃん直筆手紙って別にプレミアム感もなさそうだよね?

手紙を渡したシスターさん達《たち》の話によると、あの爺っちゃん温和で朗らかで慈悲深い人徳で求心力があるようだ。だけど権力を求めず、市井《しせい》に立ち一介の神父として大司教を務めるという主義思想で軍備も持たないから警戒されていないらしい。うん、多分手紙を渡したおっさん達も何か言っていたけど、そっちは聞いていなかったからわからない。だって、おっさんだもの?

それからも変装して街に入ろうとしては止められ、手紙を見せると通されるという不可解な怪奇現象に悩まされながらまた街に入る。そして手紙の配達を済ませ、軍の施設に偶然通りかかり偶々《たまたま》な出来事で侵入し倉庫の中に落ちていたものを拾っていると……気配探知された!?

俺と踊りっ娘《こ》さんは当然の事としてコソコソの熟練者《ベテラン》でこっそり上級者《エキスパート》、そして獣人っ娘達も獣人族特有の才能と種族特性を組み合わせ《コラボレーション》で気配遮断能力は高い……これに気付くって? そして踊りっ娘さんも獣人っ娘達も逸早《いちはや》く気が付くと、何気ない会話で隙を演出して敵を誘っている。うん、中々見事な連係の演技力だ！

「あ、あ、あ、あーきょうはあついですねーおねーちゃんさん？」「そ、そ、そ、そーですよあついですよねー、いもうとよ？」「ま、ま、ま、全く以《もっ》て待ったなしだＹｏ暑さ増し増しまいっちんぐなシスター姉妹ＤａＹｏ？」

いや、なんで俺だけジトられてるの！　超自然に会話に入ったじゃん!!　うん、あまりの自然《ナチユラル》さに大自然《ネイチャー》も吃驚《びっくり》な時事騒然？　みたいな？

空間が圧縮され、押し潰されるような拘束感。そして全身を蝕《むしば》む状態異常と猛毒。そう、俺の完ぺきな演技中に空気も読まずに空気汚染で毒を流し、魔法で拘束して斬り込んでくる黒装束達。気配の消し方といい、絡め手からの連係といい、おそらくは教会の暗殺部隊か特殊部隊だな。

「ぐわー、な、何をするーってスルーで、動けなくて、毒で超苦しくてドキドキ？　みたいな？」「それ　もう良いです。　終わってます、色々と！」

８人。定番に四方向から同時に攻め込み、跳躍して上からと剣を投擲《とうてき》して……隠れていた４人が足元を狙う定番中の定番な攻撃。もはや古典芸能と言っても良いだろう伝統芸に感心しながら手を叩《たた》く。

「うん、しかしどうして兎《うさぎ》さんまで居るのに上下で挟めると思ったのだろうね？　跳ぶよそんなもん！　上下の連係連続攻撃《コンビネーション》って、その更に上を取った時点で終わりだよ!!」

叩き落とされた味方に纏《まと》めて潰されてるんだけど、あまりにベタ過ぎてそっちに吃驚したよ！　うん、ないわー、今時!?

「まあ、俺のハリウッドが泣いたとまで幼稚園のお遊戯会で絶賛された究極の演技力で、状態異常が効いてて動けないと思ったんだろうね？　うん、どうやらまた俺の演技力に磨きがかかったようだよ？」（（ジトー……））

うん、絶賛の代わりにジト目が浴びせられているけど、きっと称賛のジトなのだろう。

「古い以前に、変に綺麗《きれい》に陣形を揃《そろ》えちゃうから上からだと一直線で、だから叩き落とせば巻き込まれて一緒に潰れるんだよ？　全く近代戦闘ではいかに直線状に並ばず規則性を排除するかが研究されてるのに、異世界の中世ときたら杓子定規《しやくしじようぎ》でこれだから四角四面な顔のおっさんなんだと？　四角いな？」「それ、お面　それが気配を消してた魔道具！」

まあ、この技術と装備が標準だったら、女子さん達は怪我《けが》一つしないだろう。だって古い、そして魔物と戦う戦術論《ノウハウ》が全く蓄積されていないから奇を衒《てら》ってるだけで意味がない。

「っていうか、魔法や魔道具のある異世界でこんなに2次元思考でいいの!?　魔物って空飛ぶよ？　俺も空を歩くけど人族だよ？　まあ。おっさんは良いんだけど……さっきの通背跳躍《ジャンプ》って何っ！　あれ、どうやったの!!　うん、なんか俺だけ空歩で駆け上がったのが馬鹿みたいじゃん、揃ってやるんなら先に教えてよ!?」

うん、なんか俺だけ空気読んでないみたいになってたんだよ？　しかし、暗殺特化なのか装備がエゲツない。各種毒物に状態異常の魔道具のオンパレードで、拘束、圧力の魔道具に硬直、麻痺《まひ》、失明、混乱、気絶に即死の毒……そう、強い人間を狩り殺すための装備構成。悪質で悪辣な悪役の武器装備満載で、状態異常にMPを全部注ぎ込んでるから瞬殺されるんだよ？　うん、ちょっとは身体強化と防御があるようだけど、おまけ程度の暗殺特化な撲殺に無力過ぎる装備だった？

　だからこそ、獣人国にも王国にも耐状態異常装備が足りていなかった。教国による暗殺や襲撃を有利にするためだけに、対抗できないようにされていた。そんな下らない理由で魔物に対抗できなくなって辺境は滅びかかり、そんな下らない下劣な下衆《げす》な理由で神《じじい》の名の下に無駄に辺境の人々は死んでいった。

「これからはこんな暗殺もあるし、危ないから帰った方が良いよ？っていうか踊りっ娘さんもだよ？　こういう毒とか状態異常は俺の方が良いって？　うん、俺って健全だから『健康』だし、日頃の行いが良すぎて運《LuK》もMaX超えなんだよ？」

　俺のLvだと簡単に状態異常の確率は100%にされてしまう。でも、過剰な迄《まで》のとんでも装備と、意味不明な迷走スキルが合わされればそう完全《100%》には成り得ない。しかも運《LuK》はMaXで限界突破して、深夜の努力で別個に『限界突破』も持っている俺が圧倒的に安全だ。そう、ある意味で究極のズル《チート》、簡単に死ぬ代わりに凄《すさ》まじく殺し難《にく》い。最も脆《もろ》いけど、最も壊し難い。そんな最強の運《LuK》があるのに、お説教だけが回避できないのはやはり好感度の問題なのだろうか？

「「絶対に離れません、危ないのなら尚《なお》です。命を救われし大恩は我が身を……もごもがぐぬぬ（ごっくん♪）」」「なんで隠密《おんみつ》だっていうのに騒ぐの？　そして、どうして踊りっ娘さんまでお口を開けて待ってるの!? うん、その舌《ベロ》はエロいから禁止《モザイク》なんだよ?」

お口におむすびを突っ込む。うん、また泣いてるから獣人にとってもお米は想い入れが深い物《ソウルフード》なのだろう。しかし姉妹してよく泣くな?

だけど、発見された。俺の完璧な変装を以てしても見付けられ襲撃を受けた。だから、ここから先に進むのなら、いざという時のための力が必須。何せ警戒すべきは完全状態《Lv100迷宮皇》だった踊りっ娘さんを囚えられるだけの力だ。甲冑《かっちゅう》委員長さんにせよ、踊りっ娘さんにせよ、あれは俺を殺す気もなければ寧《むし》ろ自らの動きを必死に縛り殺されようとしていたから力なんて片鱗《へんりん》も発揮されていなかった。だから闇を祓《はら》えたし、だから一瞬でも止められた。でも、あれが本気なら、全力なら瞬殺の間もない刹那に殺《や》られていた。そう、あれは助けられていただけなんだよ?

「うーん、何でバレたんだろう……ヤバいな?」「「「何でバレてないと錯覚を!?」」」

自壊しながらでもギリギリ戦えて、制御がガタガタでも戦いになるだけの可能性がある装備強化が必要だ。それでも全然全く千里の道の一歩すら届きはしない、半歩にすら届かなくったって必要だ。そう、微レ存もなくても、素レ存なだけでも可能性さえあれば運《LuK》任せでいい。ほんの僅かな可能性さえあれば、あとは爆運で無理矢理なんとかする。

「うん、もうどうせ腕捥《も》げるならロケットパンチとか装備しようかな? 通背拳で飛ばせそうだけど、問題は人族としての俺の好感度まで飛んで行きそうだな?」

街に潜入しては手紙を配り、俺の華麗な潜入を理解できない暗殺者をボコる! うん、各街に居るんだよ？　まあ、その間に見つめる。その躍動感溢《あふ》れる兎っ娘の肢体と、鋭く俊敏な均整の取れた狼《おおかみ》っ娘の肉体を瞳に灼《や》き付ける。

「セクハラ　メモメモ　後で委員長さんに」「ちょ、これは見守る瞳と目視な採寸で、別に疚《やま》しい気持ちは男子高校生的な気持ちに満ち溢れているけど男子高校生が男子高校生的な気持ちになるのは当然の事で、やらしくは有るけど疚しくは無いんだよ？」

しかし、美少女学級と呼ばれ、美人インフレと呼ばれたクラスに居たのに、異世界でまだ美人さんが増えていくって……こ、これがハイパーインフレ！　そう、登場人物全員美人（但し、おっさんと奥様《おばちゃん》と美人さん以外を除く）というやつか！

「ここまで美人さんが揃ってて、毎日囲まれてお妾《めかけ》さんまでできても彼女ができないって……大丈夫、空を見上げてれば溢《あふ》れないんだよ。うん、頑張れ表面張力？　掌握魔法は表面張力を応援しています!?」「「なんで急に泣いてるんですか!?」」「気にしたら負け　聞くと碌《ろく》な事ない、です！」

そして街道でも襲われる。中心に近づくほど警備が厳しく、襲撃の頻度が上がる。そう、最大の謎はちゃんと神父服姿とシスターさんの格好なのに迷いなく襲ってくる？　なのに弱い、弱すぎる。効果《スキル》付きの装備もしょぼいし、暗殺者自体が弱すぎる。剣と魔法の異世界のスキルの戦いが、全て通背拳で解決してしまっているんだよ？　みんな襲いかかってきては飛んで行き、狼っ娘さんも段々と通背盾を極めてきたな？

「うん、もうこれって珍味な名前の人召喚したら異世界の問題全て解決するんじゃないかな？　猿は居ないんだけど、子狸《こだぬき》なら提供するんだよ……ち、珍味さんが齧《かじ》られそうだ！」「「誰の話!?」」「ああ、お疲れー？って、でもあんまり遠くまで飛ばされると、落ちてる装備を拾いに行くの大変だから飛距離は競わないでね？　うん、確か通背拳では飛距離競技《ドラコン》とかしてなかったと思うんだよ？　確か壁の向こうの敵とか倒してたはずなのに何故《なぜ》か壁ごと吹っ飛んでるんだけど、それ本当に通背拳!?」（コクコク！）

ボコりながら聞いてみると騎士猟団は教国の異端狩り部隊で人狩り専門騎士団だった。それが少数に分かれ巡回しているから、遠くまで吹っ飛ばすと目立ってわらわらと集まってくる。それを更に遠くに飛ばすから、また遥々《はるばる》遠くからも集まってきて延々と甲冑の騎士が飛んで行く……うん、飛行旅団にした方が良さそうだな？

「また、来ました」「その神父服目立ちすぎですよ、何故か遠く離れていても絶対に偽物ってわかるって何なんですか!?」（ウンウン！）

そう、案外便利だった『影剣《レプリカント・ソード》』をこっそりとミスリル化してみると、

『影王剣《レプリカント・グレートソード》　ALL50％アップ　MP吸収（特大）　HP吸収（大）　装備破壊（特大）貫通　斬裂　影剣技　武器複写（装備しているもののみ）　分裂　接続　＋ATT』と性能アップに加え『影剣技』と『分裂』と『接続』が増えた。その『影剣技』は影の斬撃を作り出し、影剣を制作できるスキルだったからマントに複合している『影の外套《がいとう》　SpE・DeX30％アップ　影鴉《かげがらす》　影分身　影操作実体化　影魔法　影顰《かげひそみ》　気配遮断』と相性抜群で、「ひゅーひゅー、もう付き合っちゃいなよー」と持ち主より先にらぶらぶ展開し

そうなほどに相性がいい。

　ただし、この剣は上位の魔剣か、下手すると神剣級。世界樹《ユグドラシル》の杖《つえ》と併せて両手に持って二刀流で戦うだけでも地味にあっちこっち痛かったのに、ミスリル化で『影王剣《レプリカント・グレートソード》』になってからは尚更《なおさら》に痛い？　多分、きっとあっちこっちで自壊が始まっている。そして、魔素の薄さで再生力が弱まっている今は「自壊はほどほどに」と目標《キャンペーン》を立てて節制中なのに能力と反動が強すぎる。

「それ、神父服に影響して　影が立ち昇ってる、邪悪すぎ！　目立ってる!!」「いや、でも『分裂』複数の複製が可能になったから、使いこなせれば理論上は『無限の魔手』の全部に偽世界樹《ユグドラシル》の杖を持たせられて……南京玉簾《なんきんたますだれ》も実現可能かも!?」

　まあ、実際にやったら間違いなく自壊で即死だろう。ただ、『接続』で世界樹《ユグドラシル》の杖と一本の武器にできた。外せば二刀流にすぐ切り替えられる便利な二個一《ニコイチ》兵器だったんだけど、複合した訳でもないのに滅茶《めちゃ》強くなりすぎてて軽く使っただけで反動で体がバキバキと壊れた？　でも、封印するには惜しいし、使うには危険で痛い？

「いや、試しに『接続』と『分裂』で三節棍《さんせつこん》もできたんだよ？　うん、やってみたら自壊の嵐と、棍による自傷で一人フルボッコだったけど？　ちょ、誰だよ三節棍とか考えた奴《やつ》、敵の攻撃に合わせて振るってたら、自分の武器で自分をボコボコだったよ!?」

　強化とは時に思うように巧《うま》くいかないもので、特に趣味《厨二》に走ったりオタ達に相談すると碌でもないものになる傾向が見られる。うん、滅茶強いけど滅茶々自分が痛かったよ!!

まあ、でも使えるのは非常に使える。変幻自在な三節棍の変化に付いていけずに、教会騎士達だって瞬殺だった。ただ、俺も付いていけずに自損事故《ボコボコ》で三節棍にボコられた？　うん、これって本当に実戦で使えるの!?

「危ない！　それ以前に強化、駄目!!」「いや、こういう時は自粛っていう丸投げで、過去に読んだ本とか見た事のある映画や漫画やアニメの記憶を解析し体系化して理論や方法や法則を系統立て1つの纏まった技術体系に……智慧《ちえ》さんならきっと？　まあ、問題は、そこにオタ達のトンデモ理論とかを智慧さんが真に受けて体系化したりするから、誰かの謎に満ちた某拳法みたいに何か違うものが出来上がってる時も多々あるんだよ？　うん、例えば通背拳とか通背拳とか、あと通背拳とか？って言うか通背拳？　みたいな？」

うん、前から薄々気付いていてはいたんだけど……既に神道夢想流杖術《じょうじゅつ》が多分絶対違う何かになってる気はしてるんだけど……まあ、杖《三節棍》だから、きっと？　頑張れ？

それは洋裁なのか日曜大工なのかバンパイアハンターなのか？

111日目　昼過ぎ　教国　とある街

被害は軽微、実質皆無と言ってもいい圧勝だった。私達《たち》は泣きながら、吐きながらでも戦えた。そして、ようやく遥《はるか》君が感じていた苦しみと悲しみを知った。アリアンナさんを護《まも》り、街を護った。護るってこんなに辛《つら》くて苦しい事だってようやく知れた。そう、こうやってずっと護られていたんだって思い知った。そして……異世界の人は図太《タフ》かったの？

「アリアンナさんも、シスターさん達も、人を殺《あや》めるのに一切の躊躇《ちゅうちょ》も戸惑いもなく『ひゃっはあああっ！』の掛け声で踊り込んで蹂躙《じゅうりん》してなかった!?」「うん、修道士さん達も斬り飛ばし蹴り飛ばして一蹴に敵軍を屠《ほふ》ってたね、甜《な》めてたナイフで!!」

そう、遥君に受けた洗脳《しどう》は、しっかりと根付いていたみたい。そして芽吹いて咲かせた大輪の華は殺戮の王女《ブラッディープリンセス》。敵も味方も畏怖《ドンびき》する正真正銘の戦闘狂《ワーモンガー》、小娘と舐めていた者も、飾り物の指揮官と嘲っていた者も、利用しようと近づき参陣した誰もが虐殺の大司教《ジェノサイド・ビショップ》を見て理解した。うん、凄《すご》く怖いと！

「「「遥君、なんて事してんのよ!?」」」「うん、護れたけど護らなくっても大丈夫だったかも？」「「「うん、寧《むし》ろ敬虔《けいけん》な大司教な王女様っていうキャラを護れなかったんだね？」」」

現在は戦勝後の会議中だけど、もうアリアンナさんに直接的に逆らう覇気のある者は居ないだろう。だけど強《したた》かに提案という取引を持ち込み、戦士達が命を懸けた戦場を利権争い商売に変え籠絡しようと交渉という名の取引が始まっているんだろう。

そして報告を受ける、久しぶりのように懐かしく、ずっと一緒だったように親しく。

「現在、各街で武器食料の紛失が横行し、教会軍の横流しの噂《うわさ》も流され各街で教会軍が収奪を始めて市民感情は悪化中です。あと絶対に神父じゃない感じの決して神父に見えない神父に『神父じゃないよね？』って言うとボコボコにされるという都市伝説が流れていました。都市伝説はこの地図の通りです」

　尾行っ娘《こ》ちゃんまで教国入りしていた。戦闘力が低く危ない……のに？

「「「危ないのに何で！」」」「ですが、なんでも一族の中の一人が、魔道具で正体を見破られて軍に追われ逃げたのらしいですが」「「「無事だったの!?」」」「はい、遥さんに追われた時用の緊急袋だと渡されたアイテム袋を開いたら、そこから射出された無数の爆発筒《ミサイル》が爆炎を上げて……毒茸《どくきのこ》の粉煙に苦しみながら、追跡していた教会軍は全滅したそうです？」

「「「なんて物を持たせてるのよ!?」」」「ですが結構お高いらしいですよ？」

　そう、勿体《もったい》ないと自分では使わないけど、尾行っ娘ちゃん一族や孤児っ子っちゃん達に超絶過保護に配布された過剰武装《ごえいみぶんそうび》は最低でもＬｖ50以上ないと……追うと危ないの？

「これは……教会側は訳がわかってないのかな？」「うん、これって軍隊を探してるのかも？」「ああー、この動きは確かに!?」「少なくとも武装集団を探しているものとは思われますけど」「「「うん、探すべきは不審者さん情報なのにね？」」」

　川沿いの拠点が次々に潰され、要塞が2つも消え兵も壊滅という噂。その敵を探し軍を動かしているけど、敵を見つけられていないから分散して捜索範囲を広げているんだけど、そうしているうちに……捜索隊の糧食が消えちゃったらしいの？　うん、その犯人はきっと馬車の荷台に食べ物が落ちてたと嘸《さぞ》や喜んでいるんだろうね！

「警戒網を敷いて、検問もあるんでしょ？」「巡回兵に警邏《けいら》隊《たい》も壊滅多数で情報が得られていないようですね？」「「「やっぱり全然潜入なんてできてないんじゃないのよ!!」」」

この編成でこの配置は……これはゲリラ部隊を狩り出そうとしてる。発見を最優先に、見つけ次第戦闘に持ち込んで随時周辺の兵が応援に迎えるように配置しているんだ……だから、たった二人の歩き旅を見逃し、見つけると瞬殺で情報が得られず状況すらわからないまま味方が壊滅して司令部が混乱しているっぽいね？

「だとしたら……遥君はこの辺り？」「結構、行ったり戻ったりしてるね？」「うん、予定になかった街にも寄ってるみたいだね〜？」

異世界は通信の魔道具がない。遥君も魔法だと距離に弱いからと、電線網の構築計画を立てながら、辺境ですら未《いま》だに狼煙《のろし》と灯《あか》り点滅なの？

「こんなに見つけやすいのに？」「ええ、だからこそ大部隊を探してしまっているんでしょうね……一瞬で街を破壊できるほどの」

そう、大部隊なんて居ないけど、凶暴な神父さんかエロいシスターさんの噂を辿《たど》るとすぐわかるの？　でも……シスターさんの数が？

「盗難事件に対応して各街に散らばっている暗殺部隊まで行方不明で音信不通のようですね」「あぁー、発見はできなくても、倉庫を見張ってればのこのこ拾いに来るもんね？」

「「で、たった二人だからと襲っちゃって壊滅なんだね？」」

そう、偵察機能はないけど、歩く罠《わな》。あれは旅する強奪犯で、通りすがりの殲滅者《せんめつしゃ》だから真面目に手を打つほど混乱して壊滅していくの？　きっとゲリラさんを探して、真面目に一生懸命平原や岩場を虱潰《しらみつぶ》しに捜索しているんだろう。きっと、のほほんと二人で街道を移動してるとも思わずに一生懸命に探し回っているんだろう。

「うーん、多分だけど……教会は私達がゲリラ戦で進行方向の街と軍を無力化してるって思ってるっぽいね？」「ああー、だから本隊を探してるんだ！」「それでチグハグな対応に」「「「うん、誰がどう見ても犯人はのほほんと街道を歩いてるのにね？」」」

だから、この凶悪な神父とエッチなシスターさんの情報を軽視している。恐らく無関係だと思っているからこそ、余計に見失ってしまってる。まあ、普通はそんな目立ちまくって堂々と移動してる者をゲリラだとは思わないし、誰もあれが本人だけはコソコソしてる気だなんて想像もつかないんだろうね！

「だったら予定通りに、街を解放しながら首都へ攻め上がるでいいのかな？」「でも、アリアンナさん達はまだ会議中でしょ？」「主要な教会派の軍は既に壊滅してるみたいだから、行くだけで済みそうなのにね？」「「「うん、なんの会議してるんだろうね？」」」

教国では教国政府に委任され各街の教会が司法と納税を執行する、それこそが権力であり派閥の争い。

「手柄争いに権益の確保？」「あと……次期教皇争いとか？」「「「うわー……」」」

だから街取り合戦を始め、戦争中なのに戦後の覇権の夢を貪っている。

「手柄を狙って立身出世？」「それなら良いけど、アリアンナさん達と教皇派を戦わせて漁夫の利狙いが面倒だよ」「戦後を見据えるならば、そんな膿《うみ》を出しきらねば戦う意味もありませんから泳がせているのでしょうね」「「「政治、面倒くさい！」」」

戦後の利権を夢見て、戦後の教国としての立場で世界を見ていない。国内の利権争いと派閥争いの続きをしているだけで、改革なんて目指していない人達。

「本当の味方って、居ないもんだねー？」「会議って利害関係だけじゃないのよ！」「この国ヤバいってわかってるのかな？」「少数でも良いから、本物の味方を探しているんだね。ちゃんと、国と教会の事を思っている人達を」

数は少なくても王国には野に下っても王家に忠誠を尽くし、民のためを思う人達が居た。それでも現在超絶的な人手不足で、貴族さん達は休みなしの残業に次ぐ残業でブラック企業より過酷な勤務内容で……最近では民が貴族を哀れんで、寧ろ心配されているらしいの？　そして、教国という国に、そういう人達が居なければ国が終わる。そうだったら、知らない間に国はもう滅びていたんだから。

「最新情報が入りました、ステカテル大司教様がアリアンナ様の支持を表明され中立派が次々に反教皇を唱えております。書状ももうじき届くかと？」

お使い第一弾はできたみたい。遥君にお使いを頼むとか、かなり心配だったんだけど何事もなく届けられたんだね。きっと子供に初めてお使いさせる人は子供が心配でドキドキするのだろう、でも遥君に頼んじゃうと相手が無事か物凄く心配でドキドキなの！

「極力会話させないように、お手紙作戦だったのが功を奏したんだね！」「うん、遥君が使者として交渉していたら、未だに意味がわからずにお返事来てないもんね？」「あと……シスターさんが二人だったとの情報が？」「「「えっ!?」」」「はい、数箇所で確認されちゃったようです」「「「ああー、ネフェルティリさんじゃ止められなかったかー」」」

　そう、拾っちゃったようだ。今までも一人で行かせると、大体何か拾ってくるんだけど……また、やったみたい？　そして、アンジェリカさんもネフェルティリさんも、怒ったりボコったり好き勝手してるようで……実は遥君に滅茶滅茶《めちゃめちゃ》甘いの！　そう、基本的に遥君のする事は全て肯定しちゃってて、お目付け役にしては甘すぎだった。

「きっと餌付けして頭とか撫《な》でちゃってるんだね」「「「うん、常習犯だから手口はわかってるもんね!!」」」「孤児とかすぐ拾っちゃいそうだよね～？」「でも、シスターさんだよ？」「「「うん、女の人だよね!!」」」「ネフェルティリさん……は、増えたら喜んじゃうね？」「「「人選ミスだった！　寧ろ増やしちゃう方だよ!?」」」

　そして二人共、遥君は偉くて立派で素晴らしい人だから奥さんもお妾《めかけ》さんもいっぱいで、子供も沢山作るべきという大陸でもかなり古い考え方だった。そして二人だと毎晩いっぱい死んじゃうと、仲間を探していて……うん、私達も毎日言われてるの？

「でもでも、連れて行ってるっていう事は……強い？」「うん、戦えないなら連れてかないよね？」「でも、連れて行くなら行くで……装備を作っちゃってる？　ニョロニョロと？」「「「ああー、それはもう……責任問題だね!!」」」

　何処《どこ》かで襲われていた女《ひと》を助けたのか、それとも奴隷さんを解放しちゃったのか。だけれど、それならこっちへ送るはずで、連れてるのが不思議といえば不思議？

「密偵のシノ一族からの急報が入りました、『シスターに兎尻尾《うさしっぽ》を確認！』との事です！」

「「「有罪判決《ギルティー》&処刑執行《エクスキューション》!!」」」

うん、ちょっとお説教に行こう、コレはモーニングスターでも生温《なまぬる》いよね？

「緊急連絡です！　シスターは3名へ、犬系のもふもふ尻尾が確認されました!!」

……えっと、大鋏《オオバサミ》と、鋸《ノコギリ》と、後は……鉄杭《てっくい》もかな？　ふふふふっ、すぐ行くからねー♪

異世界でロールケーキを咥えた獣人っ娘はどの方角に向いて食べれば良いのだろうか？

111日目　夕方　教国　街道

街の教会で泊めてもらう手もあるけど、知らない人達《たち》に囲まれていると気配探知が煩わしい。そして、襲撃を受けた場合に周りを巻き込まないよう心配しなければならない。そう、特に誰とは言わないが踊りっ娘《こ》さんの、某通背拳とか建物が心配なレベルなんだよ？

「それでも弱い相手限定とは言え、相手を吹き飛ばせる技は囲まれやすい寡兵には良い技だったな？　うん、要研究かも？」

街から離れ、街道から大きく外れた地点でテントを張る。そして、せっせと晩御飯の用意だ。もう妹狼《おおかみ》っ娘も普通の食事で大丈夫そうで、寧《むし》ろ食べ過ぎが心配なほどだけど現在わんもあせっとで燃焼中？

「はっ、せいっ！」「くっ……やあっ!!」

2対1の数的優位でも全く崩せず、双子の連係攻撃を以《もっ》てしても攻め込めない。だから戦闘民族の誇りが許せない、そして獣人の血が騒ぎ獣の本能が闘争を挑ませる。

「うん、でも狼さんは良いとしても、兎《うさぎ》さんの本能って闘争で良いのかな？」

どうやら異世界の兎さんに癒やしの要素はないようだ？　うん、いやらしい要素は元気一杯健康溌剌《むちむちぷりぷり》に空振られる剣《ダガー》と共に揺れ踊っている。

踊りっ娘さんは『反射』付与だけの練習用の木刀を2本持ち、咲き誇る大輪の華のように舞い踊る。廻《まわ》り薙《な》いで舞い斬り、剣が踊り身体《からだ》が回る。獣《けだもの》の俊敏性と膂力《りょりょく》を、人の知性で技術《ワザ》に昇華させた獣人族の驚異的な武技。それが軽やかにあしらわれ、流され流れて流麗に流線を描き斬り刻まれる。

「くうぅ！」「まだまだです!!」

せめて一矢報いようと不屈の姉妹が獰猛《どうもう》に挑んでも、美しく舞う剣舞に弾《はじ》かれ吹き散らされる。きっと自分達の強さを証明して旅に付き従おうと、血気盛んに挑み……意気消沈に斬り刻まれる？　既に踊りっ娘さんの強さは計り知れない深淵《しんえん》に達している。そもそも迷宮皇とは、たった一人で迷宮王の軍勢に匹敵する脅威。そんな踊りっ娘さんを二人でどうにかできたら、その方が吃驚仰天《びっくりぎょうてん》の大騒ぎなんだよ？

「ぜーぜー、強すぎます。全然実力の底が見えない。信じられないくらい強くて、そして綺麗《きれい》」「はーはー、崩すどころか乱す事もできないなんて、あんな舞い踊るような綺麗な剣技……御伽噺《おとぎばなし》の剣の舞姫みたい」「終わっても　座ったら駄目　訓練の後は体操！」

そして始まるラジオ体操。しかしラジオ体操がこんなにも美しく、これほどまでにエロくて良いのだろうか！　肌に張り付き食い込むムチムチスパッツさんと、ノースリーブのホルターネックのトップスでのラジオ体操が優美に妖艶に肉感的に進んでいく……うん、これは良い子のみんなには見せられない最低でもＲ15は必要な健全さで倫理的検証のためにしっかりと保存映像も必須そうだ！

「美味《おい》しいです！」「こんなふわふわで甘辛くて美味しいの初めてです！」

念には念を入れ、養生のために「魔の森の茸《きのこ》たっぷりとろふわ卵のオムライスｗｉｔｈ唐揚げさんＦｅａｔ．茸サラダ&コーンスープ」にしてみたんだよ？　まあ、お慶《よろこ》びのようで、また泣きながら抱き合っている？　うん、俺も参加したいけど、ムチムチスパッツさんに不用意に男子高校生が接触すると危なそうだ。うん、でも昨晩はいい子にしていたから結構色々ヤバいんだよ……うん、性王の無限精力増強のデメリットだな？　だが、たとえ男子高校生がヤバくても必要なんだよ。うん、帰らせるには中央部に近づき過ぎた。

「えっと、本気で付いてくるなら変装用のセクシー修道服《シスター》と別に、鎧《よろい》も準備するんだけど……要る？　まあ、下着も全部一式なんだよ？」「これ以上なんて頂けません、既に過分な……エロいですけど、素晴らしい装備を頂いてます」「はい、既に充分すぎて吃驚なほどの防御力です、動きやすさも申し分ないですよ……滅茶《めちゃ》恥ずかしいですけど！」

魔力は距離で減衰する、だから長距離魔法はＭＰ消費が激しい割に効果が薄い。そして装甲も距離が離れないほど効果が高く、密着すると飛躍的に効果とＭＰ効率が跳ね上がる。そして獣人は特に種族特性としてＭＰが少なく、それ故に魔法耐性も低いから尚更《なおさら》重要なんだよ？　そう、必要なのはピタピタに張り付き、食い込むほどぴっちりな下着《インナー》と甲冑《かっちゅう》。それは素晴らしいものだろう、きっと男子高校生の夢と浪漫《ろまん》が詰まった甲冑になる事だろう……まあ、いつもの女体型エロ甲冑だし？

「装備、必要です。覚悟も　甲冑も服も……色々凄《すご》いです！　耐え切れますか、ヤバいですよ？」「「はい！」」

　うん、女性陣も魔手さんが甚《いた》くお気に入りで、お手伝いに出てくる蛇《ヒュド》さんにもご満悦で鶏《コカ》さんにも阿鼻叫喚《あびきょうかん》の大喜びで大人気だ。そう、大変にお悦《よろこ》びになられてるのに、何故《なぜ》か決まって後でお説教される？　でも、蛇《ヒュド》さんと鶏《コカ》さんは自動で自主的なお手伝いだから、あれは俺の制御ではないんだよ？　うん、偶《たま》に間違った所に行って何かしてるけど、俺じゃないんだからね？　しっかりがっつり感触だけは伝達されてくるけど、動きは自動《オート》なんだよ？　そう、そして蛇さんって穴が好きな習性だから、修正《モザイク》は必須な危険なお手伝いコンビさんなんだよ……うん、いっぱい手伝ってもらおう！

「「宜《よろ》しくお願いします！」」

　そして目隠し係装着《インストール》！

「って、やっぱりお手々はパーなんだね？　うん、わかってたんだけど、もしかして一回くらい隠す気があったりしないかなーっていう期待感すらなかったんだけどパーでお口塞ぐ意味って何なの!?」

　隙間なくピッチリと身体の起伏に密着したシスター服を優しく剝《む》き取り、剝《は》がしていく背徳的な光景が脳裏に映し出される。そして剝き出しになる獣人っ娘達の一糸纏《まと》わぬ肢体……うん、したいな！　じゃなくて、採寸だ。無数の魔糸が染み一つない柔肌に纏い付き精密に精確に精査し、その魅惑の計測情報を悩ましく蓄積する。

「ひっ、あふぅ……んあああぁ！」

　そして柔らかくも弾力に満ちた柔肉を、押したり引っ張ってみたり揺らして撫《な》でてみたりと測定を繰り返し……舐《な》めてみたり？

「ちょ、蛇《ヒュドラ》さん食べちゃ駄目なんだよ！　それはとっても美味しそうだけど果実《サクランボ》さんじゃないんだよ！」（シュー?）

　うん、食べたいな！

「大丈夫、ただの採寸　それ以外は……大丈夫じゃないです？　狂う?」「ひゃあわわわぁっ……きゃっ、きゃっ！」「ふぁあっ……ぅうんっ、うひゃあぁんんっ！」「うーん、Lv100を超えた時に、また微妙に肉質が変わるから余裕をもたせつつ密着させ圧着させて包《くる》み包《つつ》み込んで肉の形をなぞりながら押し包んで立体的に補正しながら……あっ、魔手が滑った?」「っあ、あぁ、ぁあああああああっ!?」

　皮膚の上を這《は》い撫でる織り糸と魔糸が毛羽根で撫で擦《さす》るように全身各所の艶肌をなぞり、張り付くように織り成して紡ぎ覆って……羽毛?

「って、鶏《コカ》さん呪っちゃ駄目だよ？　うん、今この状況で感度上昇の呪術で敏感にさせちゃうとヤバいんだよ!?」（コケ♪）

「あうっ！　あっ、ああぁ……くぅ、んああぁ……んあうっ（ぽてっ♥）」「ひぁああっ、あんっ、あうう！　あふぅ……ひゃんん！（ぱたっ♥）」

駄目だったかー？　だけど緊張で引き締まり過ぎていた筋肉が弛緩《しかん》して、柔軟な体軀《たいく》の新情報だ。仰《の》け反って硬直したまま痙攣《けいれん》していて計測と調整が難しかったんだけど、全身が弛緩した状態との比較精査で作りやすくなったかも？

「うん、踊りっ娘さんも事前に準備してくれてたみたいで、倒れ込む前に鎖で宙吊《ちゅうづ》りにしてくれ作業しやすくて助かるんだけど……でも、脚は開かなくって良いよね？　うん、何で大の字なの!?　そして、そんなに引っ張ったら瞼《まぶた》が千切れるし、これ見ちゃったら絶対事案なやつだよね!!」「「あああぁ……ああぁ♥」」

取《と》り敢《あ》えず鎧下用の完全採寸《フルオーダー》むちむちスパッツさんと、ニーソにホルターネックのノースリーブは試作完了。そして、このグローブ一体型のボレロで鎧下《インナー》は完成だ。試作だけど、あとは意識が戻ってから再調整と再補正を繰り返せばいい。だから甲冑に移ろう……って、なんだか凄い事になってるから拭き拭きしては測り、拭き拭きしては合わせ調整していく。

うん、タオル足りるかな？

「ひゃあああっ、ああぁっ、あああっ……あぁ……」「っはあ、ああぁ!?　あああんぅ!!」

跳ねるように、しなやかな肢体が震え絶叫を上げて仰け反る。ゴム毬《まり》のような丸みを激しく弾ませながら、痙攣して腰をくねらせて白い肉体が……また気絶《ダウン》？　そうして脚甲に移ると、鎖に引かれた引き締まった長い脚が力なく柔らかに開げられていく。声も掠《かす》れ、荒い呼吸と嬌声《きようせい》に合わせてお尻と尻尾を震わせて喘《あえ》ぎ悶《もだ》えて……うん、なんで毎回服を作ると俺の好感度さんが身罷《みまか》られてる気がするんだろう？

「お疲れー、明日の訓練で微調整するけど、終わったからお風呂用意したよ？　うん、露天風呂だけど温泉じゃなくてお湯なんだよ？　うん、聞いてないね？　魔手さんで運んで浸《つ》けとくから、溺れないように踊りっ娘さん見ててあげてね？　俺も心配のあまり、余すところなく見ててあげたいんだけど見てたら好感度さんが土左衛門《どざえもん》の危機なんだよ？」

しかし、獣人の専用装備は難しい。人族と身体能力が違い、双子なのに種族特性が違うから共有情報も取れない全てが一から解析だった。

「うん、エルフっ娘の時よりややこしいな？　どっちもエロいのに？」

エルフっ娘は人族と身体能力に大きな差異はなかった。効果特性《スキル》と魔法による身体強化系に大きな違いこそあっても、身体的には誤差の範囲だった。それに比べて獣人は筋肉の質や体格すら差異がある、総じて太腿《ふともも》さんと背筋腹筋が凄い、それは瞬発力や跳躍力が大きく違うという事で、そうなると可動域まで変わってくる？

「基本、前と上下に対する動きは凄いけど、他は人族よりやや高目？　うーん、感覚器も鋭敏で……えっ、爪先立ちが基本なの、この凄《すさ》まじい足指の筋力数値って!?」

そうするとブーツも爪先の力を活《い》かせるようにソールから見直し、可動機構の組み込みも必要そうだ。そうなると獣人さん用の剣技自体も見直しが必要かも？
「う――ん、獣人さんのお手本に踊りっ娘さんの動きは難しいのかも？　まあ、あれは人族でもできないんだけど？」「「お風呂までありがとうございました、こんな大恩を受け続け報いれぬは獣人の名が……おごもごもっぐぐっ（ごっくん♥）」」

　うん、何で闇に紛れ隠蔽した拠点《テント》で大声で騒いじゃうんだろう？　やはり異世界は隠密《おんみつ》の心得が理解できていないようだ。全く隠れて密《ひそ》やかな事をアンアンウフフってするのが隠密道だというのに、全く異世界には困ったものだよ？　うん、したいな？

「お風呂上がりは冷たいかき氷にしようかと思ってたんだけど、お口を塞げないからロールケーキにしてみたんだけど……今、お口開けて待ってなかった!?」（（もぐもぐ♥））

　なんだか、お口にロールケーキを咥《くわ》えて恵方巻きみたいになってるけど、涙目で幸せそうだから良いのだろう？　そして、踊りっ娘さんはテントの中から手招《おいでおいで》きしているけど……行って何もできないまま、美人3人に囲まれて寝るなんて地獄だ！　かと言って獣人っ娘達の前で始めちゃうのも事案だよ!!　そう、あの手招《おいでおいで》きは俺の好感度さんへの破滅に向かう罠《わな》だ!?　うん、寂しく独りで寝袋に潜り込む。

　お星様が綺麗だな……うん、お空を見てないと踊りっ娘さんが獣人っ娘達にベビードール着させて、おいでおいでしてて危険なんだよ!!　うぅ、美味しそうな太腿さんが6本も……見たら駄目だ、見たら駄目だ、見たら駄目なんだよー！　うん、さっさと寝よう!!

空気読み通背したらジトられた、読み人知らず？　いや、読んだんだよ？　空気？

112日目　早朝　教国　街道

朝が来た――そう、夜も深夜も何もなく朝が来た。伸び伸びと身体《からだ》を伸ばし、悶々《もんもん》と身《み》動《じろ》ぎする。うん、異世界禁欲生活中な男子高校生の寝袋の中に美人さんを3人詰め込まれ、すべすべな生肌がむちむちと密着して当たると危険な所に色々と当たっている？　この状況って生殺し過ぎで、男子高校生への精神的虐待問題が発生中だよ!?

「うん……何これ!?」

獣人っ娘《こ》二人に挟まれて抱きつかれ、当ててんのよ《むにゅんむにゅん》と押し潰される4つの柔らかな丸みの弾力に男子高校生が早起きに起床起立中だった！　そして、むっちりと太腿《ふともも》さんがすりすりと爆発物を刺激してる、暴発誤射《ミスファイアー》の危機的状況なお目覚め《モーニングコール》だった!!

「朝から男子高校生最大の危機勃発、って勃って発射したらそれこそアウトだよ！って、踊りっ娘さん、この状況で撫《な》で撫《な》でしないでくれないかな？　うん、まじヤバいんです、勘弁してください！　誤射が、誤爆が危ないんだってー!?」

しかし、村人Aさんのテントが大きさが変わるのは知っていたけど、まさか寝袋まで……うん、村人Aさんは多人数寝袋で何しちゃってたの!?

ごそごそと女体拘束を解き、こそこそと寝袋から這《は》い出す。此処《ここ》は天国《きけん》過ぎる……

「って、だから下腹部への抱きつき頬ずりは暴発誤射《ミスファイアー》がお顔に当たっててまあ大変な緊急事態《エマージェンシー》なんだって！」「むにゃむにゃ（すりすり♥）」「ぐうぐうぅ（ぽよんぽよん♥）」

獣耳美少女の双子サンドイッチって……うん、朝御飯はサンドイッチにしようかな？

「ああ、ヤバかった！　滅茶《めちゃ》好感度絶滅の危機敵状況で、寝てる女の子のお顔に暴発誤射《ミスファイアー》はヤバ過ぎなんだよ!?」「いい朝　サービスサービス」

うん、やっぱ宿に泊まって二部屋に分けるべきだった！　きっと獣人っ娘姉妹も積もる話があるだろうし、俺も踊りっ娘さんに積もり積もって山脈になるくらいの用事が情事で常時いっぱいあるんだよ？　まあ、朝御飯にしよう？

そして、やっぱりきっとそうだと思ったけど、サンドイッチを泣きながら食べる獣人っ娘姉妹。うん、いい加減慣れてそうなものなのに、また抱き合って泣く魅惑のむっちりバディーが組んず解《ほぐ》れつ？

「その組んず解れつ《サンドイッチ》は是が非でも参加をお願いしたい男子高校生の純情な感情なんだけど、あれは触るな危険《アンタッチャブル》な誤射《ミスファイアー》発射に危険な双子姉妹《サンドイッチ》で眠れる男子高校生さんがヤバい奴《やつ》だ!!」

朝のうちに調整のための訓練で、さっそく新型鎧《よろい》と武器で踊りっ娘さんに颯爽《さっそう》と挑み……早々に涙目？　うん、よく泣くっ娘だな？

「うん、甲冑《かっちゅう》で防御力が上がった分だけ、手加減が減らされてるんだよ？　でも、怖いよねー……通背デコピンって!!」「「なんでデコピンで吹き飛ぶの!?」」

通背だからさ？　それでも挑み、でも弾《はじ》き返す回転の遠心力を剣戟《けんげき》と移動速度に変え舞い踊る剣舞。斬撃が咲き乱れ、百花繚《ひゃっか》乱《りょうらん》に剣閃《けんせん》が舞い散る火花の吹雪。

「「きゃあああああっ!?」」「うん、アレだけボコられても生きてるから甲冑はＯＫだな？武器は……当たらないから問題は御不明だけど、使い勝手《バランス》は良さそうだな？」

目視上の問題はなく、異音もないから可動部位の負荷はなさそうだ。後の問題は本人の体感だけで、若干身体に合わせて再調整すれば一旦完成。情報が足りないのだから実地情報を蓄積して、実戦時の戦闘の様子を見て調整と補正を繰り返すしかない。

「お疲れー、甲冑と武器に要望はない？　動きにくいとか違和感とかあったらすぐ言ってね、細かく注文してくれた方が作りやすいから遠慮しないでね？」「「はい」」

濡《ぬ》れタオルを渡しながら要望を聞いてみる。

「凄《すご》く動きやすかったです」「えっと、剣の重心のバランスに盾の幅？」「「だから動きやすかったんですよー!!」」「ああー、あと膝の曲げ部分と肩甲骨周りの窮屈さか……うーん、膝周りは再設計だな？」「「全然、凄く良いのに（泣）」」

そして今日も燦然《さんぜん》と神父服で、静かな街に静かに入る。

「って、何で鐘を鳴らして、笛を吹いて槍《やり》を構えた兵隊が集まってくるの！　どう見ても神父さんじゃん!!　しかも、ちゃんと俺は『怪しくない普通の神父さんだよー』って言ったよね!?　極普通の神父さんが極々普通に街に入ってきただけの滅茶普通で超平常な平穏な日常の一コマだよ！　それが何で街中でサイレンまで鳴らしてるの、ちょっとボコろうかな……って、そこ、泣きそうな顔でラッパ吹かないっ!!」「き、き、貴様、なっ、何者っ！」「こ、この街で狼藉《ろうぜき》は……」「は――っ、はい手紙。うん、大司教の爺《じ》っちゃんから此処の教会軍の隊長さんと司教さんに？って言うか普通な神父さんが来ただけで一体全体なんの騒ぎなの？　もしかして今まで神父見た事ないの？　ここって教国だよね!?　うん、見てもいいよ、ほら神父さんなんだよー？　みたいな？」

教国の街で門番していながら神父を見た事ないって、どんだけ職務怠慢でお目々節穴で今までずっとスルーだったのだろう？　全く教国の門番の質は嘆かわしくて、通背目潰しで要らないお目々潰しちゃおうかなっていう悲惨な現状のようだ？

「だ、大司教猊下《げいか》からのお手紙とは、しっ失礼を……神父……様？」「神父服を着てて他の何に見えるか寧《むし》ろ詳しく聞いてみたいけど、先《ま》ずラッパが煩《うるさ》――い！　しかも、なんだかそのラッパが本日の吃驚《びっくり》どっきりなメカが出てきそうで滅茶気になるんだよ!?　うん、鐘も喧《やかま》しいよ、せめてリズム付けて鳴らそうよ!?　鐘が16ビートの連打って、騒音過ぎて神父が来る度に街の住民ノイローゼな騒音公害だよ!!」

静かそうだったのに喧しい街だった。丁重に教会軍の隊長さんに教会まで案内され、読まずに食べないよう厳重に注意をしてから手紙を渡す。

「つまりはアリーエール王女殿下が、御自ら軍勢を率い各街の解放を」「こちらへ向かわれていると……我らが無力なばかりに、あんなお優しく暴力がお嫌いな方が剣を手に、しかも我らにまでご厚情を。勿体《もったい》ない」

暴力がお嫌いらしい？　でも、普段から魔物の群れを蹴り散らして山のように積み上げた軀《からだ》の上で「ふっ、魔物が塵芥《ゴミ》のようだ」とか言ってるし、街でも戦闘狂《ワーモンガー》に右手と左手に一人ずつ教会軍の兵士の兜《かぶと》を鷲摑《わしづか》みにして振り回してたから別人なんじゃないのかな？　うん、配達先が違ったのかも？

だけど、黙って情報収集……しかし、何で目隠し係さんは俺のお口を塞ぎたがるんだろう？　そして中央部の情報と噂《うわさ》。部隊の現状と派閥に、旧《ふる》い伝承と真実。そう、結局教会の中枢と大聖堂の秘密は、代々大聖堂に仕える長老会が秘匿し歴史と共に闇に封じられ情報はない。教会と大聖堂が別物で、教皇派は長老会と組んでいるのかも不明で結局大聖堂内の情報が全くない？　だから、その秘密も秘匿兵器も聖遺物すら噂程度しかわからない？

「さて、次の街は警備が厳重らしいから良い物が落ちてるかも？　うん、不思議な事に警備が厳重だと落とし物が豊富で良品揃《ぞろ》いっていうのが異世界の法則みたいなんだよ？」

各街々で無能な門番達《たち》のせいで時間が掛かってるんだけど、それが伝統なのかやっぱり無能にも神父さんに向かって剣を抜いたり叫ぼうとしたりした時点で予《あらかじ》め用意しておいた電撃魔法を纏《まと》った魔糸で突《つつ》き回した。その結果感動したのか感激したのか感電したのか、みんな黙って通してくれたから潜入成功だ。なんか門のあたりで騒ぎになっているが、衛兵がみんなで寝ているから怒られているのだろう？

「って、誰かこっちに来てるなー、探知された？　あれっ？」「遥《はるか》様、敵ではございません。街でお見かけして追いかけていたのですが速すぎて……」

こんなところまで尾行っ娘一族が入り込んでいた。戦闘能力が低く、潜入や諜報《ちょうほう》を得意としながら見付かればただでは済まないというのにだ。そして王宮の現状と各街の大まかな動き、そして危険な部隊の配置と侵入者用の罠《わな》と警報装置の情報。うん、もう少し若かったらお姉さんと呼べたのに残念だ。ナイスバディーなだけに尚更《なおさら》無念だ。

「この街は厳重に警戒されていたのですが、よく侵入できましたね」「いや、変装して普通に門から入ってきたから警報装置とか引っ掛からないんだよ？　うん、見ての通りの通り掛かりの神父さん……いや、見ての通りって言ってるのに、なんで目を逸《そ》らすの！　何でそんな悲しい目なの!?　しかも、遠くを見ながら涙拭わないでくれるかな!!」

誰も返事をしないまま時が流れる――。

「って、なんで聞いてきといて目を逸らしてるの！　どんだけ遠くを見つめちゃってるのっ!?　古来より木を隠すなら森の中、教国に潜入なら神父さんとセクシーシスターさん。ほら、滅茶普通じゃん！　うん、真上って一体どこまで遠くを見る気なの!?」

なんで、こうも常識というものがわからないのか理解に苦しみながら、神父服に肩盾《ファンネル》を装着していく。此処から先は急襲だって有り得るのだから備えは必要だろう。

「各地に散らばっていた特殊工作員や聖騎士が呼び集められています。大聖堂は完全に魔道具化された要塞のようです、外におびき出す以外に手立ては……」

うん、完全にスルーされた！　そして教会教皇直属の異端審問部隊がこっちに向かっているらしい。各街の騒ぎに気付いて、こっちの動きを読んでいるんだから何処《どこ》で仕掛けてくるかだな？　ただ、教国最強と言われる教導騎士団は大聖堂から動いていない。こっちはこっちで用があるから行かなきゃいけないのに出てこない？　まあ、とりま次の街だな。

　てくてくと見回りの兵士を説教《ボコり》しながら街道を進む忍び旅。首都まで急ぎ直線で向かえばすぐなのに、お手紙を持って街を回るから、中々辿《たど》り着けないんだよ？

「まあ、後から来るシスターっ娘軍の被害を考えるなら、街を教皇派から離反させて敵を減らすか、通背拳で物理的に遠くに飛ばせばいいという通背の策？」

　そして、やって来たのは何とかの街。この街には地図に標《しるし》はあるが爺っちゃんからのお手紙はなかった。つまり街ぐるみで教会も軍も教皇派で、その直属部隊が統治し優遇されて支持された街らしいから武器装備に食料に現金まで拾い集めて、代わりに遅効性の毒《どく》茸《きのこ》でも差し入れておこう？　そう、せっかく沢山落ちてるのだ、拾えるものは全て拾おう。きっと、ぼったくり道とは休息のない険しき道なんだよ。

　手紙を配っても実際何割が敵になり、何割が味方になり、何割が傍観するのかはわからない。なにせ現実的に見れば大義名分はあっても、絶望的に勝ち目は薄い。悪事で戦闘経験を積んでＬｖを上げ、潤沢に魔道具や武器を得ている教皇派が圧倒的有利な上に多数派。

　王女っ娘が居るんだから、王国に援軍を頼めば戦力差はすぐに覆せる。その伝手《つて》で獣人国と協定を結び、力を借りれば圧倒だってできる。それでも教国の手で成し遂げたいらしい。確かに教徒の手でやらなければ意味がない、だけどその教徒こそが無駄死にになる。

「しかし普通過ぎて、弱すぎない？　暗殺者も兵士もしょぼいし、魔道具も装備も微妙で

聖遺物なんてあの檻《おり》だけだったじゃん？」（ウンウン）

　だが、その檻は初めて見る『破壊不可』だった。あの時、天啓で「破壊できないなら、次元を斬ればいいじゃないの」と閃《ひらめ》いたが滅茶硬かった！　うん、天啓さん無茶振り過ぎるよ！　そして、あんなのがごろごろと有って、装備されてればヤバいんだけど……教会軍は普通過ぎで弱すぎる？

「主力だけでも潰したいけど出てこないねー、まあ異端狩り部隊は質が悪いみたいだから俺がボコる気だったけど……こっち来てるって言われると、こっち来んなって言いたくなるっていう男子高校生心の難しさなんだよ？　うん、ハニトラ専門シスター部隊とかないのかなー？　いや、異端狩りだって美人女拷問官さんがボンデージスーツで現れる可能性だって否定はしきれない！ってフラグって見るんだ!!」

　だから、人気のない軍の倉庫まで誘い込んでみた。その結果、落とし物がいっぱいあったので拾ってたら、全く気配がないのに気配探知がざわめく。これが甲冑委員長さんや踊りっ娘さんの言う、気配を消している気配？

　倉庫の出口を塞ぎ、周囲に散っているけど気配は掴《つか》み取れない。だけど踊りっ娘さんは気が付いているのだろう。気にする素振りはないが身熟《みごな》しから隙が消え、獣人っ娘達のそばを離れない。獣人姉妹達も何かを感じ取っているようで、油断なく周囲に警戒感を漂わせお耳をピコピコさせている。

　そう、既に倉庫の中は数十人の気配遮断を持った異端審問官によって包囲されている。

うん『空間把握』持ってるから丸わかりだし、羅神眼で普通に見えていたからフラグが折られてるのもよくわかったよ！　全部おっさんだよ!!

気配が変わる。空気が変わり、おっさんの美女との交代《チェンジ》もないようだ。思考加速《アクセラレーション》で視界が青色に染まり、時間遅延《スローモーション》の重い空気の中で杖《つえ》を手に構える。新装備の『影王剣《レプリカント・グレートソード》』の装備効果まで魔纏《まてん》され、効果が高まっているのかイライラするくらいに自分の動きまで遅い。魔力と気を体内で練気し、気功術として循環させる。時間遅延《スローモーション》の重い世界を、気功術で錬成し直した身体で加速していく。

「来ます！」

宙をゆっくりと広がっていく網と同時に、殺到する不気味な武器を翳《かざ》した棘々《とげとげ》しい格好の異端狩り部隊。異形な大鋏《おおばさみ》に、大鎌や鉄の爪。普通に十字槍や斧《おの》とか剣とか居て多種多様なんだけど、その全てがスキル武器。そして分銅付きの投げ縄が低く這うように足元を狙って一斉に放たれる。上は投網で、下は分銅縄。それは戦わずに搦《から》め取る奇襲戦術。まあ、投網と分銅縄は仕掛けておいた無数の魔糸で斬り刻まれたけど、その魔糸が切断され無効化された？　宙を生き物のように怪しく飛び交い、縦横無尽に魔糸を斬っていく鉄の輪。

「って……チャクラム？　でも、あの動きは自動制御っぽいな？」

向こうでは大盾を翻《ひるがえ》し、優雅に豪快に盾を舞わせてチャクラムや投げ矢を撃ち落とす舞闘の化身さんが獣人っ娘達を護《まも》っている。だから、俺は攻めに出よう。

「ふっ、通背拳の永き歴史に封印されし伝説の秘技を見せてくれよう！　通背火炎放射——！」「「な、なんだってー!!」」

風魔法で油を噴霧し、火を点けてるだけだけど、通背の効果なのか慌てて装備品やマントを翳して無効化しようとしてるけど消せなくて焦っている？　うん、見た目は魔法っぽいけど、それ普通の炎だから普通に水で消そうね？

「引火して転がっても油撒《ま》いてるから……大炎上？」「「「ぎゃあああああぁ！」」」

そう、異世界人の貧困な発想で魔法だと判断したようだ？

「うん、火に油って魔法より邪悪で容赦ない兵器さんなんだよ？」「ぐわあああっ!!」

全く、何千年も中世してるような呑気《のんき》な世界で、魔法や魔道具に頼ってるだけのおっさんが現代高校生に敵《かな》うとでも思ってるのだろうか？

「ふっ、通背拳の歴史は恐ろしいんだよ、多分？　うん、よく燃えてるし？」

投げ矢やチャクラムは迎撃してるのに、なんか視線《ジト》が刺さってるな？

「行け、通背肩盾《ファンネル》！　だって、ベタ過ぎで、捻《ひね》りがないんだよ？　うん、誰もが思うような事ばっかやってるから、いつまでたっても中世なんだよ？　全く時代錯誤《アナクロ》過ぎて現代高校生どころか、あっちじゃ小学生だってみんなこのくらい躱《かわ》しちゃって、今時な幼稚園児だってそんなんじゃ当たってくれないよ？　うん、近代教育って過酷なんだよ？」

通背肩盾《ファンネル》でチャクラムや投げ矢を迎撃して、飛び道具を潰していく。この前スカル・ロードさんに壊されたから、なけなしのミスリル奮発して作り直した36連肩盾《ファンネル》さんの怒濤《どとう》の36連攻撃だ！　実は部品《パーツ》不足で、そのチャクラムが欲しいんだよ!!

そして炎の中から甲冑の大男が大鎚《ハンマー》を振りかぶり、大上段に叩《たた》き付けてくる。その背後に隠れて湾曲した大鎌が横薙《よこな》ぎに、甲冑の大男を避けて鎌の端で突き刺しに来る見え見えの連係。しかも右からは、これ見よがしに剣を振るい上段から斬りかかってくるけど……突如跳躍すると、その足元から大鋏が俺の脚元を刈りに来るベタ過ぎる上下攻撃。更には背後から柄の長い大斧が振り回して襲い掛かってくるけど……分銅なんだよ？

「古っ、さすがなんちゃって中世!?　うん、確実にベタで来るんだけど、今時はＪＫだって鎖鎌の分銅が飛んで来るかと思ったら鎌を飛ばして来るんだよ？　うん、あれ滅茶避《よ》けにくいんだよー、マジで！」

もう、大男の背後に隠れてジェットストリームな攻撃っていうのが駄目駄目だよ……うん、縦に並ぶって？　それって押すなよ押すなよ？

「通背触手！　更に通背蛇《ヒュド》さんも通背鶏《コカ》さんも、ついでに通背デモン・サイズさん達もやっておしまいー？　通背みたいなー?」（シュシュウ！）（コケコケッ!!）

押すなよ押すなよって振られたから、空気読んで押してみた。大鎚《ハンマー》の男を左手の杖の通《つう》背棍《はいこん》で突いて、右手の杖による通背叩《ボコ》きで背後から絶対飛び上がってくると思っていた大剣使いを叩き落とす。それだけで大鎌と大鋏のおっさんコンビも巻き込まれ事故。

後ろの斧の男は通背触手さんに吹っ飛ばされてるし、通背鶏《コカ》さんの通背吹き矢《ブロウガン》も絶賛連射中だ。うん、肩にキャノン砲装備というのは男子高校生心を擽《くすぐ》るんだけど、鶏砲《コカ・キャノン》は見た目が厨《ちゆう》二的に問題なんだよ……音《サウンド》的にもコケコケ鳴きながら発射してるし？

向こうでは通背盾撃《シールドバッシュ》が荒れ狂い、異端審問官達は審問どころか職質する間もなく、獣人っ娘達にとどめを刺されていく。そして、こっちにジト？

「いや、自分達だって通背してたじゃん！　うん、俺も空気読んでみたんだよ？」

ジトだ？　ほら、やっぱり鶏《コカ》さんの通背吹き矢《ブロウガン》が駄目だったんだよー？　多分？

JKに唾液塗れ唇突き出して至近距離から吹きつけようとするキモいおっさんなんて危険すぎだ。

112日目　昼　教国　街道

通背火炎放射で一気に焼き払ってみた。油は勿体《もつたい》なかったけど、ああいう怪しい対人特化の処刑部隊っていうのは下手に近接で戦わない方が良い。触手さん達《たち》が身ぐるみ剝がしてるけど、隠し武器に暗器に飛び出し武器から隠し魔道具まで豊富に出てきている？

「この毒霧噴射兜《かぶと》って、目潰しにもなるしよくできてる……って、被《かぶ》らないよ!?」

うん、それは絶対に高感度の下がるタイプの呪いの装備に違いないんだよ？

「これが、『分裂の円輪刃《チヤクラム》　分裂　切断　魔法切断　武器防具破壊　自動飛行』……これで魔糸が斬られちゃったのか？」「こっち、魔道具。気配遮断強化　これで隠密《おんみつ》して、囲んできました」

暗殺と処刑、そして捕縛と拷問の専門部隊。悪名高いが、それ故に人々の心を恐怖で縛る異端狩り部隊の異端審問官。恐らくその中でも斥候役の部隊なんだろう。

「遥《はるか》様、武器も防具もみんな付与付きだったり魔道具だったりで凄《すご》いですよ！」「みんな状態異常や、毒の耐性が付いてます!!」

その効果は小か中のしょぼい装備。だけど、最も不足していて獣人が苦しめられた、ずっと求めて止《や》まなかった装備なんだろう。だから耐性装備や茸《くすり》を独占し、毒と状態異常を用いた戦略で権勢を誇っていた。

まあ、今ではもう王国も獣人国も耐状態異常なんて標準装備化されている。だけど村を襲われた獣人っ娘《こ》達は持っていなかった、だから戦えずに逃げて妹狼《おおかみ》っ娘は捕らえられてしまった。うん、だからムカつくんだよ、その軍も装備も必要な場所に届かない獣人国の城って？　おっさんしか出てこなかったし!!

「欲しいものあったら言ってね？　分前《わけまえ》は欲しい物順で、要らなかったら御菓子《おかし》か御飯かお洋服と交換で買い取るんだよ？」

きっと、複雑な思いなのだろう。囚《とら》われていた妹狼っ娘は勿論《もちろん》、姉兎《うさぎ》っ娘だって絶望的な状況の中でたった一人で教国の中心部に入ろうとしていたんだから。

「『買い取りでお願いします！　うぅ、お菓子か御飯かお洋服……って、とんでもありません、分前などと我等《われら》は遥様の下……うごうごうがーっ、もぐもぐ（ごっくん♪）』」

あまり複雑ではなかったようだ？

「ドーナツさんだと穴が開いててお口を塞いだとは言えないかなって、だが捩《ね》じりドーナツさんなんだけど、まあ砂糖まぶし揚げパンだという説もあるがドーナツさんなんだよ？」

どうして隠密行動中なのに毎回大声で騒いじゃうのか聞いてみたいものだけど、喋《しゃべ》れる状況ではなさそうだ？　うん、お口に黒光りする太い捩じりドーナツを咥《くわ》え、泣きながら姉妹で抱き合っている。うん、剣術は瞬く間に成長したのに、人間性というか獣人性は全く成長していないようだ？

「うぅ、でも」「うん、村に」「いや、毒や状態異常の耐性装備って普通にごろごろ売ってるからね？　うん、そのシスター服だって防御とエロさは凄くエロいんだよ？」「「耐性は何処《どこ》に行っちゃったの!?」」

まあ、それほどまでに貧しく苦しい生活だったのだろう。頻繁に奴隷狩りに遭い、逃げれば糧食や金目のものは奪われて家や村は焼かれる繰り返し。戦力である上位獣人族の数をこれ以上減らさないために奥地に集め、報《しら》せを受けた後に完全装備で慎重に戦う獣人軍が来るまでに弱い下位種族達は全てを失う日々。

そう、ちゃんと戦える装備さえあれば、下位種族の兎人族ですらこれほどまでに強いというのに……って、獣人国でボコったおっさん達より強くない？　今の現状なら上昇したＬｖと踊りっ娘さんの訓練と装備で圧倒的。それがなくても、出会った時点でかなりの強さだった気がする？

「そう言えば何でそんなに強いのに下位種族扱いなの、今なら獣王のおっさんだってボコれるのに？　うん、みんなでボコったから詳しいんだけど、踊りっ娘さんなんて獣王のおっさんを鎖で巻いて振り回してぶつけて遊んでたんだよ？　いつもより多く回しておりました？」「「獣王様に何て事するんですかー！って、ネフェルティリさん……そっぽ向いて口笛吹いても音出てないし、テヘペロでベロ出てますから口笛無理ですよー!!」」

助けに間に合わない王でも尊敬されていたようだ。そこまで追い込まれていた……自分の種族ではなく獣人族の存亡のために納得し、苦肉の策を理解し認めていたらしい。それを縛り上げ、振り回しボコっていたとはなんて非道な踊りっ娘さんだ！　うん、まあ最後の方は悦《よろこ》んでたけど？

「ご主人様《ますたあ》　髭《ひげむし》って《ひげむし》った。獣王泣いてた！　超虐《いじ》めてた！」「「獣王様に何て事しちゃってるんですかー！って、遥さん……蛇《ヒユド》さんがあっち向いて口笛吹いても何も解決してませんよ！　鶏《コカ》さんがテヘペロしてますけどせめて本人がしましょうよー!!」」

密告《チクら》された。裏切り者には制裁をこってりしっぽり心ゆく迄《まで》お仕置きだべ～ってしたいけど、まだ昼間。それはもう全身全霊の全男子高校生的なお仕置きを一致団結で行使したいけど陽は高い。うん、夜は宿を取らないと、テントの中だと異形の触手さんと蛇《ヒユド》さん鶏《コカ》さんが大暴走を始めると獣人っ娘姉妹も巻き込まれる事間違いなしで危険極まりない。うん、女子さん達にばれたら果てしない《ネバーエンディング》お説教間違いなしだな！

「戦闘種族の上位種が絶滅すれば獣人族は戦う力を失います。だから温存し、確実に戦いに万全の態勢で送り込むと種族会議で決めたんです」「強者が護《まも》られる忸怩《じくじ》たる思い、王が民を見捨てる屈辱。それを知っているから兎人族は王を慕っても恨みなどありません！」

うん、やはり脳筋種族だ。莫迦《ばか》達と気が合いそうだ？

「うん、だからさー……船で来るなら城建てて上陸を狙おうよ？　陸路なら砦《とりで》を築いて罠《わな》仕掛けようよ？　なんで人攫《ひとさら》い相手に真っ向から戦う事しか考えられなくて、どうして人攫いと正々堂々勝負しちゃうの!?」

それは国と国の戦いではなく、誇りを懸ける意味もないただの犯罪なんだよ？　まあ、だからオタ莫迦達が碌《ろく》でもない見本を見せているだろう、きっとあくどい手本になっているだろう。だって莫迦だけどあくどいんだよ？　勝つために最高に有利で最適な暴力を適時的確に直感的に判断し実行する莫迦、あれは森に放すと最悪なんだよ？　そしてオタ達は嵌《は》める、全てを自分達の都合の良いように段取り圧殺する、戦いですらない効率的な作業《さつりく》。どっちも正々堂々とか真っ向勝負から最も遠い、ただ効率的に効果的に殺すのと逃げるのが巧《うま》い天才達だ。現代社会では才能を忌避されるはみ出し者。あれは競技《たたかい》し、遊戯《ころす》する天才達なんだよ？

それに比べて獣人族は元の世界に送り込んで、競技大会《すぽーつ》にでも出させた方が良さそうな競技思考《バカ正直》。正々堂々汗を流して訓練に励み、強くなろうと頑張っちゃうタイプだ。獣だ魔物だと呼ばれ蔑まれるが故に、人に拘《こだわ》り過ぎている。うん——獣より魔物より人の方が卑劣で悪辣に決まってるじゃん？

「踊りっ娘さん、この『幻視の鎖　不可視　幻影鎖　視覚誘導　＋ＡＴＴ』要る？　うん、やっぱり好きそうだもんね、盾職だけど盾が要らないくらいだもんね？　うん、敵さんが一生懸命に攻撃してるのに盾に当てられないって見てて可哀想《かわいそう》なものがあるんだよ？　もうその盾って防御力要らないよね、絶対!!」

　うん、盾職の概念を突き破って《ブレイクスルーで》、残虐非道な異端審問官達が見てて可哀想なくらいに困惑していた。だって風に踊る花弁《はなびら》のように大盾が可憐《かれん》に舞い、流麗に翻り幻想のように躱《かわ》し幻影の如《ごと》く擦り抜けていく盾職。そんな盾職に私は疑問を投げたい？

　挙句に気に入ってしまって通背盾撃《シールドバッシュ》が舞い荒れる修羅の舞闘だった。それは盾職なのに一切の攻撃を受けず、一方的に吹き飛ばす変幻自在の踊る盾職。うん、盾職の概念を突き破ってるって言うより、何で盾を持ってるのかが疑問しかないんだよ？

「うん、もう吹っ飛ばすんなら大鎚《ハンマー》で良くない？　通背大鎚《ハンマー》って、なんか副Ｂさんなら喜びそうだけど、副Ｂさんだと通背胸部《ゲフンゲフン》！　いえ、何でもありません!!」

　ヤバいなー、もう揺れすぎて衝撃波が発生して通背衝撃波《ソニック》おっぱ……!!

「いや、ごめんなさい！って、メモしないでくれるかな？　うん、そのメモ誰に渡す気なのっ!?　怖いな!!」

　しかし、獣人なのにどっちも鉄爪《アイアンクロー》は欲しがらない？　結構面白い武器が集まった、でもなんかこの武器達ってバーゲンに出しちゃいけない気がするんだよ？　大鋏《おおばさみ》とか？

　そして街を出る。やっぱ見られてる……異端狩り部隊の本隊なのか、エロシスターを見守り隊なのか？　エロシスターを見守り隊の面々ならば見守ってる会の会長として会員証を配るんだよ？　うん、爺《じ》っちゃんにも発行したんだよ？

その視線は、きっと待ってるんだろう。地面に潜り身を潜める異端審問官達が飛び出すのを……うん、地表を固めたからもう出れないのに？

「いや、おっさんが埋まってるなーと思ったから固めておいた？　うん、埋める前に埋まっているって、今までに出会ったおっさんの中では中々気が利いていて、これで飛び出そうとしなかったら良いおっさんだったのに？」（（ジトー……））

だけど、一人だけ石並みに固めておいた大地を、強引に穿《うが》ち飛び出してくる。その一撃を身体《からだ》を反らし躱し、返しの一刀は肩を引いて流し、それでも踏み込んで突いてくる剣の腹に手を添え軽く押して流す……その間合いが狭まった瞬間に、こっちを向けて唇を尖《とが》らせるおっさん！　超キモいっ!!

含み針――その吹こうとする不細工な顔面に、アイテム袋からの抜き打ち《クイック・ドロー》で通背岩《ロック》を押し込む！　すると不細工な顔面ごと口も塞がれて、含み針が口の中に刺さったのか激しくのたうち回り顔を不細工な紫色にして動かなくなった？

周囲では一生懸命に気配と姿を消していた一団が、空を舞うデモン・サイズさん達に首を刈られ、混乱したところに姉兎っ子と妹狼っ娘が突入して至近戦で仕留めていく。踊りっ娘さんは監督のようで儂《ウンウン》が育てたしながら眺めているけど、ちゃんと鎖でフォローはしているらしい？　うん、中長距離の狙撃役だったみたいだ？

「待ち伏せされるって、居場所がバレてるんだよ？　なんでだろう、完璧な変装でお忍びなのに？」「多分、暗殺者。　殺すと気付かれる　死ぬ時に魔力感じ、ました」

どうやら暗殺者をボコると異端狩り部隊が来るバリューセットで、順次獣人っ娘達のLv上げと訓練に最適なお得なプランだったらしい？　だけど面倒で先に進めない、だけど放っておくと女子さん達が来た時に危ない。

「うん、女子高生に唇突き出して至近距離から唾液塗《まみ》れの針を吹きつけようとするキモいおっさんなんて危険すぎだよね？」（ウンウン）「「暗殺者さん（泣）」」

それからも街に行っては手紙を配り、暗殺者に襲われながら倉庫で落とし物を拾うひっそりな潜入。そして街から出ると異端狩りとの遭遇の繰り返し。そう、こんなに苦労してるのに、未《ま》だ誰一人として神父さんにいちゃもんつけない門番が居ない！　存外に偵察の潜入工作とはストレスが溜《た》まるものだ……うん、主に門番がムカ着火《ストレス》なんだよ！

ただMPの節約は思いのほか魔力制御の練習になっている。意識して必要最低限の分量を見切り制御して、適度に適切に魔力量を調整していると身体への負荷が大幅に軽減された。意識しているから魔纏《まてん》による身体能力上昇も制御されて、身体への負荷が著しく低い？

つまり無駄に流されていた魔力により、必要以上の力に変換されて自壊の原因の一端になっていたのだろう。無意識だとわからなかったけど、意識すると魔力の流れに無駄な強弱がついている。それを平均的に平坦《へいたん》に均《なら》して放出量を安定させ続ける。そうして気功術で体内を強化すると一気に自壊は減るけど、その両方を無意識下に制御するのが難しい。魔力と気功術が混じり合っているから尚更《なおさら》だ。そして、また街へ。

「郵便でーす、って言うか手紙だけど爺っちゃんな大司教からだから恋文《ラブレター》じゃないと思うよ。いや、あの爺っちゃんならやりかねない！　ちょ、彼女居ない歴更新中な男子高校生に恋愛工作員《キューピッド》させるって何！　俺も活版印刷を始めて大量の恋文《ラブレター》を定期的に大量発送《DM》し続けたら彼女ができる可能性が素レ存！　うーん、版画じゃ駄目かなー、って聞いてる？」

「あ、は、拝見させて頂きました、アリアンナ大司教が本当に軍を率いて……優しくて戦いになんか向かない娘なのに。命懸けで辺境まで赴いて、帰ってくれれば国が簒奪《さんだつ》されてるなんて……神父さ……えー、使者様？　ここから先の塔がある街は魔道具で警戒され、門にも精神魔法で探査されております。どうか、お気を付けくださいませ」

聞いてみたら嘘《うそ》発見器の魔道具販のようだ。エルフっ娘も魔法で似たような事ができていたから、魔道具販だって当然あるのだろう。危険な道具だし女子さん達の手に渡らないように、念入りに徹底的に破壊しておこう！　だって、エルフっ娘が来てから魔纏してないと嘘がバレてお説教の頻度と密度が圧縮強化《ブースト》されてるんだよ。うん、要破壊だな!!

これで残るお使いは中心部のみ。首都は、もうすぐそこだ。きっと女子さん達も進軍を始め、街々を解放しながらこっちに向かっているのだろう。うん、何故《なぜ》か追い付かれると、怒られそうな気がするのは何故なんだろう？

人とはいずれは土に還るが運命でおっさんなら即時速攻に埋め立てだ。

112日目　夕方　教国　街道

神父服での潜入作戦は最も理論上効率が良い。惜しむらくは出来の悪い門番のせいで効率が駄々落ちだけど、最も確実で合理的な作戦だった。だけど教皇派で固められた中央地区《セントラル》は厳重な警備を敷かれ、武装も強化されているらしい。そして門に魔道具が仕掛けられてるとわかった以上は、潜入は諦め忍び込むほうが安全だ。

「「なのに、まだこの恥ずかしい衣装なんですか！」」

うん、忍び込むけど踊りっ娘《こ》さん達《たち》はシスター服のまま。何故《なぜ》ならばセクシーシスター服は捨てがたいんだよ！

「いや、甲冑《かっちゅう》だと目立つから神父服で忍び込むんだよ？」

そう、神父の格好で変装は完璧なのに忍び込む、不合理で非効率的な迂遠《うえん》な作戦だけど獣人っ娘達も居るから安全策《セーフティー》でいこう。気配を消し、城壁を越え街に潜入する……何故か門から入るより滅茶《めちゃ》早い気がするのは気のせいだろうか？

「最初からこれで良かったんじゃないでしょうか！」「あの『俺は普通の神父さんだよー』で時間掛かってましたね？」「いや、絶対にあの無能な門番達のせいで時間掛かってたからだよ！　本当に使えない門番達だよ!!」

ジトられながら教会と軍の詰め所にお手紙を渡し、倉庫を見張ってる暗殺者達をボコる。ただ、お手紙を渡せた以上は味方になるかもしれないから落とし物は拾えない、お大尽様もしょんぼりだ。うん、次に行こう、まあ本命だ。

街を出ると、もう首都が千里眼なしでも目視できる。でかいな？　外縁部と中央で貧富の差がはっきり見て取れるほど凄《すさ》まじい格差。そんな巨大な都市の周囲は街道以外にも軍隊と検問だらけで、破壊活動を警戒して徹底的に怪しい者を排除する気なのだろう。

「だからこそ怪しくない普通の神父さんだよー、普通だから普通に通るよー？　おっさんだから『あでゅー』？　美人さんだったら『お ふゔぉわーふ』？　らゔぃあんみたいな？」

「怪しい奴《やつ》！　取り押さえ……（ボゴォッ！）」「怪しくないよ、わざわざ普通だよって言ってるよね！　もう頭きた、さっきの異端審問官から気になって無理矢理拾ってきた新兵器を使ってみよう。よし、通背撲殺兵器《バールのようなもの》フルスイングー！」（ボコボコボコッ！）

今宵《こよい》の通背釘抜く機能付き金属棒《バールのようなもの》は……とっても釘《くぎ》がよく抜けそうだ？

「でも、一応釘バットも拾ってきたんだけどセットだったのかな？　まさかバールで抜けっていう意味!?　なら、最初から釘打つなよ!!」

この兵隊達は殺意がなかったし、踊りっ娘さん達をエロい目で見ていたけどチラ見だった、襲い掛かってこなかったからお説教コースでいいだろう。正座させて、俺は怪しくない完璧な神父さんだと100万回復唱くらいで許してやろう。って、この距離でもわかる強い気配……だが、おっさんだ。強かろうと何だろうと、おっさんに貴賤《きせん》はない皆等しく埋《う》めるべき者。人とはいずれは土に還《かえ》るが運命《さだめ》、おっさんは速攻強制送還《うめたて》だ。うわっ、おっさんが駆けてくるけど、速いな？

112日目　夕方　教国　大聖堂　教皇の間

醜い脂肪の塊が醜く歪《ゆが》み、狂ったようにがなりたて喚《わめ》き散らす見苦しさ。顎まで肉に埋もれた弛《たる》み切った猿のような顔で、唾を飛ばしぎゃあぎゃあと狂乱状態《ヒステリック》に叫び騒ぐ。

その汚い金切り声の罵倒と狂い血走った眼の濁った眼球がぎょろぎょろと見回す様《さま》に、誰もが萎縮し祟《たた》りに触れぬよう発言が遮られ会議が空転を続ける。なにせ理や正確な情報ではなく、自分の聞きたい結果だけを求める狂人相手に会議など不毛も極まりない。

「何故に咎人《とがびと》を捕まえぬ、神に逆らいし大罪の者を何故連れて来ぬ！　言い訳は聞き飽きたわ、見つからぬは貴様らに見つける気がないからじゃ！　目を開いて見てくるだけの児戯が何故できぬ、無能な貴様らにはただ目を開いておく事もできぬのか!!　早く探し出して連れて来い。直々に拷問にかけ、神のご威光を知らしめてやろう。それ以外の言い訳など不要じゃ、言われた事をせい！　この無能どもめが!!」

その醜悪な騒ぎは無視し、地図上に描かれる不可解な絵柄を見詰める。点と点を線で結び、時間を当て嵌《は》めるとわかる不可解さ。本隊は発見できず、ゲリラ兵すら網に掛からない。なのに警邏《けいら》部隊や関所は次々と連絡を絶ち、街々は武器食料を奪われ続けておる。

敵は居るが、敵本隊もゲリラ兵部隊も存在しない。密偵の目には映らず、なのに罠《わな》は食い破られている。目立たないようにしているのか、目立って気を引こうとしているのか全く理解不能な行動。その進行方向と連動するように、教皇派からの離反が相次ぎ情報は錯《さく》綜《そう》しているが答えはこの情報の中にある。この地図の上で何者かが我等《われら》を嘲り笑っているのだろう。隠れん坊《ハイド&シーク》のように、地図上《ここ》に居るのに見えない何者かが我等をせせら笑っているのだ。此処《ここ》に居るぞと、眼《め》の前に居るから見つけてみろと。

無駄な会議は終わり、各自が忙しそうな振りをしてそそくさと逃げ出す。

「やはり王女殿下が」「そうか――出来得る事ならばアリーエール様には国外でお幸せに暮らして頂きたかったが担ぎ出されてしまったか」

お優しく誠実な王女に、戦いなど残酷な……そして孤児院の子供達を護《まも》るために王女の捕縛の命を受けざるを得なかったレイテシアと、そのレイテシアを妹のように可愛《かわい》がられていらっしゃったアリーエール様が相争い戦わざるを得なかったとは何と残酷な。

「これは下手に出ても無意味だな、教導騎士団には首都の警備に専念させよ。迂闊《うかつ》に出て各個撃破されるは愚策、護るべきは一箇所だ」「はっ、しかし本当に王女様が軍を率いて参られたらどうなされるおつもりで。多くの者は……」「言うな、迂闊だぞ」

本気で教皇を支持しているような狂人は極僅かだ、だが大国と結び権力を握る力と恐怖による支配に服従する者が大多数。そして、もう教会が富み民を虐げるを是とする者が教皇派に擦り寄る、腐敗した絶対支配は力でしか破れぬのかもしれぬ。殺《や》れるなら儂《わし》が殺りたいが、大聖堂の加護を得た老醜共を殺し尽くせるのか。聖堂騎士団まで傀儡《かいらい》に成り下がった今、教会内で異を唱えられるのは唯一教導騎士団のみ。殺るなら失敗は許されぬ、殺るからには禍根を残さず皆殺しにせねば悲運に散ったレイテシアにも、そのレイテシアをお手に掛けねばならなかったアリーエール王女殿下にも顔向けができぬ。

「いっそ大聖堂に引き込んで中から呼応すれば」「大聖堂の中では『加護』を持つ者が圧倒的に有利、殺しきれるものではなかろう」

だが、王城が堕《お》ちれば王が人質に取られる。それを、あの優しき王女殿下に手をくださせる訳にはいかぬ。

「王城は」「未《ま》だ無事ですが、包囲が固くお助けする事すら……連日、王家の騎士団がBBQパーティなるものをしながら教会騎士団と睨《にら》み合っております。既に教会騎士団からも匂いに釣られて王国軍に下り、王家に忠誠を誓い始めているとか」

聖職者ばかりが飽食に明け暮れ肥え太る。下っ端の一般兵は満足に肉も食えないというのにだ。清貧を謳《うた》いながら、その実態は貧困。富は全て教会が略奪し、再分配される事なく享楽という名の経費と権力という人件費で国家の予算すら聖職者の浪費で消え失《う》せる。

「二番検問所で騒ぎというか、問題発生《トラブル》というか乱闘騒ぎになりそうでありながら一方的に叩《たた》きのめされ神父様にお説教をされているとの情報も」「二番……正門の正面じゃな、神父が説教というと噂《うわさ》になっているアレなのか。ほれ、超美人のシスターを両隣に侍《はべ》らせて凄《すげ》え色っぽい別嬪《べっぴん》だっていう？」

このややこしい時に現場で騒動になっている「絶対に神父ではない神父」。そして、「美しく綺麗《きれい》でエロくて色っぽくて艶っぽい美女シスター」の噂。ゲリラを探すとその神父に出会い叩きのめされて説教をされるという奇っ怪な噂だが、そのせいで浸透作戦部隊《ゲリラ》の警戒中の兵が混乱をきたしている。そしてその度重なる報告に司令部すら狂乱させられているが、その足取りは東から街道を歩き首都「アリューカ」を目指しているだけだ。

「何度聞いてもわからんのだが、何で絶対に神父じゃないのだ？　魔道具で確かめた訳でもあるまい」「報告では見ればわかるかと。実際に遭遇した部隊の全てが同じ発言をしております」

訳はわからんが強い、幾多の検問と警邏の兵を叩き伏せる美人を連れた神父。面白い、斯様《かよう》な状況下でなければ招いてみたいものだが。

「あとシスター様は超絶美女が3名だと」「ちょ、検問所が心配だな、儂が見てこよう！」

百聞は一見にしかず、三見か。強くて美人を侍らせるならば糞《くそ》神父でも面白い、権力で女を脅し囲う下衆《げす》や騙《だま》し攫《さら》ってくる屑《くず》にはこの大聖堂は事欠かない。だが己の力で兵を叩きのめし、美女を連れながら堂々と歩いてくる神父など聞いた事もない。

「何を見に行くのですか何を!?　今は火急の時、美女を見に行っている場合ですか！」

「そうは言うがな、実際にその神父の足取りで時系列を眺めればゲリラの姿を見ている可能性が高いぞ。参考人つーか参考三美女じゃろう」

ここに居ても淀《よど》み腐った空気に吐き気がするだけだ。そして教導騎士団はここから動かせんが、団長などは居ても居なくても同じ事だ。それに……アリーエール王女に一切の禍根はないし、あれはレイテシアの責だ。止められず、助けてもやれなかった儂の責であり恨《うら》み辛《つら》みは在ろう筈《はず》もない。

だから東から来る神父ではない何かに聞きたいだけだ。せめて武人として逝けたかと。命のやり取りに口は挟まねえ、だが恥ずかしくて口にした事もないが、子供の居らぬ儂にとってはあれ《レイテシア》は娘のようなもんだった……辱めに遭ったと言うならば其《そ》奴《やつ》らは殺す。たとえ王女殿下の配下であろうと皆殺しだ、それだけは譲らねえ。だから、敵対する気はないがゲリラに会う必要がある。結果、敵対せずとも皆殺しにするかもしれぬが、それは私怨。

「私事だ、一人で行く。付いてくるでない、指揮は頼む」「神父と美女は譲りますが、ゲリラは譲れませんよ。レイテシアは我等にとっても妹のようなもの。報われぬ短き生涯ならば、せめて武人として誇りある最期を……」

さて、美女を拝んで神父に聞く事がある。しかも強くて喧嘩《けんか》っ早い神父なら話が合いそうだ。そして、きっと話す必要もないだろう、俺の剣に応えてくれる強者《つわもの》だといいが。

門を出ると……既に衛士《えじ》達は説教中のようだな。なるほど全く以《もっ》てその通りだ、ひと目見ただけで遠目でも神父じゃないのがわかる。

良い神父も悪い神父も腐るほど居るのが教国だ、生まれた時から何処《どこ》も彼処《かしこ》も神父だらけだ。だからこそわかる、あれは神に跪《ひざまず》かない、あれは神に救いなんて求めていねえ。ああ、あれは神を見上げねえ、あれはそういうものだ。

いかなる道を選ぼうと辿り着く場所が同じであれば、そこに穴を掘っておけばいい。

112日目　夕方　教国　検問所

【おっさん語り】

はっ、笑いが止まらぬ。頭が可笑《おか》しくなりそうだ。笑い話や冗談なんかより、よっぽど気が利いてやがるわい。Ｌｖ25の子供と言って良い少年だ、線も細いし背も高くない。なのに怖えじゃねえかぁ！

何なんだよ畜生、教導騎士に祭り上げられ団長なんぞに飾り立てられて辺境にも行けずに燻《くすぶ》ってきた。修練と流れの魔物を狩り続け、幾多の戦争《こぜりあい》にも出向いてきた。こんなもんだと思っちまったのはいつだった。

微温《ぬる》い戦いの日々。だが、請われても命じられても、獣人の戦士と戦う気はない。剣を交えたい尊敬すべき強き戦士なれど、毒を用いた奴隷狩りなどそっちを斬り殺したいわい。辺境行きも、辺境を護《まも》るべきが攻めるなど同意できるはずもなかった。そうして、いつの間にかこんなもんなんだと思っちまってた……馬鹿か儂《わし》は。

こんなもんな訳ねーじゃねえかよ。全く以《もっ》てとんでもねえじゃねえか。だって、マジで怖えぞ、この小僧！　Ｌｖ25だ、手に持ってるのは木の棒だ。それが笑いが出るくらい怖え、ちきしょう世界はやっぱりこんなもんじゃなかったんだ!!

言葉なんぞ要らぬだろう、どうせ我が渾身《こんしん》の一刀も挨拶代わりだ。やってらんねー、退《さが》りもせず流しやがった。巫山戯《ふざけ》てやがる、一歩も足が踏み出せねえ。打ち合い、押し合い、払い除《の》け、薙《な》ぎ払おうとも一歩も前に出られねえ。生涯を懸けた儂の剣は一切受けずに躱《かわ》し流される。

「ちくしょう、これゃあ強えとか、そういうもんじゃねえな」

だが、巧《うま》いがそういうもんでもねえ。きっとしょうがなかったんだろう、この小僧は勝つ以外許されないまま、ずっと地獄かなんかで暮らしてたんだろうよ。きっともう小僧《こいつ》にはとっくに強いとか、そういうのはどうでも良いんだろう。もう、そんなもんは興味すらなく、護るとか勝つとかは全部ひっくるめて当たり前過ぎて、息をするように当然の顔で剣風吹き荒れる死地でどうでも良さそうに鼻先を掠《かす》めていく剣尖《けんせん》すら見てもいねえ。

睨《にら》むでもなく探るでもなくじっと見てやがるが、どうでも良さそうな顔しやがって。ただ景色でも眺めるように、一心不乱の怒濤《どとう》の剣を見もせずに儂の目を見ていやがる。怯《おび》えも迷いも何もねえ、ただ茫洋《ぼうよう》と興味なく眺めてるだけだ。この剣が刺されば死ぬなんてどうでも良い顔だ、刺さらなきゃ良いだけだから気にもならねえ顔《つら》だ。

きっと出来るとか出来ないとかとっくにどうでも良い事で、殺《や》れるから殺るだけなんだろう。肝が据わってるとか、豪胆だとかですらねえただの子供《がき》の我儘《わがまま》だ。

我儘に殺されねえと決め、我儘勝手に結果を決めて、我儘のまま押し通る。相手の都合も、強いも弱いもどうでも良いと罷《まか》り通る傲岸不遜。ちくしょう、世の中は滅茶苦茶凄《めちゃくちゃすげ》えじゃねえか！　くそ、こんなくだらねえ教会の柵《しがらみ》なんて叩《たた》き斬って、レイテシアを放り出してやれば良かったんだ。そこには儂の知らねえ、教えてやれなかったものが沢山あっただろうによぉ。くっそー、強えなあ。嗚呼《ああ》、こんなに弱っちい小僧なのによお。

きっと諦めなかったんだ、この小僧《ガキ》は。小僧《ガキ》らしく我儘に、儂らが諦めちまったような、どうしようも無いもんや儂らの知らぬ化け物みたいに強いもんを相手にも諦めねえで我儘に押し通し貫いてきたんだろう。我儘に負けてやらず、我儘を押し通して倒し続けて、在るが儘《まま》に一歩も退《ひ》かなかったんだろうよ。だから天井がねえ、突き抜けちまってる。測るどころか見果てぬほどでっけえんだよ！　ちきしょう、こんなに勝ちてえのに掠りもしねえ。こんなに惨めに遊ばれてるのに、楽しくてしょうがねえ。儂は……俺はこんな風に剣が振れたんだなぁ。嗚呼、ずっと届かなかった高みが目の前にあっても全然届かねえくらい高えじゃねえかよ！

【自称神父のふりした偵察語り】

凶暴なおっさんだった。殺意もなく楽しそうに剣を振り回す事案なおっさんだ？　殺意はないのに殺す気満々の連撃を放ち、当たらないと喜んでる変なおっさんなんだよ？　うん、きっと頭に何か深刻な問題のあるおっさんなのだろう、だって笑いながら涙目で悔しそうに喜んでいる……おっさんの百面相！

「ちょ、笑ったら斬られる絶対に笑ってはいけないおっさんの変顔!?　深刻《シビア》だな！」

　強くて早くて巧いけど正直。剣が素直で虚がないから単純。うん、どんだけ暇人でどんだけ剣を振ったのかその剣筋は完璧、だから『未来視』で見える線の分だけ避《よ》けてやれば1ミリの狂いなくコンマ1秒の誤差なく剣が閃《ひらめ》く。だから絶対に当たらないし、絶対に見間違えない。だって、知ってる。これは、あのスカル・ロードの剣だ。だから知っているし、視《み》えている。全く同じだから全く当たる心配がない、だってこの先何をするかもどう動くかも全部知っているんだよ。うん、この目で視たんだよ。そう、確かに凄い剣術だけど……でも、それって吹き矢がなければどうとでもなるんだよ？

　そう、あの吹き矢がヤバかった。こうして観《み》るとよくわかる。あの吹き矢の攻撃と合わせると回避不能の剣だけど、剣だけでは強いものが弱いものを倒す剣。だから正直で力押しになって空回りしやすい。まあ、この凶暴なおっさんの性格も大きいのだろう？

　思った位置に思った時期《タイミング》で現れる剣の腹を軽く押す。それだけで逸《そ》れる斬撃の軌跡。正直過ぎて戦略性がない……きっと魔物を狩る剣技が、対人用に変わり果てて非効率な剣になっている。スカル・ロードの剣にこんな歪《ゆが》みはなかった。駆け引きも騙《だま》し技もない一心不乱の剛剣の乱舞だけど、研ぎ澄ます相手もなく、ただひたすら正直に剣技を繰り返したがために対人用の剣にすらなりきれていない。

だから、見せてやろう。こんなにも剣を振り続けて追い求めたのに出会えなかったものに。俺には物真似《ものまね》しかできないけど、これは『智慧《ちえ》』さんの完全記憶から演算解析されたスカル・ロードの偽物。その剣技を『木偶《でく》の坊《ぼう》』の完全制御で模倣する物真似。だからスカル・ロードの残したものの残滓《ざんし》の欠片《かけら》くらいは見せられるだろう……うん、でも吹き矢はどうしよう？

【そして、またおっさん語り】

心胆が冷え切った。心と体が畏敬の念と畏怖に凍り付き、呆然《ぼうぜん》としたまま魅入られた。小僧の木の棒が身悶《みもだ》えるかのように形を変え、剣のような何かに姿を変えた――そして振るった。

それは無造作に簡単《シンプル》に当たり前みたいな自然な一振り。それだけで儂の目と心が一瞬で凍りついた。それは教会にのみ伝わり教導騎士団だけが教える教会騎士《テンプル・ナイト》秘伝の剣技。しかも、その剣技は儂の知らぬ型だ！

その全てを学び、究めんと目指し振り続けた剣に未《ま》だ知らぬ型があったのだ。そして繰り出される剣技は、儂の知るものと儂の知らぬものが組み合わされた高度だが単純《シンプル》に研鑽《けんさん》された剣術。儂の知る剣技の極め尽くされた至高の姿が……我らが失った奥義が目の前で舞い振られる。ははっ、剣を以《もっ》て挑んだというに、練武を以て教えられておるのだ。お前の剣は間違っていると、全く以て足りていないと。その剣はもっと強く美しいのだと。

剣を合わすも、心は奪われる。己が目に映る全てを焼き付けようと、瞬《まばた》きさえ惜しみ流れゆく剣閃《けんせん》を追う。ちっちぇえなあー、俺も、この国も何もかんもこんなに小さく矮小《わいしょう》だった。世界の広さどころか、剣ですら辿《たど》り着けていやしなかった。いっちょ前にやり尽くして年寄りを気取っていた俺を、黒髪の子供があざ笑っていやがる。お前なんてヨチヨチ歩きの赤ん坊だと。まだ、その狭い揺り籠《せかい》の中から出ていないとせせら笑っていやがる。そして、その剣が世界の広さと果てしない高さを魅せ付けやがる。

千の剣を受け、万の剣を振るう。無我無心に喰《く》らいつく。遂《つい》には身体《からだ》が気力に付いて来なくなった、鈍《なま》っちまって老いぼれちまって、こんな大事な大切な時に身体が動きゃしねえ。生涯でやっと得た最高の時間が終わっちまうじゃねえかぁ、ちきしょうがぁ、動けよぉ糞《くそ》があぁぁ！

【自称神父のふりした偵察だと言い張ってる男子高校生語り】

やっと動かなくなった。寿命だろうか？　残念ながら喋《しゃべ》りだしたから、まだ生きているようだ？　動けなくなったおっさんがゲリラを見なかったかと訊《き》いてきたので見なかったよと答えたが、どうやらこの国にはゲリラが居るらしい。治安悪いな？　かなり派手に暴れ回っているそうだが、俺達《たち》はこそこそしていたから気付かなかったのだろう。全く物騒な異世界だな？

　それからも延々とぜえぜえ言いながら王女を知っているかとか、戦いは見なかったかとかしつこく聞いてくる？

「なあ、きつい顔のレイテシアっていう女騎士見なかったか？　これと同じ紋章を付けた甲冑《かっちゅう》を着た。そいつの最期を知りたくてな、東から来た神父……あんたに聞こうと思ったが、剣で聞き出そうとしてこの様だ。助けてやれなかったからな、せめて騎士として死ねてれば良いと……下衆《げす》な話だが女だと悲惨な話が尽きなくってなぁ——ってなんで目を逸らしてるんだよ！　知ってんのか……誰がやった！　誰があいつを辱めて陵辱した、頼む教えて……なあ、何でシスターさんが、あんたの方を指差してんだ？」「ちょ、冤罪《えんざい》だよ！　これは罠《わな》だ⁉　まあわかりやすく説明すると脱がしたりにょろにょろなさわさわな事態に泣き叫んではいたけど、丁寧に徹底的に事細かく体の隅々までにょろにょろしただけで恥ずかしがってはいたけど辱めてはないから俺は悪くないんだよ？　うん、悦《よろこ》んでた？」

　きつい顔の教導騎士の女騎士さんと言えば、シスターっ娘《こ》の後輩の孤児院勤務の保母騎士っ娘の事だろう。でも、俺は服と鎧《よろい》と下着を作っただけで親切丁寧な内職屋さんなんだよ？

「な、な、泣き叫んでただあああっ、ぬ、脱がして恥ずかしい事しただあぁっ！　殺す、死んでも殺す、殺されても殺すから死ね、避けんな、殺せねえだろうが！」「ちょ、おっさん、落ち着けって！　どうも誤解が誤って組んず解《ほぐ》れつしちゃって脱がしちゃったけど、脱がして恥ずかしくてもする事しないと採寸《あれ》ができなかったんだよ、しょうがないな？」

体力の限界かと思ったら、凶暴なおっさんは元気なおっさんだったようで力の限り剣を振り回す。危ないなー、さっきよりも巧くなっている……そして、ブチ切れてる？

「あれって何をしたあああっ！　お前が何でレイテシアをぉ、って避けんなぁよぉ！　当たらねぇだろうぅがあぁぁっ！　糞っ！　なんで……」「何でって……誘拐して？　いや、だって誘拐されたんだから誘拐し返したんだけど、なんか俺が誘拐したみたいな風評被害で俺は誘拐された被害者な誘拐犯で、攫《さら》ってみんなで囲んで俺がお説教されてんだから被害者だよ！　それを好意で脱がしてにょろにょろ行為を厚意で更衣してあげただけなのに!?」「行為に及んだだとおっ!!　誘拐して取り囲み脱がし辱めて行為だと、ぶっ殺して殺るから避けんなよ！　せっかく教えてくれたんだから斬られとけぇ!!」

剣筋が精確に研ぎ澄まされていく。身体もだけど、心が鈍っていた。それが怒りと共に剝がれ落ち、抜き身の剣のように研ぎ澄まされていく。まあ、それでもスカル・ロードにはまだ遠く及ばず、俺はスカル・ロードとやった時と比べれば数段に身体の制御ができている。うん、実際日常生活にはもう殆《ほとん》ど支障はない。

そして、スカル・ロードが残してくれた剣とそっくりの剣技に興が乗り、ついつい相手してしまったけどよく考えたら全然知らない凶暴なおっさんだ。そう、会話が意味不明だけど、おっさんとわかり合えないからと言って語り合う必要はない。そう、ボコって埋めれば語らなくなるし加齢臭もカットだ！　えっと火炎瓶は？

「顕現せよ、おっさんを焼き尽くす究極の焰《ほのお》よ！　必殺、通背火炎弾《ナパーム》ー！って、放してくれないと焼けないじゃん？　うん、焼くんだよ？」「会話、交渉、説明は無理！　レイテシアの手紙、渡す！　これ多分、配達先」「うん、焼いてボコってお手紙を一緒に埋めるから放してくれるかな？　お手紙は焼かないで、おっさんだけ焼くだけから問題はないんだよ？　だって、焼いてボコっておけば、なんと読まずに食べる問題も心配しなくて良いし、そもそも狂暴で頭悪そうだからどうせ字とか読めないよ？　食べちゃうよ？」「食わねえよ！　あと、字くらい読めるわい!!って、レイテシアの手紙って言ったのか!?　あいつ、最期にそんなもんを……すまぬ、手紙を届けに来てくれたのか。有り難い、かたじけない、すまんかった、この通りじゃ！」

土下座し頭を地に着けるおっさん、って言うか爺《じい》さん。恐らく相当な年だけど、高Ｌｖで老化していないおっさんな爺さん？

「えっと、おっさんの集まりな教導騎士団のおっさん達の中のおっさんに渡してくれって言われたから……おっさん？って全部おっさんじゃん！　あれ、おっさんなら誰でも良かったのかな、おっさんだから全おっさん間で記憶とか意識が共有されてるのかも？　まあ、手紙？　郵便です？　みたいな？」

跪《ひざまず》いたままボタボタとおっさん顔から涙を零《こぼ》して手紙を読むおっさん。そう、字が読めるという事は、異世界のおっさんに知能がある可能性が出てきた。まあ、万が一に知能があってもおっさんだからどうでも良いよね。だって、おっさんだもの？

「生きて……生きておるのですか？　王女殿下に対する大逆の罪を犯し、尚且《なおか》つ手紙には王国のシャリセレス王女殿下にまで不敬を働き、かの悪逆非道な黒髪の道化師を人質に刃を向けたと……なのに、生きておるのですかレイテシアは!?」「だからニョロニョロでキャーキャーと元気に騒いでたって言ったじゃん！　死んでたらキャーキャー言わないよ、その王女のシスターっ娘と一緒にキャッキャキャキャッキャとお歓《よろこ》びで大騒ぎしてたんだよ？　うん、超元気？　まあ、気絶してたけど？　はい、堪能させて頂きました？」

　そうそう、あんまり暴れて悶えて痙攣《けいれん》しちゃうから触手さんが絡み付き、魔糸さんが纏《もつ》れ蛇《ヒュド》さんが乱入して舐《な》めちゃって鶏《コカ》さんまで参戦して羽根で擽《くすぐ》って大絶叫祭りで喧《やかま》しかったんだよ？

「何しとんじゃ、おどりゃあああっ！　レイテシアどころかアリーエール王女にまで……殺してぇが死なねえよなあぁ？　なあ、これどうやったら殺せるんだ？」「いや、踊りっ娘さん。そこで遠い目で無理無理ってしないでね？　俺はか弱い人族さんで、儚《はかな》く一生懸命に生きる野に咲く白い小さな花《ワルナスビ》のようだと言われてる健気《けなげ》な男子高校生さんへの風評被害なんだよ？　うん、人族だよ？」

　俺の初志貫徹したぶれない終始一貫の俺は悪くないという一以貫之《いっいかんし》、一つの思いを曲げずに貫き通す「一以て之《これ》を貫く」という首尾一貫な説明が功を奏し踊りっ娘さんがおっさんを戒めに行ったようだ。

「ちゃんと生きてる。　乙女で生娘、未貫通！　ますたぁ《それ》に聞いちゃ駄目、聞くほどわからない、通訳委員長不在、無理」

うむうむ、踊りっ娘さんが俺は悪くないという正当性と誠実なお人柄を語っているのだろう。おっさんもシュンってしてお説教されてるようだ。全く異世界というのは、どうして通信手段もないのに俺の風評被害ばかりが冤罪千里を走り広まっていくのだろう？

【またもおっさん語り】

レイテシアが無事だった。それだけで良い、それだけで充分だと思ったが言うに事欠いて「攫って囲んで脱がせてにょろにょろして泣き叫んでた」と聞いてぶっ殺そうとしたが死なねえ、殺せねえ。自分でも信じられないような剣の閃きが、掠りもせず受け流される。あと少しと思っても届かない、その距離は無限に遠かった……見切られていやがる。だからあと少しの距離しか避けていないだけだ。

そして、美人さんが割って入る。どうやら魔法で焼かれそうだったようだ。こんなに強えのに魔法職かよ！

しかし改めて見ると有り得ない美人さんで、見れば見るほど見惚《みと》れて魅入られる。うちのご先祖さん達は、片っ端から戦女神様や伝説の聖女様に付いて行っては帰らぬ者になったと言うが、これを見れば先祖の気持ちがよくわかるわい。こんな強え美女が実在し、率いられれば身命を賭すも当然だ。なにせ美人すぎて気付かなかったが、とんでもなく強え。あの我儘小僧の理不尽な強さとは違う、純然たる圧倒的な威圧感……だからご先祖さん達も剣を担いで付いて行っちまったんだろう。その傍《そば》で戦いたいと、その強さと美しさに惹《ひ》かれ憧れちまったんだろう。

「ちゃんと生きてる。乙女で生娘、未貫通！　ますたぁ《それ》に聞いちゃ駄目、聞くほどわからない、通訳委員長不在、無理」

何もされてない？　聞かんと訳がわからんが、聞くともっとわからんらしい。わからんから詳しく聞くと、更にわからんくなるとは不可解な。だが、さっきから全くわからん。その、通訳さんとやらはどこにおるんじゃろう？　困ったわい？

【自称神父のふりした偵察だと言い張ってる男子高校生が語るなと怒られてるのに語り？】

さて、おっさんも黙ったし首都に潜入して偵察を始めよう。先《ま》ずは金目の物を偵察《ぼったくり》したいけど、王宮に偵察《はいたつ》もあるし、街の偵察《かんこう》に市場の偵察《おとながい》も重要だろう。あとは適当に偵察《ボコ》って偵察《はかい》して回ったら偵察任務は完了だ。教皇もここに居るらしいし、偵察《ブッコロ》したら効率的そうだな？　うん、偵察《スパイ》に休息はないが、休憩と休日はあるんだよ？　うん、まあ買い物？って言うか、この狂暴なおっさんはどうしたら良いんだろう？

1　埋める。
2　埋蔵。
3　土に還《かえ》す。
4　地底人化計画発動！

難しい問題だ。どれも甲乙つけがたい妙案ばかりで、選択に悩む難題だ。うん、とりあえず穴を掘っておこう、埋めてから考えればいいけど難問だな？

せめて汗くらいかかせて濡れて張り付いて透けさせられないとは使えないおっさんだ。

112日目　夜　教国　首都アリューカ　狂暴なおっさんの家

招かれた？　おっさんの家らしい。って言うか、潜入のために神父服で来たのに全く意味がなかったよ！　門も素通りで、関係者入り口から入っちゃって、そしておっさんの家で夫婦揃《そろ》ってまた泣きながら手紙を読むおっさんと奥様《おば》？

「レイテシアの恩人に礼を言わせてもらう。儂《わし》は教導騎士団で不肖の身ながら団長をしておるガシャルクスと申す老いぼれじゃ。教導騎士の不始末は儂の不始末、すまぬ。そしてレイテシアを助命頂いた事感謝するばかりじゃ、かたじけない」

うん、悪いおっさんらしい。まあ、襲われた時点で知ってるんだよ？

「あの、私達《たち》って獣人なのですが宜《よろ》しかったのでしょうか」「はい、聖都にも入れないと聞いたんですけど」「元々の教義《かみのことば》には獣人も亜人も同胞と書かれてありますよ。そして、私もそう思います。間違っているのは今の教義です、ようこそおいでくださいました、歓迎しますよお嬢さんがた」

奥《おば》さん《ちゃん》が紅茶を入れてくれている。奥《おば》さん《ちゃん》だが、おっさんより相当若くて昔は美人さんだっただろう奥《おば》さん《ちゃん》だ！　許しがたい、やはりあの場で焼いて埋めておくべきだった。だって、年の差いくつだよ!?　このおっさんは見た目はおっさんだけど、高Ｌｖで老化止まってるだけで爺《じじい》。でも、中身は熱いおっさんで暑苦しいという良い所のない救いもないおっさんだ。うん、爺ぶっているけど戦闘中はモロに地が出てて超暑苦しかったんだよ！

「レイテシアを助けてくださったそうで、私からもお礼を。私達は子供ができなくて孤児院出身の幼かったレイテシアちゃんは娘みたいで……ううぅ、もう会えないものと……ありがとうございます、本当に、本当に良かった……」

狂暴で不肖な団長のおっさんの不祥な騎士団に幼くして入った保母騎士っ娘《こ》を娘のように可愛《かわい》がっていた、なのに王女捕縛の任に就いたと聞いて絶望していた。うまくシスターっ娘を捕らえられれば自害するし、そして捕らえられなければ処刑。だから、せめて騎士として討死ぬ事しか願えずに苦しみ泣き明かしていたという？　うん、逃げればいいじゃん……って孤児院が人質ってそういう意味か。

そして、おっさんの話を聞いてやっとわかった。ちぐはぐな訳だ、だって教会なんて無いんだから。大聖堂に連綿と続く大聖堂を管理する長老会と、聖都と大聖堂に巣食う宗教の各派閥達の集合体。後の大多数は教義に従うばらばらな派閥の烏合《うごう》の衆《しゅう》、それを総称しての教会で実態はバラバラで全部別物だった。そして今は教皇の命に従い動いているだけだから外の部隊は装備もしょぼいし、魔道具だって大して持っていなかった。

ならば、かつて踊りっ娘さんを捕らえたのは大聖堂の関係者だ。そして、そいつが敵だ。あと教義の制定も大聖堂で行われ改竄《かいざん》され続けているんだから、悪者は全部大聖堂《あそこ》で後はただの信者達。辺境を汚れた地と呼び、大迷宮に神敵を封印したと公言する教会の頂点。迷宮の利権を求め英雄や勇者を仕立て祀《まつ》り上げ、活躍しすぎると抹殺して裏切り者と罵る者達の巣窟に淀《よど》む魑魅魍魎《ちみもうりょう》。

「教会の宝物殿の聖遺物や宝伝なんかは、長老会っつう大聖堂に代々暮らす奴《やつ》らが独占していてのう。儂らでも実態はわからぬ。しかし教皇と長老会は全く別の役割で接点すらないはずだが……あ奴《も》らの強さは魔道具だけだ。今や教会騎士団も名ばかりの世襲騎士団に落ちぶれておる。だが、あれはおそらく長老会から禁制の武具が与えられておるわい」

やっぱ大聖堂はヤバそうだ。そここそが魑魅魍魎の棲家《すみか》で、教会を操る中枢。だけれど大聖堂自体が聖遺物で、中に居る者に加護を与えるらしい。そして加護を持たない者は弱体化し、能力を制限される。厄介だ、厄介だからある程度は終わらせとかないとヤバい。

そうして話をしていたら、今朝俺が死にかかっていた事が判明した。うん、致命傷より少し深いくらいだろうか？　じっと見る、膨らんだり括《くび》れたりと我儘《わがまま》な溌剌《はつらつ》バディーで、身長も俺と変わらない。愛嬌《あいきょう》はあるけど大人の色気も感じさせる姉兎《うさぎ》っ娘と、可愛いが大人びた精悍《せいかん》さのある顔だちの妹狼《おおかみ》っ娘。ちょっと俺よりお姉さんかと思っていたら……14歳!?　双子だから、どっちも14!!　うん、ＪＤかと思っていたらＪＫ前のＪＣの罠《わな》だった！　獣人さんって発育と成長良いな！

つまり、あわやＪＣの寝顔にすりすりされて、お顔に誤射暴発《ミスファイアー》の危機だった。死ぬよ、死んじゃうよ!!　それ、社会的にも好感度的にも即死だけど、女子さん達にバレたら物理的に虐殺死の危機だったよ!?　どうやら男子高校生の好感度には、スリルとサスペンスに溢《あふ》れていて溺死寸前のぼく土左衛門《どざえもん》だったらしい！　うん、もしＪＳだったらスリスリの時点で極刑だったな！

「この肢体《プロポーション》でメリメリさんより年下で、看板娘や尾行っ娘より1つ上になるのかな？」「獣人族は人族より成長が早いと言われてました」「はい、12歳で成人です」

異世界って年齢に正確さがないんだよ？　だとすると……あー、本物の中二だ！　発病は大丈夫なのだろうか、獣の力を宿す剣士って厨二っぽい設定だが中二だった!!

そして晩御飯を饗《きょう》される。素朴で質素だが、テーブルいっぱいに並べられた料理はどれも美味《おい》しかった。そして奥さんがキツ顔保母騎士っ娘の話を聞きたがったので、詳しく話したらジトられた？　いや、聞かれたから詳しく様子を話したんだよ？　更に、お風呂まで用意してもらい順番に入る……うん、スライムさんが居ないとお風呂が寂しいけど、踊りっ娘さんと入ると延々と出られなくなるし、獣人っ娘達は入っただけで事案要因だ！

風呂から上がると庭先から剣風が聞こえる。繰り返される素振りと型稽古。それはスカル・ロードの剣の型をなぞり、己《おのれ》の剣としようと無我無心に剣を振るう狂暴なおっさん。

既に疲労困憊《ひろうこんぱい》だけど、かえって力が抜けて型ができてるんだけど……違うんだよ？

「おっさん剣貸して、別に襤褸《ぼろ》いから盗《と》らないよ？　うん、やっぱバランスから悪いよ。おっさんだから顔が悪いのに剣まで悪いって救いがないんだけど、おっさんを焼きたいけど泊めてもらったから剣を冶工《やこう》？　うん、まあこんな感じ？　もうちょいかな、こんなもん？　ちょっと振ってみて？」「な、な、なんじゃこりゃあああ！」

おっさんが剣を振る。型が綺麗《きれい》に身体《からだ》に収まる。やっぱ叩《たた》き潰すような大剣では刃先に重心が乗りすぎていて、握りも広すぎだった。だから調整しただけで型が整う。

「うん、力で制御するから剣が荒れるんだよ、不細工な顔で不細工な剣だから不細工な型になるに決まってるから……剣は直せても顔は無理そうだな？」「お前、いったい何者……いや、何か聞きとうない。だが、感謝するぞ。今の一刀は儂が焦がれたものじゃった」

　結構作った小鉄ちゃんシリーズで培った技術で長刀にしてみた『童子切安綱《どうじきりやすつな》』の模造刀な『童子切ると可哀想《かわいそう》だからおっさん斬りやすいな？』を手におっさんの相手をしてみる。

　源頼光《みなもとのよりみつ》が酒呑童子《しゅてんどうじ》退治に用いた鬼切りの太刀をモデルにした、おっさん斬りの剣。ただ、この異世界って七支刀があったくらいだから、どっかに童子切だって出てきそうだけど模造刀。そう、Ｌｖ１００を超えてから刀を使う女子さんが急激に増えてきて、でも刀の出物なんて中々ないから作っているけど、未《ま》だ全然思ったものに届かないどころか遠く及ばない？　本物の童子切だって6つ積み上げた罪人の遺体を一刀で輪切りにしてその台座にまで刃が食い込んだという謂《いわ》れを持つが、おっさん斬りは迷宮で動きの鈍いストーン・ゴーレムで試したが6体も一刀で斬れなかった……うん、届かないんだよ？

ちなみに甲冑《かっちゅう》委員長さんもやってみたいって言うからやらせたら、一刀で数十体のストーン・ゴーレムが真っ二つに全滅したけど、あれはノーカンだ！　だって森に落ちてた木の枝で岩が斬れるんだよ？　もう、剣も刀も関係ない、ぶち斬れ爆発肢体《ダイナマイトバディー》なお姉さんなのだ。だから、おっさんでお試しだ？

「く、くそっ！　な、なんちゅう奴じゃ、さっきと全然剣筋違うじゃねえかよ！」

流さず躱《かわ》し、剣より半歩近い間合いを取り剣術の間を潰し、刀術の速さで斬撃を浴びせ掛ける。これが凌《しの》げるって上達早いな？　うん、試し切りできないじゃん？

「口と顔の汚いおっさんだな？　それに顔だけでなく頭まで悪いから教えてあげると、あん時は剣で、これは刀？　うん、刀術なんだよ？　常識だよ？　知ってる、常識って？　だけど、杖術《じょうじゅつ》なんだよ？　多分もう神道夢想流杖術って言えば、吹き矢からモーニングスターまで使えちゃいそうなんだよ？　通背神道夢想流杖術もワンチャンあるかも？」

守りは固く、剣に意味と意思と目的を含む確固たる剣。技量は及ばないもののスカル・ロードの剣と瓜二《うりふた》つにまで磨き上げている……でも吹き矢がないとなー？

「んな訳あるかーいぃ！　なんで木の棒で聖導騎士《テンプルナイト》の剣術が使えて杖術なんじゃ、狡《ずる》いじゃろうが！　どれか1個にしろや、ごらぁ!!」「甘い、微温《ぬる》い教国なんかに居るから甘微温《ぬる》いんだよ？　お前、甲冑委員長さん達の訓練《ボコ》は、これでも全然手数が足りないんだよ！　魔手《にょろ》さんや蛇《ヒュド》さんや鶏《コカ》さんに肩盾《ファンネル》まで総動員でも追いつかないんだよ？　うん、辺境は過酷なんだよ!!」「マジか、辺境ヤバっ!?」

そう、なんか聞いた話によると「突けば槍《やり》 払えば薙刀《なぎなた》 持たば太刀 撃てばライフル、振り回せばモーニングスターで、吹けば吹き矢で何か適当にやってれば杖《つえ》はかくにも外れざりけりっていうか魔法も撃ててよく当たるんだよ？」な、とってもお得なセットらしい？　まあ、違ったらオタ達のせいで俺は悪くない。

「なんぼなんでも多過ぎじゃろう、どんだけ欲張っとんじゃい！　何か剣とか槍持ってるの馬鹿馬鹿しくなるじゃろうが!!」

剣の重心《バランス》が良くなっただけで流れに無駄が消え、途切れる事のない流れるような1つの剣術になっている。型は美しいが顔は厳《いか》つい不細工なおっさんだ、アップは嫌だから鍔迫《つばぜ》り合《あ》いはしない！

「Lv25なんだから、ちゃんとした剣は装備すらできないし効果《スキル》も発揮できないから木の棒なんだよ？　うん、木の棒だから杖術？　ほら、普通じゃん！　俺は悪くないんだよ！」

「刀こんだけ使えて、剣術も教導騎士団より上でどんだけ欲張っとんじゃ!?　お前はその若さで全部覚えて全部極める気かい、糞《くそ》生意気な!!」「全く世間知らずだな……やってみろ、迷宮皇《せけん》？　厳しいんだよー、迷宮皇《せけん》って？　マジ、こんなので極めたとか笑われるどころか吃驚《びっくり》されるよ？　マジマジで呼んでこようか？　ちょうど迷宮皇《せけん》一緒なんだよ、少しは常識を身に付けるために一般常識的な迷宮皇《せけん》を知って荒波に揉まれた《ボコられ》方が良いよ？　うん、呼んでこよう……がんばれ？　無理だけど？」「ちょ、ちょっと待て！　なんじゃ、その怖そうな世間は⁉　それは本当に常識なのか！　へ、辺境ってマジそこまでヤバイのか!!」

迷宮皇《せけん》、それは紫陽花《あじさい》柄の涼しげな白地の浴衣姿の踊りっ娘さんで、手には久々の武扇。お風呂上がりで汗をかきたくないのかパタパタと扇《あお》ぎながらボコボコとおっさんを、おひさな『幻影《ミラージュ》の舞扇　SpE・DeX・MiN30％アップ　物理魔法反射（特大）回避（特大）　幻惑　幻影　斬撃　飛扇　＋ATT　＋DEF』でボコる。汗は全くかかないようで残念な事に濡《ぬ》れて透けないらしい？　うん、薄地の浴衣が濡れて魅惑の肢体に張り付いて透ける素敵さを期待してたのに、全く使えないおっさんだな。

「ほら、迷宮皇《せけん》って怖いんだよ？」「これ本当に一般《せけん》なのか、ぐわばあぁっ！」

うん、辺境だと二人に1粘体いるんだよ？

しかし、お目々ばってんの狂暴で厳つくごっついおっさんって需要ないなー、しかし30秒くらいは粘ろうよ？　せっかくの浴衣姿なのにチラリすらなかったじゃん、めちゃ期待してたのに使えないおっさんだ。茸《きのこ》を咥《くわ》えさせて、奥さんに返品しておこう。限界を超えて剣を振り続けて、もうとっくに筋肉も顔もズタズタなんだろう。

そしてお部屋で内職だ。だって、踊りっ娘さんと二人部屋なのに獣人っ娘達のお部屋で3人仲良く女子会中。流石《さすが》にJCのお部屋に乱入して男子高校生さんの発動は通報間違いなしの事案な案件だ。じっと我慢の男子高校生で、そして今日の問題点は36連肩盾《ファンネル》の制御だった。

「うん、頭割れるかと思ったよ！　増やし過ぎだよ！　誰だよ調子に乗って増やしまくったやつ、限度っていうものを知ろうよ!?」

マジで頭痛かった……どうも、スカル・ロードに肩盾《ファンネル》を貫かれて、意地になり過ぎたようだ。だけど制御不能に陥りかかっている時に答えは見付けた。うん、飛んでた？　だから拾った『分裂の円輪刃《チャクラム》　分裂　切断　魔法切断　武器防具破壊　自動飛行』と組み合わせられないだろうか、狙いは円輪刃《チャクラム》の『自動飛行』だ。

円輪刃を複製して組み込み、自動飛行機能追加による自動制御機能向上で操作の丸投げを狙いつつ、『分裂』で36枚に＋αの圧倒的《せんめつ》防御力を得る。それに切断と魔法切断に武器防具破壊まで追加されれば『守護《イージス》の肩連盾』さんの肩盾《ファンネル》能力は飛躍的に上がるし、制御だって自動飛行で丸投げできる。

「ミスリルがヤバい。でも、街中におっさんだらけだし、どっかに『ミスリルおっさんLv老』とか居ないのかな？　でも、おっさん成分の染み込んだ装備って嫌過ぎる！」

全くおっさんっていうものは魔物より使えない生物だ、どっから湧いてるんだろう？

そして肩盾《ファンネル》に分解して複製した円輪刃《チャクラム》を組み合わせ、解析した自動制御を組み入れてみるけど……『守護《イージス》の肩連盾　ViT・PoW50％アップ　自動防御　物理魔法防御（特大）　全反射　吸収　盾斬《じゅんざん》　盾撃《じゅんげき》　魔撃　＋ATT　＋DEF』？

「付くスキルが『盾斬』で切断と魔法切断が付くなら、三角形の剣型の方が有効な気もするけど……それって円輪刃《チャクラム》？　まあ、もともと鱗《うろこ》状の三角形状で空力を稼いでたから自動飛行と相性は良いはずだけど……ちゃんと発動するのかな？」

魔法陣も錬成陣も複写し、部品《パーツ》も完コピだ。後は正しい設計……に、なるまで試行錯誤？

「混ぜて捏《こ》ねて引っ張ってミスリルを少々と……くっ、魔石粉追加だ！　えーい、持ってけミスリル再追加だ。あれ、これちょっと違う？　なんでかな？」

愚かだった、出来上がったけどミスリルと高級魔石粉を大量消費し、『護神《イージス》の肩連盾剣　ViT・PoW60％アップ　自動飛行　自動攻撃防御　物理魔法防御（特大）　全反射吸収（特大）　物理魔法切断（特大）　分裂　剣化　斬撃　武器防具破壊　遠隔魔法攻撃　＋ATT　＋DEF』と24連に数は減ったけど効果は全部混ぜ込めたけど……やりすぎた!!

自動化されて操作《コントロール》が楽になった分、MP消費激増って……やっちゃった？　まあ、剣に変形機能が余計だったけど、そこは譲れない浪漫《ろまん》だけど高2なんだよ？

「自動制御だとMPが滅茶《めちゃ》必要で、MPを節約すると自分で制御だけど制御難易度が激増？　うん、貴重な防御装備なのにどうしよう？」

だが、真の問題はこれからが男子高校生の本領が求められる時間《とき》。なのにMPが枯渇した？　うん、笑って舌甜めずりしてるけど、もう触手一本も出てこない……駄目だこりゃ？

柔らかな濡れた蹂躙《じゅうりん》が無抵抗な男子高校生を嬲《なぶ》り弄び、終わらない夜が妖艶に始まった。それはMP吸収能力より凄《すさ》まじい男子高校生吸収の深淵《ディープ》たる吸収技《ストローク》で、無限に迸《ほとばし》る灼熱《マグマ》の憤《の》りを呑み尽くしていく。虚無――って言うか男子高校生まで枯渇した。性王による『絶倫』で『性豪』な再生速度ですら追いつけない。だが俺の復讐《ターン》は……無いらしい？

全く俺が立ってるんだから俺の場所だという至極当然の事もわからないとは行列にちゃんと並べないのは民度が低いんだよ？

１１３日目　朝　教国　首都アリューカ

これは久しぶりの知らない天井だ。俺の知らない天井コレクションも増加の一途を辿《たど》ってるけど、ひきこもりが知らない天井巡りしてて良いのだろうか？　そして、横から強烈な波動を纏《まと》った渾身《こんしん》のジト！　うん、頑張ったよ？　頑張りすぎた結果ジトがチクチク刺さって痛いから、頭を撫《な》でてから顔を洗いに部屋を出る。

「「昨晩はお楽しみでしたね（棒！）」」

うん、ちょっと封印（数日間）されし我が身体《からだ》の内に巣喰《すく》う遠大なる力が制御《がまん》できずに顕現《ハッスル》して、暴れ狂う狂瀾怒濤《あんなことやこんなこと》の死闘で壮絶《すっきり》な夜だった。うん、楽しんだ!!

「おはよう……ってなんでジト！　双子ジトはレア感が違うぜ、ってそうじゃなくて結界張ってたよね？　遮音で気配遮断だよね？」

そういえば踊りっ娘《こ》さんと二人きりって初めてだったなー、道理で出会ってから一番のジトだった。滅茶《めちゃ》ジト？

「「獣人ですから超感覚で聴覚も嗅覚も気配探知もバッチリです！」」

ばっちり超感覚で結界を突破してたらしい、ＪＣで14歳な双子さんだがR15規制には掛からなかったようだ。まあ、異世界って12歳くらいから結婚しだすらしいから早熟ではあるのだろう？　うん、30歳くらいでお爺《じい》ちゃんお婆《ばあ》ちゃんもざららしい。

「異世界《こっち》で30過ぎて女子とか言うと痛そうだな!?　まあ、あっちでも……音声中断《コワくていえない》！」

って言うか昨晩はＭＰ枯渇で動けないのを良い事に根源力《エナジー》まで相乗効果《シナジー》に男子高校生の乗馬《ロデオ》され体験で大変な大激震なまま、上下運動《アップダウン》で男子高校生壊滅《ダウン》からの攻守逆転《アップサイドダウン》でスッキリだったから房中術によるＭＰの復活と仙術によるＭＰ増幅で疲労し油断した踊りっ娘さんは男子高校生の欲望という名の怒濤《どとう》に飲まれ、感激の歓喜で感涙の感動に感極まって歓声の嬌声《きょうせい》だったんだよ？　そして力尽き琥珀《こはく》色の艶《なま》めかしい肢体が朝陽《あさひ》に照らされて悩ましく疲弊し弛緩《しかん》してお疲れ様だったから僕の茸《きのこ》をお食べとあっちのお口に茸を入れこっちのお口も茸が入り、それはもう回復と快楽と快感で全快したから全開で頑張ったら爽やかに朝目覚めるとジトだった？　そう、爽快なジトだったがチクチクが痛かった？

そう、性王って精力増大とか精力無限回復とかある代わりに禁欲さんに弱いんだよ？　それはもう男子高校生的な衝動が真剣に暴発誤射《ミスファイアー》や友軍誤射《フレンドリーファイアー》が危険な緊張状態だったのに、友軍二人の中学生《JC》問題で社会的好感度さんの危機感が高まり過ぎちゃって我慢が限界だったんだよ？　で、やっと二人きりだから……いっぱい頑張ったんだよ？　うん、ジトいな？

「起きたか。すまぬが儂《わし》は大聖堂に出仕せねばならん。儂には止める権利もないし止め立てする気もないがのう、無茶だけはするでないぞ。此処《ここ》は美しく豊かじゃが……その実は毒蛇の巣じゃ。そこかしこに大蛇や毒蛇が蠢《うごめ》き絡まり縺《もつ》れ合っておる。余所者《よそもの》は周り全てを敵と思わぬと嚙《か》まれるぞ、毒蛇は獲物を見つけるのが上手《うま》いものじゃて」「いや、俺は偵察しに来ただけだから無茶とかしないんだよ？　ただ、今までは偵察して敵戦力を見に行くと敵が居なくなって偵察ができなかっただけなんだよ？　ここなら沢山居るし、暇だったらおっさんのなんとか騎士団も偵察してあげるよ？」「頼むから来るな！　なんで偵察すると壊滅するかは聞きとおないが……昨晩思い知ったから来るな！　教導騎士《テンプルナイト》団の若いのでは一合も打ち合えまいて、鍛えなおさねばならんのう。本物の聖導騎士《テンプルナイト》の剣を伝《う》えるが、この老いぼれの新たな役目じゃろうて……そのスカル・ロードとやらは、きっと儂の御先祖じゃろう。戦女神と共に辺境まで魔を追い詰めながら、『戦乙女は魔の手先ゆえ討ち取れ』との教会の布告に背き聖導騎士《テンプルナイト》から除名され裏切り者と誹《そし》られた遠き祖先じゃ。永き苦しみから解き放ちやっと永眠《ねむ》らせてくれた事、礼を言うぞ。花すら手向けに行けぬ情けなき子孫なれど、最期まで戦乙女に付き従った祖先は我が一族の誇りじゃ。感謝する、あと絶対に来るでないぞ！」「ああ、来るなよ来るなよ？」「来んな!!」

おっさんに途中まで案内してもらい偵察を始める、偵察は重要なのだ！　大人のお店の重要偵察任務《めくるめくたいけん》は後ろから殺気を感じるから、やはり聖都は毒蛇の巣窟らしい。うん、まあ毒蛇《ボコ》が持参なのは気のせいだろう。

人通りの多い聖都なんとかの商店街《バザール》は、人は賑《にぎ》わっていても物が少ない。特に食料品が不足してるようで、だから買い付けで人が多いのに物はなく混み合い殺伐と騒々しい。

「道理で楽し気《げ》さがなく雰囲気が悪いと思ったよ。全くせっかくの獣人姉妹の初の私服でのお出かけなのに、買い物《かいもの》三昧も味わわせてやれないとは新作ワンピｗｉｔｈ麦わら帽子さんもお嘆きの事なんだよ？」

聖都では神父服とかだと礼拝とかの儀礼があるらしく、神《じじい》とか拝みたくないし私服でお出かけだ。清楚《せいそ》で清純なボタン留《じ》め《じい》のロングワンピなんだけど、はち切れんばかりの我儘《わがまま》な肢体が押し包まれてて凄《すご》くボタンを外したくなるのに開けると事案《J・C》注意な新作なんだよ！

そして偵察で商店街《バザール》を歩くだけで教会の騎士や神父達が次々と踊りっ娘さんや獣人っ娘姉妹を拉致ろうとして集まってくるのを偵察《ボコボコ》し、店を覗《のぞ》いては偵察《かいもの》して屋台も素見《ひやか》しては偵察《かいぐい》してみる。物も少ないけど、とにかく食料品がない。

楽しいお買い物と買い食いという偵察任務が苦境に立たされている、楽しい屋台街《バザール》偵察作戦が実行不可能の危機的状況下に置かれている！　ならば仕方ないな。

「安いよ安いよー、って原価が安いんでボッタクリだけど『お好みに焼いちゃったんだよ？　みたいな？』だよー、美味《おい》しいよー、でもぼったくりなんだよ？」

売ってないなら自分で売ってぼったくれば良いじゃないの！　暑い日差しの木漏れ日の中で、不意に今はもう居ない彼女《Mさん》が僕にそう告げた気がしたんだ……会った事ないけど？うん、純文ってみた？　よし、好感度が上がりそうだ！

「えっと、何してるんですか!?」「どこから屋台が!!」「でも、美味しそうだよー」「1枚ずつください！」「お姉ちゃん涎《よだれ》出てる！っていうか私も涎が止まらない!?」「クンクン、出汁《だし》と鰹節《かつおぶし》の香りです！」「「お、美味しいいいいっ♪」」

そして美味しい美味しいと泣きながら食べて美人姉妹が抱き合い、それを見ていた人集《ひとだか》りが一斉に買い求め始める大入り満員。うん、最高のサクラだ、マジでやってるけど表情豊かな美人姉妹がナイスバディーだから宣伝効果は抜群だな！

見る見る内に長蛇の列、どれだけ長いのか曲がりくねって折れ曲がりその先が見えない。超高速で混ぜられ焼かれ、ソースとマヨを塗られ鰹節が躍る高速量産の「お好みに焼いちゃったんだよ？　みたいな？」が瞬く間に消えていく。獣人っ娘達《たち》も売り子をしてくれてるけど大賑わいで手が足りない。それでも増える人集り、食料不足のなか食べた事のない美味しい料理の香りに誘われて美味しそうに齧《かじ》り付くのを見せられて我慢できずに並んで押し合う。

この食料事情の悪さで並べるのだから民度は高い、ちゃんと待ち並べるかどうかで民度がわかる。偶《たま》にごねたり割り込む教会関係者は踊りっ娘さんがボコり、俺に場所代《みかじめ》寄越《よこ》せとか絡んでくる教会関係者も蛇《ヒュド》さんに齧られ鶏《コカ》さんに突《つつ》かれて積み重なって倒れていく。

「うん、忙しいんだよ、邪魔しないでね？　全く俺が立ってるんだから俺の場所に決まってるじゃん？」（シューシュー！）（コケコケ!!）

やはり大儲《おおもう》けのぼったくりのお大尽様は理に適《かな》った経済活動行為だ。　教会が戦争用に食料を無理矢理に徴収して食料不足に陥る、だからみんな食べ物がなくて俺から買って儲かる。　俺は徴収された食料を片っ端から拾ってきたからいっぱい持ってる？　うん、経済循環で需要《ぼつたくり》と供給《おとしもの》が綺麗《きれい》に組み合わさり、安い所《タダ》から仕入れ《でひろって》高く売れる所で売るという商売の基本を踏まえた見事な販売理論が構築されている。　しかも場所代《費用》は最低限に抑え《ボコボコにボコり》た高利益低原価のぼったくりなお大尽様な大行列なのだ！　並ぶが良い、一般庶民共よー！

そして銀貨と銅貨の山、僅かに金貨と鉄貨が混入。　小一時間で数千枚を売り切った。って言うか材料はまだまだ有るけど、商店街《バザール》は食い倒れの人々の山々が連なり満腹連山でぽっこり大量発生だ。　うん、狸《たぬき》化も懸念されるな！　そして儲かったお金で買い物をして回る。　特に廃品《ガラクタ》は宝の山だ、後で直してぼったくろう！　そして、小麦と交換だと言うと値引く値引く、ごっそりと大人買いだな！　しかし、神父共は全員ボコろう。　だって、修行用の苦いお茶って、これ珈琲豆《コーヒーまめ》じゃん！　くそっ、こいつらが独占してやがったんだよ！

　歩きながら数カ月ぶりの珈琲を味わう、至福のひと時。

「くううぅ、五臓六腑《ごぞうろっぷ》が七転八倒で九死一生に染み渡るんだよ、美味《ブラボー》しいぞーっ！」

　これは良い豆だ。でも獣人っ娘達は顔を顰《しか》めて要らないと言い、踊りっ娘さんは一口で嫌々《イヤイヤ》している……ブラックが美味しいんだよ？　砂糖や乳《ミルク》は邪道な邪神崇拝者《カフェオレ》なんだよ？

「うん、地図ならあそこだね？　建物はまあまあ立派？　うん、まあ教会の施設だし？」

　保母騎士っ娘運営の孤児院に着くと、痩せた孤児っ子達がわらわらと集まってきて、山ほど持ってきた「お好みに焼いちゃったんだよ？　みたいな？」の匂いに釣られ食い入るように見詰めている。ようやく走ってきたお婆さん院長さんに、保母騎士っ娘からの手紙を渡すと泣き崩れ嗚咽《おえつ》し続ける。どうも保母騎士っ娘からの手紙を渡すとみんなが泣き崩れるんだけど、どんな凶悪な内容なのかが気になるところだ？　うん、「お前を祝ってやる！」とか？　うん、目出度《めでた》いな？

　さて、やるか。包囲し群がる孤児っ子達のお口に、切り分けた「お好みに焼いてみたに消化に良い茸配合でお好みに焼いちゃったんだよ？」を突っ込むべし、突っ込むべし、突っ込むべし！って、多いな!?

　無限の魔手さんまで発動し、千手観音のようにお口に突っ込みまくるが笑顔でもぐもぐと食べてはまた口を開けて群がる孤児っ子達の大群。辺境の孤児っ子達のように宙を飛ばないのは栄養が足りてないからなのだろうか？　ちゃんと並んで、鳥の雛《ひな》のようにお口を開けて群がる孤児っ子と幼児っ子達の海原。その周りにはお腹《なか》が空《す》いているだろうに、小さい子が食べ終わるのを待っているのだろう年長組の孤児っ子達。
「獣人っ娘姉妹、これもあっちの子達に配ってくれるかな？　うん、どんどんお食べー、きつい顔のなんとか騎士団の女騎士な保母さんからのお届け物で、いっぱいいっぱい食べ物はあるからどんどん食べて良いんだよ？　うん、代金は保母騎士っ娘からぼったくるから安心して食べていいんだよ？　よし、焼きうどんの投入《ターン》だ！　たーんとお食べー、みたいなー!!」「「「レイテシアお姉ちゃんからなの？」」」「本当に、いっぱい食べていいの？」「「「美味しいよ、こんなに美味しいの初めて食べたよー」」」「「「お兄ちゃん、お姉ちゃん、ありがとう」」」

孤児っ子が一人も飛んでこないからやはり栄養不足のようだ、しっかりとたっぷりと食べさせよう。全く飛ばない孤児っ子なんてただの孤児っ子なのに、孤児っ子の癖に誰一人として孤児っ子飛翔《ランチャー》抱きつきを使い熟《こな》せないとは嘆かわしい限りだ。
「ありがとうございます、子供達にも、そしてレイテシアの事も……なんとお礼を申し上げれば良いのか、ありがとうございます、ありがとうございます」

泣き崩れて縋《すが》り付くお婆さん院長と、口を開けて待つ雛っ子達の群れ。向こうでは配れた孤児っ子弁当を年長組が泣きながら頬張る大混乱。うん、なんで異世界人って普通に御飯を食べられないんだろう？　まさか、泣きながら食べるのが異世界のお行儀とか……食べにくそうだな!?

そして食い倒れの年長組の孤児っ子達に、お好み焼きの作り方と屋台「ぼったくる号孤児っ子の身長に合わせた車高調Ｖｅｒ」と材料満載のアイテム袋を渡す。一応、護身用のアイテム袋も持たせておこう。これで明日からは孤児っ子達が屋台を引いて、ぼったくり道に邁進《まいしん》するのだ！　俺も日々ぼったくり道に邁進してるんだけど、なんでいつもお金がないんだろうね？　そして、また拾いに行かないと結構減ったな？

「全く落とし物をわざわざ倉庫まで拾いに行くのが面倒で、日々大変な御苦労だよ？」

　今から行く王宮は味方らしいけど、落とし物は拾っちゃいけないんだろうか？　結構あいう所って、倉庫に色々落ちてて穴場なんだよ……勿体《もったい》ないな？

　ちっ、油断した！　今度は泣きながら群がる孤児っ子達と縋り付く婆ちゃん達が増加して押し寄せてきた、特に婆ちゃん保母さんがどんどん増加中だ！　素敵なセクシー保母さんは随時絶賛募集中だけど、お婆ちゃん保母さんは健全な男子高校生には需要ないんだよ！　よし、豪華お菓子詰め合わせ《チャフ》を撒《ま》き散らして撤退だ。いつでもどこでもチャフは対孤児っ子対策の基本だな！

胸を張ってもその肝心なものが皆無だと平面が垂直に聳え……いえ、何も言ってません!

113日目　昼　教国　平原　仮設正統本家元祖本元本物マジ教国軍司令部

広大な平原を散開して、街々を解放して食料を配布していく。民が訴える悪事を犯した兵と教会の者を捕らえ牢屋《ろうや》に入れ、敵兵力は僅かで増援もなく分散したままだから一挙に解放を進めていく。

「順調ですね」「ええ、でも順調すぎませんか!?」「「「いや、だって……偵察されちゃってるもん?」」」

各地で噂《うわさ》を聞きつけ、街々が蜂起し教皇派を追い出し始めているからこその速攻。その救助要請にお馬さんが大活躍で、東部だけでなく北部南部まで解放が進み国土の6割は解放済みな順調過ぎる侵攻。地図上で次々に戦果が上がり、次々と街が解放されていく。

「敵軍が壊滅状態になる偵察って何なんですか!?」「「「うん、考えたら負けだから」」」

だって敵が居ない。居ても食料も武器も鎧《よろい》もないの? そう、きっと偵察されてしまったのだろう……そしてボコられ、何もかもが拾われちゃったのだろう。だって、あのぼったくり屋さんは手に持っていたって「手の中に落ちてた」って言うに違いないから。うん、あのぼったくりは絶対回避不能なの?

「良い子にしてたらぼったくり屋さんが幸せをくれて、悪い子だったらぼったくり屋さんに奪いつくされる。そんなの辺境や王国では常識で、子供だって知ってるのにね？」

僅かな兵を蹴散らしながら分散して進みようやく中央部《セントラル》、そこで大司教様にお会いしに来たの。戦いを嫌い、殺し合いを憎み、手助けを惜しまず、悪には屈しない立派な方だそうだけど……完全武装でやる気満々のお爺《じい》ちゃんだった？

「アリアンナよく無事で……いえ、今はアリーエール王女でしたな。私の主義思想は変わりませぬ、人同士が争うは愚、殺し合いなど辟易《へきえき》しております。弱き者、困っている者を助け、互いに助け合い護《まも》り合うのが私の信条であり我が教派の教えです。ですが、件《くだん》の少年にお会いしました、そして理解しました。少年は私と同じ戦いも暴力も否定する者の瞳でした……だから殺すのでしょう。誰かが殺されず誰かが殺さなくて良いように、災いを全て巻き込む災厄のように厳しく優しい瞳でした。だから、私など役に立たずとも戦いに出るのです。飾り物の旗頭でも、この老いぼれの老骨が役立つならば戦場に赴きましょう。あの教会と無関係の少年がたった一人であんな悲しい瞳をしていてはならんのです。戦いも暴力も否定する教え？　あれは嘘《うそ》です、あれは大多数が少数に屈する事なく不屈に抗《あらが》う教えです。力でなく意志で戦う教えなのです。それはたった一人の少年に背負わせて良いものではない、お嬢さんが3名供されておりましたが、あの少年は一人で戦うものの瞳でした。あの瞳を見ても安全な遠方で平和を唱えるだけの卑怯《ひきょう》者《もの》に一体何が救え、誰がそれを信じるでしょう。既に我らが教派と親しい教派の者達《たち》は戦支度を終え、王女様をお待ちしておりまする」

「有り難きお言葉です、ステカテル大司教様。お力添え頼もしい限りです、そして……お供は3人でしたか、やっぱり……」「「「ふふふふふっ、やっぱり間違いないみたいだね！」」」「「「うん、会ってお話を聞いてみたいなー……じっくりと!!」」」

　急速に解放軍は拡大しているけど質は伴わない増大。Lvは低く、装備も貧弱で志だけで参戦してくる。つまり、食料と武器装備の配給が大変そうなの？

「これだけ配っても、まだ棍棒《こんぼう》がいっぱいあるね？」「遥《はるか》君って……私達と会うまでにどんだけゴブリン殺《や》ってたの！」「だって『ゴブもコボも全滅しても次の日には又居るんだよ？』って普通に言ってたし？」「つまり何回も魔の森のゴブリンを何度も全滅させて確認してたんだね？」「まあ、あれからもよく殲滅《せんめつ》してたもんね、迷宮皇さん付きで？」

　どれだけ配っても減る見込みすらない棍棒と茸《きのこ》。つまり同じ数の魔石が、遥君の無限アイテム袋の中に入っている。それが魔力貯蔵庫《バッテリー》と化して、あの膨大な魔力を支えている。それは個人で迷宮や魔の森に匹敵し圧倒できる驚異の魔力貯蔵量。

「でも魔力回復は遥君でも遅れてるよね、母数の桁が天文学的だし？」「使えない方が良いよ……あんな魔力量を一気に放出って、頭が壊れちゃうよ！」「人が扱えるレベルじゃないからね……人が触媒になれる量なんて僅かなのに」「でも無きゃ無いで魔力切れで苦しいよ、すっごく？」「だけど～、大魔法だけで頭割れるくらい痛いはずだよ～？」

　アリアンナさんは来客と交渉で大忙しで、レイテシアさんを連れて駆け回っている。

シャリセレスさんもメリエールさんを伴って軍の指揮に大わらわ。そしてイレイリーアさんも感情探知役で引っ張りだこだし、シスターさん達も各方面との調整役兼護衛として大忙しで修道士さん達……は相変わらずナイフを舐《な》めている。うん、用事言いつけられないよね、ナイフ舐めてると？

「忙しそうだね？」「今は烏合《うごう》の衆《しゅう》を、アリアンナさんの意志の下に纏《まと》める時ですから」

ただ実戦に怯《おび》え、戦いを恐れていた兵隊さん達が徐々に毒されてる気がするの？　さっきの戦いでも、あっちこっちで「ひゃっはあーっ！」って掛け声が響き、とっても舐めにくそうに長剣《ロング・ソード》を舐める教会騎士さん達がいた。神父さんや修道士さん達は日を追うごとに好戦的になり、全員がナイフや剣を舐めている光景が怖いの？　うん、教国は大丈夫なのかな？　まだ、ちゃんと教会とか宗教とか神様とか覚えてるかな？

「委員長さん、作戦案はAで通りました。押し通しました！　電撃解放戦で一挙に制圧解放です、やはり運河沿いの要塞は壊滅しており、ここから先に大きな軍は居ないものと思われます」「うん、偵察って怖いね？」「「うん、やると思ってたけどね？」」

広く逃げ散らばった敵を追えないし、数多い街を護りながら戦えば遥君は脆《もろ》い。動けずに身を挺《てい》して後ろを護るなんて、自殺行為なのに常習犯だ。だから、それは私達がやる。数が多いだけなら数で私達が対抗し、街も数が多いのなら私達が分散して護る。だから、偵察。自由気ままに偵察し、自由に偵察勝手気ままに偵察する遥君は強い、って言うかあ野放し《しゅうげき》……

くどい。贔屓目《ひいきめ》に見ても凶悪で、百歩譲っても悪逆なの？　だから敵は襤褸襤褸《ぼろぼろ》で、まさに災厄。ならば一気に進むだけ、急ぎ電撃作戦を敢行しないとお菓子残量が危機的なの！

　それに……みんな泣きそうでも頑張っている。だって、もしかして、ほんのちょっとだけだけど判官贔屓《ほうがんびいき》の身内贔屓で贔屓の引き倒しに贔屓目に見れば私達は……ほんのちょっとくらいは今度こそ遥君の役に立てたのかも知れない。それは僅かで些細《ささい》な誤差な計測可能限界ギリギリかもしれないけれど、護られるのでも足を引っ張るのでも役に立たないのでもなく……ほんの少しだけでも……そう、これは私達の小さな小さな恩返し。

「配置の編成は初案のまま？　追加情報もないの？」「うーん、作戦図通りなら中央は解放だけだね」「じゃあ左右二手で並列包囲進行の両翼に配置？」

　ちょびっと過ぎて誰も口にしない。恥ずかしくって威張ったりもできない。でも、ちょっとだけ誰も見てない所で胸を張り、こっそり見えないようにちっちゃなちっちゃなガッツポーズをしてる。本当にちょっぴりだけど、それでも私達は前に進めたはずだから。きっとまだ一歩にも届かないんだろう、それでも私達は踏み出せた。今度こそ本当に遥君を追いかけ、遥君に追いつくために。

「中央にお馬さんと遊撃隊を置いとかないと、どっちかに寄っちゃうと緊急時がヤバイよ？」「でも、中央の進行ルートは街が解放済みか壊滅に近い状況みたいで出番なしっぽい、いっそ前に出ちゃう？」「駄目だよ、アリーエール王女が解放する事に意味があるんだからね？　まあその騒ぎで時間がかかってるけど」

　いつか遥君に追いついて、ちゃんと遥君の隣に立てるようになるまで口になんてできない。でも、きっとみんな隠れてやってるはず。見てもわからないくらいほんのちょっとだけど、みんなが胸を張っているんだろう。ほんの少しだけの誇らしげな顔を表に出さないように噛《か》み殺しながら、きっと誰も居ない所でちっちゃくちっちゃく拳を握って小さなガッツポーズをしてるんだろう……きっと遥君以外のみんなが。だから、いつの日か遥君に胸を張れるように。

「第6範囲《エリア》まで解放確認、防衛戦繋《つな》がりました！」「やったね！」

何もかも背負い込み、たった一人で助けられなかった、できなかったって隠れて泣く遥君に……私達は胸を張らせたいの。

こんなにも、みんな幸せになって笑ってるんだよって言ってあげたいから。だから今はまだ、ちょっとだけのこっそり自分の中だけの小さな小さな誇り《ガッツポーズ》。

「うん、準備でき次第出発するよ。装備できたら集合！」「「「了解《ヤー》！」」」

ちょっとだけ胸を張って甲冑《かっちゅう》を身に纏う。結局は甲冑や武器に護られてるって実感しながら、ほんのちょっと胸を張る。こっそりとちょっとだけ自分を褒めてあげながら、そうやって残酷な戦争の準備を始める。血に塗《まみ》れ怨嗟《えんさ》に呪われ恨まれようと、私達は下を向かない。吐いたって、泣いたって、堂々と胸を張って顔を上げてまっすぐに遥君を目指す。

だって――美人シスターさんが3人なの？　アンジェリカさんは残ってて、ネフェルティリさんだけがお供したのに3人。しかもネフェルティリさんと並んでも美人って言われるって、結構凄《すご》いレベルの美人さん。

うん、是非お話《OHANASHI》を聞きに行かないと、どうして偵察すると美人さんが増えていくのか興味深い辞世の句《いいわけ》とお説教ができそうだね？　そして、きっと今もお菓子をあげて頭を撫《な》でてるに違いないの。私達はもう……お菓子はとっくになくなって甘いものに飢えながら頑張ってるのに！

「遥君に鉄球制裁《ごうりゅう》できるのは聖都かな？」「うん、多分もう潜入《とっぱ》してるだろうねー、鉄球制裁《あえるの》は聖都かー」「鉄球制裁《さいかい》が楽しみだね？　いっぱい聞きたい事あるし？」「「「うん、ケモミミとかケモミミとか、あとケモミミとかね！」」」

色々言ってるけど、会うと有耶無耶《うやむや》に誤魔化され謎の説明で困惑させられて気が付くと納得《うやむやに》させられるんだろう。それに教国で獣人さんを連れてるなんて、どうせまたいつものように助けたに違いないんだから。そう、偶然偶々《たまたま》で俺は悪くないとか言いながら、きっとまた困ってたり泣いてるのを見て助けちゃったんだろう。実は会って聞くまでもなく、みんなが予測して確信している常習犯のいつもの犯行。だって、みんなわかってるの？　だって、全員がその助けられちゃった経験者なんだから。

「優先目標84番の街を解放、範囲掃討するけど離れすぎないでね。まだ軍は残ってるし魔道具も出てくるから気をつけて、単独は絶対禁止！」「「「了解《ヤー》！　進軍開始《レディーゴー》！」」」

うん、遥君がここに居たら「だからなんで独語と英語ー！」って騒ぐんだろうなー……騒ぐからみんなやるんだけど、なのに毎回騒いじゃうの？

深い問題は、もっと深くしたら素敵になるらしい？

113日目　昼　教国　首都アリューカ

王城へのお使いの前に獣人っ娘《こ》姉妹の装備の見直しついでに、自分の武装も整えていく。うん、でも神父服に肩盾《ファンネル》ってどうなんだろう？

「いや、でも神父さんやシスターさんって普通に長刀や大剣や機関銃は持ってたけど、肩盾ってあんまり見た覚えがないかも？」「「それ、どんな国の話なんですか!?」」

神父、それは神に使える者の装束……なんだけど、神《じじい》が使えないからなんでも良さそうだ？

「うん、寧《むし》ろ教会の神《じじい》の像にラケット持たせとけば、勝手に熱くなって大炎上しそうだな？」「「それ、本当に神様の話なんですか!?」」

魔道具の存在、それに対応できるだけの事前の準備。そう、やはりシスター服の深いスリットの奥のガーターベルトには、夢とロマン兵器は必須。そして、網タイツは譲れないところだろう！

「うん、凶器《ハイヒール》の投入も視野に入れつつ、ブーツなら膝上なのがポイントなんだよ？」「「全然、話を聞いてくれない（泣!!）」」

怖いのは魔法の無効化。それで装備に付与されたスキルが消されれば、シスター服はただの薄い布……うん、滅茶《めちゃ》薄くて、超ストレッチ感にぴっちり張り付いて、それはもう凄《すさ》まじくエロいんだよ！

「うん、装甲化は男子高校生的に嫌なんだよー、やっぱ無効化の無効化だな？」

　そう、スキル効果にだって階級がある。より強い効果は、弱い効果を受け付けずに無効化する。ただ、それに応じるＬｖが求められ、それに準じてＭＰ消費も増大していく。うん、スリットも増大したいな？

「それ以上スリットが深くなったら、お腹《なか》まで見えちゃいますよお!?」「もう、それ絶対に動きやすさと無関係な深さですよね!!」「いや、流石《さすが》に突入時は甲冑《かっちゅう》だから問題ないんだよ？」「「だったら、スリット深くする意味ないですよね!?」」

　そう、ムチムチとはち切れんばかりの健康的な肉感的な体軀《たいく》。その獣人族の柔らかくしなやかな筋肉と、きゅっと持ち上がった弾《はじ》けるプロポーション用の装備に手抜かりは許されないんだよ。

　二律背反《ジレンマ》――こっそり潜入なここそ隠密《おんみつ》中な硬度な柔軟性を持った変装用だから、重武装すると目立つ。

「既にこれ以上ないくらい目立って、滅茶見られて恥ずかしかったですよ！」「普通に背中に大剣を背負っていても誰も気に留めず、物凄《ものすご》く服ばっかり見られてましたよ（泣!!）」

　そう、視線誘導《ミスディレクション》。

「うん、武器の持ち込み禁止って書かれてる検問でも、そこを護《まも》るプロフェッショナルな門番であろうとも、その深いスリットから覗《のぞ》く太腿《ふともも》さんという凶悪な凶器に狂喜乱舞で……うん、誰も武器を持ってても気が付かないんだよ？」「「それが恥ずかしいんですよー（泣）」」

だって、それ以前に尻尾がピコピコフサフサしていても気が付かれない。斯《か》くも深くスリットとは深いとエロいんだよ？　うん、深良いな！

「スリットの前に　御主人様《ますたあ》見て大騒ぎ　その神父服、武器より凶悪すぎ！」「いや、ちょっと細身で腰上からのAラインだけど、滅茶普通の神父服じゃん!!」「「ええ、なんでそれを着ちゃうと、こんなにも凶悪に見えるんでしょう？」」

そう、変装に大切なのは細部《ディテール》と着こなし。そして収集された情報から鑑みて神父とはエロい事する人だから、ちゃんとエロいシスターさんを連れている。うん、完璧だな？

「だから、本当に網タイツの網目を大きくすると防御力って上がるんですか（泣！）」「いや、寧ろ攻撃力が上がるんだよ？　うん、これはヤバいな？」「あ――ん、どんどん恥ずかしくなっていく（泣!!）」

だって、男子高校生だもの？

「いや、だからちゃんと今まで問題なく潜入できるって実戦済みじゃん？」「「実戦《ボコ》しちゃうなら、わざわざこんな恥ずかしい格好しなくても良かったんじゃないですか（泣!!）」」

いや、でも新作を作る度に尻尾をピコピコフサフサさせて喜んでたよね？　うん、まあ過去の経験から察するに、お菓子食べさせて、頭を撫《な》でたら世の中の大体の問題って解決するんだよ……うん、もうちょっと深くしても大丈夫かも？

やっと遂にもう忘れ去っていたトラップリングの見せ場だったのに台詞がない！

113日目　昼　教国　王宮

群がり覆い尽くすように、銀色に輝く軍勢が王宮を包囲する。並べた盾が太陽の暑さを反射させ、ぎらぎらと輝き照り返す。何度目かの突入戦を挑み、跳ね返されてはまた包囲の陣を敷き降伏の勧告を始める。毎日毎日繰り返されては皆が精神的に疲労していくが、食事《BBQ》で活気を取り戻し、逆にその芳醇《ほうじゅん》な肉の焼ける匂いで包囲の兵達《たち》の心が挫《くじ》けてゆく。この「焼肉のタレ的な何か？　みたいな？」があれば戦える。うむ、凄《すさ》まじい美味だ！

「騎士団長様、もうじきお客様が参られますからお出迎えのご用意をされた方がよろしいかと」「また攻めてきますか、懲りぬ奴《やつ》らだ。ならば兵を用意して迎撃戦の……」

王国からの密使として食料と情報をお持ちくださったシノ一族と名乗られる方、この方のお陰で王城の兵と王宮の職員は飢えずに済んでいる我等《われら》の恩人だ。最近教国でも演劇が上演され、その結果で神敵に認定された黒髪の道化師の使いだという女性。

「いえ、待ち人来《おきゃくさま》たるです。ようやく来られたようですね」

そう言って包囲の兵の本陣に目を向ける。そこでは人が空を飛び、宙を舞う異様な光景。

身に着けた甲冑《かっちゅう》を日差しに照らされ輝きながら飛び散る鎧兜《よろいかぶと》と、その中身。右往左往の混乱が起き、地を埋め尽くす軍勢の中を波紋のように動揺が伝播《でんぱ》していく様が見て取れる。それは大海に落ちた一滴の水が怒濤《どとう》を起こし、大海原を穿《うが》つような異常な光景。

「た、助けに行かなくてもよろしいのか！　敵中に……」

シノ一族の方が言う来客とは、演劇で噂《うわさ》の黒髪の軍師様ご本人。如何《いか》なる策略を以《もっ》て軍勢を擦り抜けるのかと思いきや、正面から歩いての訪問だった。藪《やぶ》を払うように邪魔な甲冑共を薙《な》ぎ倒し、ただ歩き進む。ただ邪魔だと薙ぎ払われ押し倒されて踏みつけられる教会騎士団の豪奢《ごうしゃ》な騎士達。敵に罠《わな》と嘘《うそ》を鏤《ちりば》めた奇々怪々の小細工を織り成し騙《だま》す、稀代《きたい》の如何様師《いかさまし》。だが、その別の名は迷宮殺し。そう先に聞いていなければ唖然《あぜん》とし度肝を抜かれた事だろう。今、見ているだけで肝が潰れる思いだ。指揮者の性《さが》なのか、戦いを見ると対応策を無意識に考えてしまい教会騎士団の指揮官に同情してしまう……あれは指揮など不可能だ。非常識過ぎて対策などしようがない。

「不要です、寧《むし》ろ巻き込まれます」

だからこそ、ある意味で稀代の如何様なのかもしれない。誰が一番兵力の分厚い中央の司令部を通り抜けると思うだろうか。兵数があれば警戒もするし、速攻の奇襲であればまず固めるのが定石《セオリー》。だが、少数で歩いてくる者を止《とど》め立てて咎《とが》めようとして次々に兵が向かい蹴散らされ、躍起になって群がるうちに司令部ががら空きのまま歩いて突入される。その時点で大軍の指揮系統は死んだ。後には指揮もなく、立て直しもできぬまま大群が犇《ひし》めき押し合い動けなくなる。そうして、密集し止まった所を纏《まと》めて吹っ飛ばされて、転倒の連鎖に押し潰されていく。

「こ、これは……酷《ひど》い」「出撃されるなら、あの状況で指揮を執る覚悟を」

殆《ほとん》どの兵はその大群故に敵がどこに居るかもわからないまま、味方に押され移動しようとする人波に呑《の》まれ混乱に巻き込まれる。敵に出逢《であ》う事もなく、押し潰されてすし詰めのまま動けなくなる。動けず状況はわからず敵すら見えないまま、指揮もないまま大渋滞が巻き起こり、何もわからないまま大混乱が大惨事に変わる。

「ちょ、通背空気投げに通背旋風脚って、それどうやってやるの!?」

甲冑を身に纏い、大盾と槍《やり》を構える重装歩兵は小回りは利かず方向転換もままならない。視界も狭く、適切な指揮がなければ重鈍な案山子《かかし》で障害物でしかないのだが……だとしても哀れだ。敵の居場所もわからず、何が起こっているかも理解できないままに押され流される。一度《ひとたび》押されて転ぶと、立ち上がる事もできないまま踏み付けられ押し重なり合って圧死していく。戦う事もなく、敵と見える《まみ》事なく、ただ味方に踏み潰され身を守るための甲冑に囚《とら》われ積み重なって轢死《れきし》していく。

「この甲冑、凄《すご》く良いです！　このご恩は生涯我が身をむごもぐもぐ……ごっくん♪」

そして出迎える事もできないまま黒髪の軍師殿が門に至り、その手を門に掛けられる。開くはずのない王城の外門「罠の門」を潜《くぐ》ると、魔法の罠を鏤めた侵入者を殺し尽くす殺戮《さつりく》の門がなんの罠も発動せずに開く。ただ門を開き、ただ悠然と進む。今まで幾多の敵を挫き血を流させた悪名高き門が、登録もされていない部外者を何事もなく招き入れたのだ。王宮だけでなく周囲に詰める教国軍の兵士達からすら動揺の声が溢《あふ》れている。

「あ、あの門は通れぬはず」「大迷宮すら止められなかった者をですか？」

空中には無数の剣が剣舞を舞い、その刀身が日差しを反射して燦然《さんぜん》と煌《きら》めく。黒尽《ず》くめの少年が絢爛《けんらん》たる美女を引き連れて内門にまで至る。ただ歩道を通るように、罠を敷き詰められた通路を平然と歩む。まるで罠など何もなかったかのように、何事も起こさず押し通る。国王陛下と王妃殿下まで身を乗り出し魅入られる、その圧倒的で驚異的な芝居の如《ごと》き一幕に誰もが声もなく拍手喝采もない無言のスタンディングオベーション。

既に斬るものも薙ぐものも無いと、天空を踊る剣達が黒衣の外套《マント》の肩から肘までを銀翼の如く連なり鱗盾《りんじゅん》と化す。それをただ無言で眺める間に、今度は開かないはずの内門までもが開く。美しき門扉に飾り立てられた蔦《つた》柄の装飾は、魔法の罠で外から押さば絡み殺す恐怖の蔦。慌てて制止しようにも、誰もが声を失い我を失っていたがために声にならぬ悲鳴だけしか上がらぬまま開かぬ門が開かれる。その蔦模様は微動だにする事なく、客人を歓待するかのように外には開いても内に開けば必ず死ぬと言われた王城最後の門が内へと開く。そして、王宮の静寂を破る黒衣の声が告げる。

「郵便でーす、って言うかここの娘さんに頼まれたんだけど何気に娘さんの男子高校生への人使いが結構荒くないかな？　うん、俺ってこっそり潜入してこそこそ偵察してるから忙しいんだよ？　なんで配達業務が隠密《おんみつ》さんに密《ひそ》やかに頼まれてるんだろうね－？　まあ、お手紙？　一応注意しとくけど読まずに食べないでね、食べたかったらちゃんと読んでから食べるんだよ？　再配達は受け付けないからね、っていう訳で在り得たり在り得なかったりするシュレディンガーな娘さんからのお手紙で猫じゃないいんだよ、兎《うさぎ》っ娘《こ》と狼《おおかみ》っ娘はお届け物じゃないからね？　うん、猫っ娘もありだな！　狸《たぬき》っ娘の交換《チェンジ》はないのかな、齧《かじ》らないのが良いんだよ？　狼っ娘、狼人族《ろうじんぞく》ってビッチの受け入れサービスとかしてなかったか知らない？　うん、なんて言うかびぁ……もごもごー？」「な、何という事！　通訳委員長様が居られない……どうしましょう⁉」

魅力的な美貌の異国人風の美女が、そっと黒髪の軍師殿の口を秀麗な掌《てのひら》で塞ぐ。異国の儀礼なのだろうか。受け取ったアリーエール王女からの手紙を預かり、確認を済ませて謁見の間にご案内する。シノ一族の方と現状のご確認をされているのか偵察や潜入について語られているご様子だ。

「どうぞお入りください、国王陛下並びに王妃殿下がお待ちでございます。此度《こたび》は戦時中でも在り礼儀云々《うんぬん》はなしで即刻お話を伺いたいとの事です。挨拶の御口上や謙《へりくだ》った儀礼はなしで願いたいとのお言葉です、どうかよしなに」

元々飾りと言われる王家にあって、全く飾る気のない我が王は玉座にも着かずに護衛もなしに使者殿に歩み寄る。

「よく来てくだされた、黒髪の軍師様。教国の王としてではなしに、アリーエールの父親として礼をさせて頂きたい。大まかな事はシノ一族の方から伺っておるので手紙を拝見させて頂いて宜《よろ》しいかな」

そう言いながら待てぬとばかりに手紙を手に取り読み始められる。王であれ使者に対して無礼なのだが、溢れ落ちる涙と嗚咽《おえつ》に誰も咎め立てなどできない。震える指先で紙を捲《めく》り、涙を湛《たた》えた瞳に焼き付けるように文章を追う。それはただの娘を心配する父親であり、その想《おも》いを慮《おもんぱか》れば式典官であれ咎め立てなどできようはずもない。

ただ、口を塞がれたままに立ち無言を貫く黒衣の少年。王女殿下の恩人であり、我等城の者にもシノ一族の方を通じ豪華な糧食をお届けくださった王ですら頭を下げる大恩人。何を命じられようとも逆らう事はできない、そこまで命を握られているも同然なのだ。なのに何も語らず、口を開かずただ手紙を渡し立っておられる。その言外の意味を王が感じ取り、改めて頭《こうべ》を下げる。

「不勉強で異国の礼儀に疎く申し訳ないが、口を手で塞がせるは黙して語らずという意思の表れかと。これほどの恩を受け、いかようにも恩を着せられるお立場にありながらも我等の決断に一切口を挟む気はないという高潔なお心遣いに感服いたしました。飾り物の王家と誹《そし》られようとも国を思うは王としての責務、まして娘が身命を賭して正道に戻らんと反教皇を志すならば異はございません。神輿《みこし》なれど王とは王国騎士団の司令官、来《きた》る一戦には出陣して王家の意思を指し示す所存です。どうか、そう娘《アリーエール》にお伝え願いますか。よろしく頼み申しまする」

口先で誑《たぶら》かし、舌先で騙《かた》る稀代のペテン師と謳《うた》われる黒髪の軍師殿はその風評とは真逆に一言一句たりと語る事なく。一切口を開かず、ただ頷き応える。その深い配慮に皆が感動し、跪き頭（ひざまず）を下げる。その中をゆっくりとお帰りになられる、その後ろ姿だけで全ては王が決めよとただ言外に告げながら。

きっと気のせいなのだが、息ができず頷くように首を振って意識を失いそのまま引き摺《ず》り出されたようにも見えたのだが、異国の風習か道化の演技かは窺《うかが》い知れなかった。ただ手紙を持って現れ、無言のままにお帰りになられただけで王宮の空気は変わった。幾多に取り巻く兵士達に囲まれ閉塞した息苦しさは消え去り、吹けば飛ぶように甲冑の兵士達が飛び散る様を見て腹を抱えて笑い兵士の顔には覇気が戻った。

今は誰もが陣中見舞《さしいれ》いと置いていかれた御馳走《ごちそう》の数々に目は釘付《くぎづ》けだ。外では飽きもせず悲鳴と墜落音が鳴り響き、それを見遣《みや》りながらシノ一族の方はやれやれと肩を竦《すく》めて居られる。だが、その微笑《ほほえ》む横顔には幾多の想いが溢れ出している。あれが黒髪の軍師様、如何様師とも道化師とも呼ばれる奇跡の体現者。こんな良い気分にされれば、騙されるのも存外悪くはないだろうと思わせる不思議な方だった。

しかし、美味《おい》しそうだが皆が食べ方がわからず手を付けられない。一切を語らずにお帰りになられたが、せめて食べ方だけは語って頂きたかった。しゃぶしゃぶとは如何なるものなのだろう。何だか凄く美味しそうだ……このしゃぶしゃぶ器なる奇妙な器械は？

来んなよ来んなよって言うからお招きの振りかと思ったら違ったようだ？

113日目　昼過ぎ　教国　大聖堂前

何たる事だ、嗚呼《ああ》無情だ。うん、久方ぶりに尾行っ娘《こ》一族のお姉さんだったのに！　おっさんじゃなかったのに!!　うん、偵察道について語り明かそうかと思ったら、お口塞がれて無口な男子高校生だったんだよ？

「全く外交の場で無言なんてお行儀も儀礼的にも宜《よろ》しくないし、喋《しゃべ》らせてもらえないと立て板に洪水で河童《かっぱ》も溺れる清濁併せて化学反応とまで委員長さんに褒め称《たた》えられた俺の流《りゅう》暢《ちょう》な外交儀礼が披露できなかったじゃん？　まあ、尾行っ娘一族はしゃぶしゃぶ知ってるから、きっと今頃は立身出世に鍋奉行しているんだよ？」

さて、おっさんの家に戻って奥さんにお手紙を書いてもらい、お昼御飯もお呼ばれして準備も整った。今晩はお礼返しに俺が御飯を作るからねと言い残して出かける。

大聖堂――ここが全ての縺《もつ》れ絡まる因縁の根源、異世界の歪《ゆが》んだ歴史の歪みの中心部。狂暴なおっさんの奥さんから手紙を書いてもらい、おっさんに愛妻弁当を届けに来たと言って巨大なドーム状の建造物の中に入る。これなら何かあってもおっさんのせいで安心だ。

「ほえー」「大きいです」

中は荘厳で清廉な輝くような礼拝場で、真っ白な壁と柱を天窓から差し仕込んだ光が煌々《こうこう》と照らしだす質素でありながら清潔で威厳溢《あふ》れる天上界を思わせる――ように設計されれ作られている。ようは洗脳《イメージ操作》で、ただの心理トリックで無意識に威圧される設計になっている。それ故に礼拝するほど深層心理下で従属し操られやすくなるように考えられた、広く高く明るい荘厳な光景。この中心の壇上で語られれば、それ自体が自動的に心理操作。無意識下に強制するのが目的の構造建築。

「ここからは離れないように気をつけるんだよ？　絶対踊りっ娘さんの側に居るようにね、多分能力《ステータス》も効果《スキル》も制限されてるから細心の注意を払って揉《も》め事《ごと》を起こさないのが肝心要《かんじんかなめ》な最重要課題なんだよ？　うん、揉むのは俺に任せて揉めたら駄目だよ、揉まれるのも駄目だからね？　あとお口も塞がなくていいからね、お口を塞がれると俺の流暢な交渉会話術《コミユニケーシヨン》能力が発揮できない上に呼吸能力まで止まって心臓鼓動能力まで止まる危機だったんだよ？」「はい、足手纏《あしでまと》いにはなりません、絶対お役に立ちます」「あと、揉みませんよ！」

なんか、わざわざ王城の更に奥の王宮までお手紙を届けに行ったのに喋る事すらできなかった。初めてと言っていいほど大迷宮の最奥の隠されし秘宝『トラップリング：【罠《わな》を自動的に解除する】』が燦然《さんぜん》と輝き大活躍だったのにだ。うん、散々な悲報だったようだ？　まあ、新型肩盾《ファンネル》の試運転と練習にはなった。結果的には魔糸さん接続な有線肩盾《ファンネル》で、状態異常『混乱』と『麻痺《まひ》』をばら撒《ま》きながらの飛行制御訓練だった。魔力消費が膨大な自動制御は緊急時のみにしたけど、思いのほか自動飛行機能が便利で自動飛行のパターンを智慧《ちえ》さんが研究して絶賛改変中だったりする。

　そして今日は大聖堂の偵察《けんがく》だけでいい。間取りを調査し、自分の羅神眼《め》で見る敵地潜入偵察《おたくはいけん》だ。着ているものは入り口で渡された礼拝服というらしいフード付きのゆったりとしたAラインのワンピース。それが逆に身体《からだ》の陰影《シルエット》をくっきりと映し出して、見えない方がエロいよねという斬新な理論が眼前で実践されているんだよ！　うん、よく視《偵察》よう！

「一般の方が入れるのはこの礼拝場までとなります、しばらくお待ちを」

俺も着てるけどダボダボの布を纏った男子高校生なんて、きっと需要も無いんだよ！

　人が多くて目立たずに済むけど、逆にこの格好では奥には入りづらい。お着替えできそうな場所は……更衣室？

「あぁー、あれって懺悔《ざんげ》室《しつ》ってやつ？」

　でも、神父さんに懺悔しながら神父服へのお着替えは不味《まず》いだろうし、見られてるのに女性陣を着替えさせる訳にもいかない。うん、俺は見たい！

「うん、しかも悔い改めたり後悔する事が全くない常住不断《じょうじゅうふだん》昼夜兼行《ちゅうやけんこう》無実冤罪《むじつえんざい》な男子高校生さんだから、懺悔する内容が全く考えつかないんだよ？」

　着替えられないから礼拝堂の中から見て回る。だって、神《じじい》に礼拝《あいさつ》とかないし？

「寧《むし》ろ爺《おまえ》が来い、純真無垢《じゅんしんむく》で温和篤厚《おんわとっこう》な男子高校生をこんな野蛮な世界に送りやがって！　でも、爺《じじい》だから来なくて良いし見たくもないし話したくもない？　うん、女神様に交換《チェンジ》できないの？　御指名料とかいると女神様って高価そうだな!?」

大聖堂は外からも透視できず、中からも透視もできないらしい。凄《すご》く悩ましい起伏の礼拝服も視《み》たいけど、あれは事案注意《JC》！

「う――――ん、この壁自体に何かあるのかな？」

空間把握でも隔離されていて、閉ざされた場所の空間は摑《つか》めない。掌握魔法も遠距離は駄目だし、漆喰《しっくい》された隙間ない重圧な石壁は魔糸さんも通り抜けられず駄目だった。これでは礼拝堂区画《エリア》以外の地図が作れない。だから怪しい所には片っ端から魔糸さんを送り込む、塗り潰され閉ざされていようと扉ならば髪の毛より細い魔力の糸が忍び込める。ただあんまり伸びない、しかも床や壁を探査しても全く楽しくない！

「うん、部屋の形や置いてあるものは何となくわかるけど、伝達《フィードバック》される感触がなんの愉《たの》しみもない魔糸能力の無駄遣いなんだよ。昨晩はあんなに素敵な柔肉の悶《もだ》える感触を堪能したというのに、石壁って全く楽しくないな？」

教会の奥を魔糸で探っても、石の壁や床に修道士《おっさん》か修道女《おばちゃん》。全くエロシスターさんも居ないとは気が利かない大聖堂で、シスター服を着てない美人エロシスターさんだと更に良いのだが居ないようだ？　うん、無理だな？

「そこのシスターと名乗りながらご年配のシスターさん？　ちょっとこの手紙のおっさんを探して愛妻弁当のご配達な用件がご多忙に付きこのおっさんに届けるかおっさんを焼くかしたいんだけどどっちに行ったらこのおっさんなんかな？　なんか、狂暴で口汚い熱血なおっさん？　奥さんが随分と若いエロいおっさん？　焼こうかな、聖堂ごと？」

「えーっと、まあ教導騎士団長のガシャルクス様ですね。お口はあれですが立派な方ですよ、人をやってお呼びしましょうか？」

呼んでこられても用事はないし、あのおっさんはすぐに斬りかかってくる狂暴なおっさんだ。だいたいお弁当は口実で、用件は偵察だから行かないと意味がない。うん、おっさんに意味とか意義とか存在理由とか生存価値とか息する権利とかないんだよ？

「あー、そのグシャッとしたおっさんに是非そのなんとか騎士団を見に来るようにしつこく頼まれちゃって、お願いされてるんだよ？　絶対見に来いよ、絶対だぞ来いよ来いよって振られちゃってるんだよ？　ああーめんどうだなー（棒）」「でしたら、私《わたくし》がご案内いたしましょう。しかし愛妻弁当なんて相変わらず仲がよろしいのですね」

残念ながら中央部に向かわず外縁部を回るらしい。しかし、上にも下にも階段すら見当たらない。わざと区画《ブロック》ごとに孤立させた複雑な配置だ。それを地図化していく……あった、ここの壁の寸法がおかしい。中に隠し通路があるはずだ、伸ばせるだけ魔糸を伸ばし探れるだけ探る。

「こちらが教導騎士団の詰め所になりますわ、外の演習場の方にいらっしゃると思いますよ。悲鳴が聞こえますし」「ありがとう、お礼にお弁当のお裾分け？　まあ、クッキーだから美味《おい》しいんだけど、太っても俺に苦情のお説教は禁止されてるからね？　誰も護《まも》らないけど注意事項で、俺は免責事項で悪くないんだよ？　それじゃあバイバイ？　みたいな？」「まあ、ありがとうございます。みんなで頂きますね」

悲鳴と聞き覚えのある口汚い怒声。罵り扱《しご》きながら訓練しているようで、所詮異世界は科学的訓練《トレーニング》には程遠い洗練されていない旧式の指導法のようで最新式科学的指導《ハートマン・システム》には至らないようだ？って言うか、訓練って言うよりおっさん大暴れ？

「情けない、情けないぞ貴様ら！　勝てぬと思うて諦めて先なぞあるか。勝てぬからこそ挑む気概もないのか、嘆かわしい!!」「お疲れー、勝てない常識的な世間《おどりっこさん》も来てるけど気概で挑んでみる？　まあ、諦めても諦めなくてもボコなんだけど？　うん、世間《めいきゆうこう》って残酷に過酷で惨酷な厳酷で酷悪なんだよ、苛酷に酷烈な世間《めいきゆうこう》って世知辛くて破壊力抜群でいつでもボコの準備できてるんだよ？」「お、お前！　来んなよ、絶対に来んなよって念を押したじゃろうがー！　あとすまんかった、生意気を言った、マジ勘弁してくれ！　その世間《びじんさん》を知るとこやつらの訓練ができんくなる、って言うか本当にそれが常識的な世間なのか!?　なんか儂《わし》、騙《だま》されとらんか!!」

兵士さん達《たち》がチラチラと踊りっ娘さんと獣人っ娘姉妹をチラ見中だが、訓練したいのだろうか……勇敢だな？

「うん、やっておいで？　手加減？　なしでいいよ、おっさんばかりだし？」「いや、来んなよ来んなよって言うから振りかと思って？　来ちゃった？　てへぺろ？　みたいな？　あー、あと差し入れ」「振らんわい！　お前あえて口にせなんだが……神敵じゃろ？　普通、教国に来るのも無謀じゃのに大聖堂まで来ちゃうって何を考えとるのじゃい？」

舞い散り吹っ飛び壁に激突する兵隊さん達。うん、確かに通背旋風脚は新機軸だけどその2つは理念が相反してなかったっかな？　あー、組み合わせて良いとこ取り？　それで獣人っ娘達にまで通背後《うし》ろ回《まわ》し蹴《げ》りを伝授しちゃったんだ、うん後で俺にも教えてね？

「話を聞かんかい!!って、もう訓練どころじゃねえな!?」

　愛妻弁当とは偽装、真実は男子高校生の手作《しょくしゅ》り辺境名物茸《きのこ》弁当『たーんとお食べ、みたいな？』を配って食べさせてHPが回復したらまたボコる。きっと偵察任務の地味な隠密《おんみつ》作戦に鬱憤が溜《た》まっていたのだろう、元気いっぱいにいつもより多くぶっ飛ばしている。

「うん、さっき王城では24連の『護神の肩連盾剣《イージス》』を分身付きで遊びすぎて、3人共敵兵《わけまえ》が足りないってオコだったんだよ？　いっぱい兵《えもの》が居て良かった良かった？」「全く話を聞きやがらねええっ!?」

　このおっさんくらいになると通背拳は通っても魔力は効果を減衰され、気功もある程度耐えられてしまう。だけど、ここの兵隊さん達だと適度にLvが高くて手加減なく吹き飛ばせて手頃感があるようだ。うん、楽しそうだな？　ちょびっと参加してみよう、俺の中の教育熱心《ハートマン》が囁《ささや》きかけてるし？

「最初と最後に『Sir』を付けろ○虫ども、って言うか『さー？』って付けると意味不明になるんだよ？　○の中は何だろう、みたいな！」「「「Sir！　YES、Sir!!」」」

　うむ、中々いい感じだ。きっと向こうの世界でハートマンさんもお喜びの事だろう。殴られボコられ叩《たた》かれ吹っ飛ばされても半笑いのままボコられに行くがんばり屋《ワーモンガー》さんに訓練《ボコられ》中で、だいたい世の中って迷宮皇さんにボコられると怖いものってなくなるんだよ？　うん、恐怖感が壊れるから？　だって、臆病でいい。臆病なくらいの方が良い。だけど、恐怖に飲まれるのは最悪だ。

「儂の教導騎士団が……騎士団に稽古をつける教導騎士団がぼっこぼっこで人格が壊されとるじゃないかい！　お前、なんちゅう訓練を……Ｌｖがめちゃ上がっておるが、なんであんなに嬉《うれ》しそうに笑いながら斬りかかっとるんじゃぁあーっ！」「おっさんだって昨日めっちゃ笑顔で暴れてたじゃん？　普通通りすがりの神父さんに嬉しそうに斬りかかるおっさんって教会に居て良いものなの？　事案なのに騎士団で取り締まる側って困ったおっさんだよ？　うん、困らない良いおっさんは埋まってるんだよ、埋めたいな？」

正面右手1階の教導騎士団の区画《エリア》の設計はわかった。左手は教会騎士団の区画《エリア》で外に兵舎と練兵場が別個にあるらしい。中央と後面が謎で、2階から上も地下もわからないし、外から眺めても堂上には鳥しか見えない。制圧するには情報不足だな？

「「「ひゃっは――！」」」「何が起こっとるんじゃ……って、話を聞けぇええ!!」

深夜に潜入するか、うん偵察《スパイ》っぽいな！　その場合やはり踊りっ娘さんは全身タイツだろうか、それともレオタードだろうか。偵察計画とは悩ましいものだ、そう言えばフルジップの革《レザー》ツナギ《スーツ》もあったよ。でも、意表をついてミニスカ忍者も……偵察って悩ましいな!?

かつてJCを「充分」「超大人ボディ」との神解釈で挑み通報の彼方に消えた勇者は伝説らしい？

113日目　夕方　教国　大聖堂　教導騎士団演習場

膨張した筋肉という名の膂力《りょりょく》が鋼のように引き絞られ、豪腕と鋼の大剣を轟音《ごうおん》と共に放たれる。だがその勢いに振られる事なく、剣は握り締めた柄《つか》から緻密な操作を与えられ、鋼の大剣が鞭《むち》のようにしなったと錯覚させる程になめらかな斬線を残し空気を斬り裂く。

その正統とも言える綿密に考え抜かれ、無駄を削り抜き研ぎ澄まされ抜き身の剣と一体化するような体捌《たいさばき》。全てが無駄なく、次に繋《つな》がり次手の有利を確保し次善の手を残す理論的に詰めるスカル・ロードが残せし剣技。ただ吹き矢がない、それこそが致命的、理詰め故に一度《ひとたび》崩されると瓦解するんだよ？

「ふんぬぅーっ！　糞《くそ》ガキが次から次へと訳のわからぬ手を使いやがって！　挙句に吹き矢かい、剣士としてあるまじき卑怯《ひきょう》さじゃ、姑息《こそく》じゃぞ！」「えっ!?　これスカル・ロード愛用の吹き矢『魔吹矢《ブロウガン》』なんだけど？　由緒正しきおっさんのご先祖伝来の遺品のお品なんだよ？　みたいな？」「マジでっ!?」

いや、おっさんがイジケても可愛《かわい》くないよ？　だいたい筋骨隆々なおっさんが膝を抱えても不気味なんだよ？　あと、おでこに吹き矢刺さったままだからね？

結局、俺まで訓練に付き合わされておっさんの相手。スカル・ロードの剣技を見せろと執拗《しつよう》に強請《ねだ》るから吹き矢も吹いてみたらイジケている？　うん、一族の伝統ではなかったようだ？

「まあ良いわ、剣と剣で戦え言うておるんじゃい！　来んなって言っても来たんじゃからちゃんと相手せえい。それにのう……もう、お主以外にその剣技を教導騎士団に見せられる者が居らんのじゃ。だから頼む、行くぞぉい！」

　そう言いながら型合わせではない、本気の剣風が髪を靡《なび》かせる。うん、滅茶《めちゃ》マジじゃん！　剣を見せろと言われても杖《つえ》なんだけど、剣みたいなものだし良いだろう。だって神剣を顕現《だし》ちゃうと正確に制御しないと、おっさんの剣と甲冑《かっちゅう》ごとすっぱりと斬ってしまう。そして多分、おっさんをすっぱりざっくり楽しくすっきりと斬っちゃうと今晩泊めてもらえない気がするんだよ？

　吹き荒れる剣風の嵐と、おっさんの罵声。だけど少しずつ聞き覚えのある音が研ぎ澄まされていく。荒く拙いけどスカル・ロードの剣（吹き矢なし）を一振りごとに完成させていく、受けてやり、見せてやり、偶《たま》にボコる……甲冑委員長さんも、こんな気分で俺に剣を教えて相手してくれてたのだろうか……って、見せられても受けさせられても甲冑委員長さんの剣技は無理だよ!!　それが習ってできたら剣聖通り越して剣神なんだよ!?　うん、あと俺のは杖術《じょうじゅつ》なんだよ？

「ぐがあぁーっ、お前ちょっとくらい掠《かす》るとか蹌踉《よろ》めくとかしやがれぇ。凄《すげ》えぇぇ心が挫けるだろおぉがよおぉー！　嘘《うそ》でもいいから苦戦しやがれえぇぇーっ、上達した気が全くしねぇーぞぉ、糞があぁっ！」

おっさん口調が荒れて地が出ている。爺《じじい》モードからの狂暴柄悪おっさん状態《モード》で、顔も悪いけど柄も悪く口まで悪い三冠おっさんだ。頭も悪いからおっさん四大制覇《グランドスラム》も達成されてしまいそうだな!?

「えええっ、上達した気だったの!?　ちょ、もう一回、迷宮皇《せけん》見る？　また、見ちゃう？　しっかりと迷宮皇《せけん》の恐ろしさを味わっちゃう？　うん、厳しいよー、迷宮皇《せけん》って？　今は一人しか居ないけど、もうじきいっぱい味わえるよ？　南無？」「嘘ですっ！　すみませんでした、せっかく型がなんとかなってきたのに、今あの世間を知ると心折れちまうだろおがよっ！　あの世間ってそんなにいっぱい居るのか？　マジ辺境ってそれ常識なの!?」「未《ま》だいっぱいは居ないけど剣なら物凄い最上級が1迷宮皇《せけん》？　うん、あれは別世界《せけん》なんだよ？　見てみたい？　見てもわからないんだけどね？　うん、俺もあれは全くわからないんだよ？」

だが、あれほどに為《ため》になる経験もない。そして、あれほどまでに怖い経験もそうはできない!!　うん、未来視で見る幾十の未来が全部斬られ、幾百の回避予想がみんな斬られてるという素敵な各種斬殺死体な未来大集合。その無限に広がる万華鏡《フルボッコ》のような未来が幾千に斬られる未来予想図。うん、あれ滅茶絶望的な怖さなんだよ？

「お、お前がわかんなくて相手できねええ相手とか、無理すぎんだろおがあぁ！　どうなってやがんだよ、辺境やば過ぎんだろおがあっ！」「うん、ヤバいのに教国が悪さするから忙しいのにみんなでこっちに来ちゃったんだよ？　うん、用事がなかったら一々おっさんボコりに来ないんだよ。辺境もおっさんが充分すぎるほど蔓延《まんえん》してて、余り余って余剰おっさん問題が常時発生中なんだから他所《よそ》のおっさんまで要らないよ？　寧《むし》ろ引き取らない？」「っ……すまぬ。じゃがのう、我等《われら》は本来その辺境に赴き魔物と戦える騎士を育てるための教導騎士なんじゃ。儂《わし》らがこんなボコボコのされとったら駄目じゃろう？」

うん、だってスカル・ロードの剣は魔物を倒す剣だった。そのために研鑽《けんさん》され研ぎ澄まされていた剣だったんだよ……あと、吹き矢？

「んんー、結構良い線いってるから、年長孤児《こど》っ子《も》と一緒に森で魔物狩り《ハイキング》くらいはできると思うよ？　ヤバかったら、その辺の奥様《おばちゃん》が助けてくれるから安心だし？　でも奥様《おばちゃん》とオーク間違えると全滅するから気をつけてね？　うん、怖い方が奥様《おばちゃん》で怖くない方がオークだから？　これが結構難しいんだよ」「辺境って…………魔物がヤベえのかと思ってたら、住人までヤベえっ！　こりゃあ本気で鍛えなおさんとなぁ、って随分鍛えられちゃったのう教導騎士団の者《もん》？　じゃが、なんであやつらは笑いながら剣を舐《な》めておるんじゃ？」「あー『ひゃっはあああーっ！』って言い出してるから、良い感じな仕上がりみたいな？　辺境に来た修道士のおっちゃん達もあんな感じで魔物を皆殺しにしてたから、あれくらいがちょうどいい感じ？　もう治らないし？」「ちょ、お前、今小さい声でなんか言うたじゃろう！　なんか取り返しの付かん事呟《つぶや》かんかったか!?」「まあ、諸処の事情とか少々の問題は諸行無常にあるんだけど、とにかく死ななきゃ良いんだよ？　うん、死なずに殺せば他はなんだって良いんだって。死んじゃったらどうしようもないから、ちょっと壊れても少しヤバくても、やや日常生活に支障をきたして時々ナイフ舐めて暇さえあれば『ひゃっはーっ！』って奇声を発しても生きていればそれで良いんだよ。どうせ、おっさんだし」「それが過酷な辺境に生きる者の教えか。儂らは温《ぬる》いんじゃろうなぁ、日々生死にを感じ常時戦場の心得をなくした儂らには、狂気こそが必要やも知れぬがのう……しかし、なんであ奴《やつ》らは鎧《よろい》の肩に釘《くぎ》を刺しておるんじゃ？　あれ、本当に普通の生活送れるんじゃろうな？　うをおおーぃ、目を逸《そ》らすんじゃねえぇぇーっ！」

コツコツ——そして偵察というか調査、壁も床も天井も石。しかし違和感がある、羅神眼《め》に淡い何かを感じる。恐らくそれが透視の邪魔をし空間把握を阻んでいる。阻害しているのは壁か魔法か。壁に掌《てのひら》を当て、魔力を流し込み掌握して解析する。

コンコン——石だ、なのに手を触れるとごく少量の微細な魔力的なものを感じる。この石の1つ1つが巨大な魔力回路なのか……巨大な大聖堂の建物全部って……まあ、調べられるだけ調べたら智慧《ちえ》さんが考えるだろう？　そして、だからこそ仕組みは複雑ではないはずだ。石自体にそこまでの力は感じ取れないし？

ゴツン、ドガーン——ああー、通背峰打ち。それは斬られるかと思った瞬間に刀身が半回転し、峰から発動する通背拳の打撃が通されるという、それって手加減なのかどうか微妙で謎な峰打ちの打撃攻撃だ？　それが思わぬ効能なのか副作用なのか、常識外れの通背拳で吹き飛ばされるうちに常識も良い感じで吹き飛んで騎士の顔つきが変わっていく。常識が壊れ、集中力が高まり、気配に鋭敏な獣のように鋭く直感的な感覚で戦いに挑む。ただ、惜しむらくは相手が本家本物本尻尾の獣人っ娘達《こたち》なので返り討ちでぼこぼこにボコられる。うん、獣人っ娘達の良い訓練にもなってるな?

「儂も真剣に鍛錬せねばあの獣人の姉妹に抜かれてしまうのう、凄《すさ》まじき熟練ぶりと良き武具じゃ。じゃがのう……それでも、あの娘等には厳しくないか。お主とあの美女には、もう何も言わぬ。儂にお主らは測れん。じゃが、あの娘等の片方なら儂でも勝てる。それでは大聖堂は危ないじゃろう?」「う一ん、まあ別に戦う気も戦わす気もないし、寧ろこの騎士団の護衛兼戦力に置いていこうかと思ってるんだよ?　どうせシスターっ娘やキツ顔女騎士さんが来たら大人しく見てないんだし?　あの『ひゃっはーっ』な陽気なおっさん達といい、この顔と性格が狂暴なおっさんといい、落ち着きも大人気も理性と知性と品性もないから迷わず条件反射で参戦しちゃいそうだよね。うん、危ないのはこっちだよ……全くなんで誰も彼もが生き延びる方が大事だってわからないかな?」

どうせ、内部に入れる自分が教皇を殺そうとか無駄な事を考えていたんだろう。きっと、部下達に最期の教えをとか考えていたのだろう。うん、マジ世間知らずだな?

「それでも、儂らなりに大事なもんが有るんじゃよ。それは命より重とうての、じゃが捨てると魂まで空っぽになるほどでっかいんじゃ。あ奴らも一緒じゃ、少なくとも……剣を舐めだす前までは一緒だったはずなんじゃがのう?」

委員長さん達の到着までにヤバいのは潰しておきたい。あと、落ちてる物も拾っておきたい？　そして、攻略するには情報だって欲しい。ただ日中は人が多すぎるし、外から教会職員も来る。だが深夜なら関係者と騎士団だけだ、ちょっとくらい巻き込んで、ちょろっと壊して運悪く大聖堂が崩落しても問題がない。やっぱり侵入かな？

「しかし、何かここだけ設計がおかしいよなー……なんか建築上も無意味だし、通路に使うには意味がないし？　無駄に通路を通すなら倉庫にでもすればいいのになんで通路がこっちまで回ってんの？」「遥《はるか》様、全員動かなくなりましたー。あとネフェルティリさんがお腹《なかす》空いたから帰ろうって、団長のガシャルクスさんも今日は終わりにしようって言ってますよー？　あれ？　クンクン、ここだけ空気の匂いが違う？」

空気……流れて来てる匂い？　おかしいなら、ここら辺だが……そう言われると違和感が？　壁を丁寧に撫《な》でてみるが楽しくないし平で揉《も》めない。まさに絶壁！

「いや、壁が膨らんでても揉んでも楽しくないんだよ？　揉んだ事ないけど？」「あっ、そこですねー。香り……お香かな？　気になるようでしたら妹連れてきましょうか、狼人《ろうじん》族《ぞく》の嗅覚は凄いですから？」「ああー、兎人族《とじんぞく》は聴覚特化だっけ？　なんか壁の向こうで聞こえたりする？」

壁に引っ付いて、兎耳も壁に張り付く。丸いお胸も壁にむにゅっと潰れて、張りがありながら柔らかそうな……うわあーっと、考えちゃ駄目だ、見るのも控えめだ！　うん、JCだったよ、事案チェッカー《JC》だ！　かつて充分超大人《JC》との神解釈でJCに挑み、通報の彼方《かなた》に消えていったという勇者の伝説も残される実践したら超危険《J C》な罠《わな》なのだ！

「参りましたー、クンクン。ここから匂いが漏れてます、礼拝堂の匂いと同じお香ですから繋がってるのかな?」「でも壁の向こうは静かで、足音もないですから礼拝堂じゃないと思いますよ?　遠くで響く音、階段ですかね?」

妹狼《おおかみ》っ娘が指さす位置へ魔糸を送り込んで、壁をなぞって探ると僅かだが隙間があった。

隙間かと思ったら隠し扉だ……だが、こっちからは開かないから、伸ばせるだけ魔糸を伸ばし探れるだけ探り尽くす。獣人っ娘姉妹は御褒美のプリンを食べながら抱き合って泣いている……ほらー、泣くから踊りっ娘さんに気付かれちゃったじゃん。いや、あげるけど、踊りっ娘さんまでご褒美の撫で撫でって何もしてないよね?　しかし、なんで他の所を撫でると怒るのに頭ならいいんだろう?　差別問題なのか!?

情報もあらかた取れたし、帰ろう。魔糸の届く範囲は短いから大した情報量は得られなかったけど、あとは智慧による解析待ちだし帰ろう。帰りは内壁側を通り礼拝所を回りながら戻り、獣人っ娘達に音や匂いが漏れている壁を確認してもらった。探索は大聖堂1階の三分の一にも届かなかったけど、設計思想と設計の癖が読めた……うん、全くどこが大聖堂なんだよ。

トルコ珈琲は上澄みを飲むものでこれはちょっと違うんだけど濃くて目が覚めばっちりだ。

113日目　夜　教国　首都アリューカ　狂暴なおっさんの家

昨日今日と泊めてもらい、晩御飯と朝御飯まで御馳走《ごちそう》になったから今晩はお返しのトンカツさんだ。カツ丼と串カツに茸《きのこ》のサラダと八宝菜に胡瓜《きゅうり》と鶏肉《とりにく》のピリ辛炒《いた》めと油ものが多いけど、おっさんのリクエストはやはりおっさん料理だったんだよ？　焼鳥も付けたら大喜びで平らげて、太郎芋の煮っころがしと肉じゃがさんの芋コンビに里芋入り豚汁とカオスなメニューだが大好評のようだ。

「さあ、たーんとお食べ。っていうか昼に茸弁当食べさせたら、おっさんがカツ食べたがってウザいんだよ？　カツっていうのはもっと験担ぎな縁起物で、敵にカツって言うくらいで『敵なんて高温の油で揚げればイチコロだぜ！』っていう兵法から来てる有り難い食べ物だから味わおうね？　うん、誰も聞いてないんだね？」「「美味《おい》しいです、全部美味しいです（泣）」」「ヤバい、辺境マジヤベえぇっ!!」

例の如《ごと》く獣人姉妹が泣きながら抱き合っていると、これまでの事情を聞いた奥様まで貰《もら》い泣きで3人で抱き合って泣いているし。こっちはこっちで食べ足りぬとおかずを狙うも踊りっ娘《こ》さんに片っ端から食べられてしまい、半泣きのおっさん。しかし6人も居るのに

30人前で足りちゃうとは作り応えのない事だ。

「御馳走様でした、美味しかったです！」「堪能しました、毎日が感激で感動です。今までの感謝と御恩に報いるためにも我等《われら》姉妹この身……むごごがごぉーっ♥」

デザートはフライパンカステラの試作品だったが美味しいようだ。うん、踊りっ娘さんまでお口を開けて待ってるし？　パンケーキに近い感じだけど、材料がいい加減だから大雑把に作って試行錯誤だ。

「確か卵50個に砂糖1kg小麦粉1kg牛乳500ccにバター500g。卵白と砂糖をしっかりとメレンゲになるまで徹底的に振動魔法で攪拌《かくはん》し、卵黄と溶かしたバターと牛乳を混ぜ込んでまた振動魔法で攪拌し、小麦粉を加えて更に混ぜ込む混ぜ混ぜで女子さん換算で3人分くらいいかな？」

そして焦がさない超弱火の火加減が命で、試作もあって若干焦げたけど誰も気にならないようだ？　うん、甘くて美味しければ良いのだろう。まあ口の肥えた現代っ娘《JK》だと出来に不満がなくっても量が不安そうだな？

そして順番にお風呂を貰い、部屋に戻り考えを整理する。大聖堂の1階中心部は探っただけの感触だけど迷路だった、だがその造りは迷わせるのではなく大軍を集結させず、迎撃しながら階上に撤退戦をする防御迷路。そして、その迎撃方向は地下への階段。そこから上に登る頑丈で罠《わな》満載の、消耗戦と撤退戦の組み合わさった要塞が大聖堂だった。

つまり大軍で攻めるのは不利で、損害が大きい。だって、おそらく上へ上へと逃げながら敵を消耗させて、迎撃しつつ敵にのみ損耗を強いて時間を稼ぐ考え抜かれた要塞なんだろう。だとすれば上はもっとヤバい、ようは逆迷宮《リバースダンジョン》だと思った方が良い。そして曲がりくねり段差をつけた広い通路は人ではなく対魔物用、幅も高さもまちまちだったけど全体的に対人用の迷路には大きすぎる寸法だった。

「全く大聖堂なんて名前詐欺で、これ教国中の魔力を集めた封印する設備じゃん？」

そして迷宮の魔素も吸い上げ、成長させず氾濫させないようにするための巨大施設。ここまで強大な封印と、一国の魔力を以《もっ》て抑えるならおそらく深層迷宮以上。つまり迷宮皇が居る可能性が高い。

「つまり大聖堂を吹っ飛ばす方法を見つけても地下に迷宮が有ったら氾濫の危険があって、かと言って攻略となると上の大聖堂と下の大迷宮？　壊せばわかるんだけど壊すのも難しいし、失敗《スタンピード》しちゃったテヘペロでは済まなさそうだな？　うーん？」

もっと情報が欲しいけど、女子さん達《たち》が来るまでに危険は排除したい。だけど手が足りないし、手数があっても手立てがないから打つ手がない？　大聖堂を調べ策を練る時間が欲しいけど、実質俺と踊りっ娘さん二人。獣人っ娘姉妹とおっさん騎士団は王宮解放後に王国騎士団と首都解放及び首都の防衛をしてもらう必要がある。大聖堂の中に何が居るかわからない以上、街中に化け物を飼っているようなものなのだから。

だけど、封印が強まっているなら、破壊しないと教国の魔力は全て大聖堂に奪われる。その魔素分布の歪《いびつ》さのために、他所《よそ》よりも貧しい農作物の実りで悪化する国の状態。それはずっと以前から始まっていたはずで、それを糊塗《こと》するための生贄《いけにえ》に実り豊かな獣人国を貶《おとし》めたのだろう。たったそれだけの理由で教義を変え、神の敵への迫害を名目に作物を略奪し剰《あまつさ》え奴隷売買に手を染めて教国の衰退を隠した。自らの権力なのか教会の威信なのか、魔道具独占の富のためなのかは知らないけど、隠蔽だけのために嘘《うそ》を嘘で塗り固め、それが歴史となり信仰に変わった。

「ただ、どんどん悪化してるなら……迷宮の成長の可能性もあるんだよ？」

そして氾濫《スタンピード》も問題だ。迷宮皇が迷宮王と１００階層分の魔物を率いて一斉に出てくれば被害は甚大。迷宮の中なら１階層ずつ１種類と、こっちに滅茶苦茶《めちゃくちゃ》有利な規則《ルール》。だけど、氾濫《スタンピード》になれば圧倒的な有利は消え、幾種類もの魔物が交ざり合った軍勢に対応しきれないいまま突破されるだろう。それに迷宮皇が居れば世界は滅びる、迷宮氾濫《ダンジョンスタンピード》の連鎖が起き、あちこちの迷宮から迷宮王が軍勢を率いて加われば止められる訳がない。

そう、踊りっ娘《おどりっこ》さん迷宮皇の魔力を伝播《でんぱ》させ、迷宮王を呼応させる魔道具こそが教会の人工氾濫《スタンピード》の仕組みだったんだから。

「でも、この地下に踊りっ娘さんが居て捕らえられていた迷宮があるなら、踊りっ娘さんが居ない時点で迷宮は死んでいるはずだよね？」

それに、調べた限りでは琥珀《こはく》色の肌を持つ文化圏は、南部の文化の違う諸民族が集まった諸民族連合と呼ばれる共和国だけ。この東部は完全に白人系の国家ばかりのはず。歴史に真実があるはずだけど、歴史を捻《ね》じ曲げ隠蔽し偽装されて消されている。

情報が欲しい。そして、その情報もきっと大聖堂の中だ。きっと、落とし物も大聖堂の中だ？　大人のお店は……いえ、なんでもないです！　隣の部屋から壁越しに殺気が膨れ上がる、この感じは手にモーニングスターを持ってる感じだな。うん、怖いな！

「結局、問題は教国中の魔力を集めてる大聖堂という名の聖遺物《まどうぐ》で、でもその『加護』こそが教国に伝わる数々の教会の奇跡って……本来の趣旨と外れまくってる？」

その加護の一端が大聖堂による『治癒』や『再生』だ。曰《いわ》く怪我《けが》をした子を連れて行ったら神の奇跡で怪我が治った、曰く司祭が凶行に遭い瀕死《ひんし》の絶望的状態でありながら神の奇跡で完治した、曰く大聖堂に礼拝する者ほど病気にならない。その、どれもこれも治癒回復系の効果《スキル》そのままだ。

深夜にしたい事は色々あるし、色々衣装も用意しているが潜入する必要がある。せめてと思いおっさんに大聖堂内に女子寮はないのか聞いてみたが、無いらしい。元々は女人禁制で、現在も1階の一般区画と礼拝区画以外は許可証が作れないらしい……その許可証こそが魔道具で、聖遺物か何かだから改造ができないのだろう。つまり、忍び込んでも深夜の大聖堂内は全員おっさん！　おっさん率１００％の中への潜入！　嘗《かつ》てここまで夢も希望もない男子高校生の潜入物語《スパイ・ストーリー》があっただろうか！

「よし、せめてお色気担当で踊りっ娘さんの衣装に期待しよう！　シースルー鎖帷子《くさりかたびら》Ｉｎミニスカ忍者も在りだけど、レオタードも王道だけど、だがしかしフルジッパー革ツナギ《セクシーレザースーツ》も古典で全身タイツだって浪漫《ろまん》なんだよ！　うん、大聖堂恐るべし!!」

そしてエロる事もなく悲しく仮眠し、深夜に目を覚まし男子高校生さんも起っきしてるがそっちは宥《なだ》めて深夜の大聖堂潜入《おでかけ》だ。深夜とは言え警備も居るし、基本に立ち返り怪しまれないよう神父服とセクシーシスター服にした。そう、これなら深夜に大聖堂内に居てもなんら違和感はない。エロいシスターさんだって関係者で、とっても用事があったと言い張ればいい！　うん、完璧だ。

夜空を見上げる。踊りっ娘さんは背負うより、担がれるより抱《かか》えられる方がいいらしい？　何でもお姫様抱《かか》えというものが流行《はや》っているらしい？　うん、お姫様というものも大変そうだが、お姫様な王女っ娘は担がれてわっしょいされてた気がするんだけど、抱えて空歩で満天の夜空に駈《か》け上がる。

おそらく大聖堂の壁は魔法無効の自動修復に警報装置付き。だけど大聖堂の上には小鳥が居た、なら上に警報機はないはずだ。だから距離を取り空を延々と駆け上がる、天高く踊りっ娘肥ゆる……いえ、何も言ってないです！

「って痛い痛い痛いって、落ちると危ないから両手で頰《ほ》っぺを抓《つね》らないでくれるかな！いや、引っ張るのも駄目なんだよ？」「悪い口　お仕置き！」

天高く駆け上がり、星空を背に天空から大聖堂を見下ろす。

「はっは、見ろ！　人が塵《ちり》のようだ。って塵《ちり》は見えないよ、あれは塵《ゴミ》なんだよ……って、眼鏡キャラだった割に滅茶視力が良いな!?　まあ、見ても深夜だから人居ないけど？」

「あった　真ん中正門側　穴！　です」

トルコ珈琲は上澄みを飲むものでこれはちょっと違うんだけど濃くて目が覚めばっちりだ。

礼拝堂には神々しく荘厳に光が差し込んでいた。そして昼の礼拝に司教クラスの講演がある。だから真上から光を取る、だってそれが最も礼拝堂をショーアップできる時間だからだ。だってお昼って太陽も高いけど、お昼御飯の時間なんだよ？　そう、普通お腹空《なかす》いてたら、おっさんの説法なんて聞かないはずなんだよ？

「まあ、教国って清貧の志で朝夕2食で、お昼は力仕事の人か兵隊さんしか食べられないらしいんだよ？　うん、女子高生が居たらもう滅びてるよね？」（コクコク！）

だから平均身長が低く、細くて華奢《きゃしゃ》な国民性。うん、シスターさん達も総じて背が低く、ぺったんこだった。いやしかし、ぺったんな暴食家《JK》も2名存在する以上は食事＝お胸とは言い切れない深い栄養学的な謎がある！　難しい問題だが、そこに穴があったならば男子高校生としては入らねばなるまい。そう、穴があったら入ったり出たりしたいお年頃なんだよ、男子高校生って？　異論は認めない、だって現役男子高校生さんなのだ！

鏡張りのような筒状の穴が深く深く続く、やっぱここは警報がない。そして魔素が濃い？　ここが魔力を集める機能も担っているのだろうか、まあ調査しながらバッテリー補給だ。魔糸の端を穴の縁に引っ掛けて懸垂降下《ラペリング》＆バンジーだ。

「つるつるだねー、まあ泥棒もこんな所に入らないし、落ちたら死ぬし、飛べないと出られない？　雨水やゴミとか溜《た》まらないのかな？　うん、お掃除も命懸けそうだけど、修道士の修行だとしたら荒行だな？　まさに紐《ひも》なしバンジー？　修道士凄《すご》いな！」

と、思ったら穴の底にお掃除用の扉があった。誰も天井からは飛び込まないらしい。うん、修道士は大した事がないみたいだ？

「開いた。全く鍵もかけないなんて不用心だな、空から現れる未確認飛行男子高校生さんに対して無防備なんだよ？　お邪魔します？　しかし、飛行魔物や蜘蛛《くも》の魔物に対する意識が皆無って、大聖堂の力で魔物避《よ》けしてあるのかな……って、街護《まも》れよ！」「通路の先人の気配　警備、居ます」

一本道の細い通路の先は警備兵の詰め所に繋《つな》がっていた。案外、設計が細かいな？

「そこの……神父……様？　えっと、深夜に何をされてるのですか……って、シスターは立入禁止区画ですよ！」

警備兵に呼び止められた。ああー、珈琲《コーヒー》の良い匂いがする。これは深煎りの焙煎《ばいせん》を粉引きにした苦味を強く出す独特の香り。うん、中々の通だな！

あとがき

お手に取って頂きありがとうございます、なんと11回目のあとがきとなりました。

人は成長する生き物だと言われますが、全く成長していない生物《なまもの》な担当編集Y田さんと共に11巻の刊行の感謝を……はい、毎巻と同じく今巻も詰めに詰めたらページが余って「ちなみにページ数は2ページぶん！」とキレ気味に〆切りが遅れてると虐《いじ》められている五示正司です（マジ！）

そして今巻も素敵な画を有難うございますと榎丸《えのまる》さく先生に。いつもの素晴らしい画に、画が届いた時だけは「ヤベえ！」「凄え!!」と和気《わき》藹々《あいあい》で某編集さんと盛り上がっております。はい、それ以外は罵り合ってます！

いや、このあとがきもキレ気味に「見出し＋アキ2行＋本文最大33行です！」という指定ですが、「そんだけ空き有ったらどんだけ改行入れられたと思ってるの!!」と憎しみのメールが行き交う昨今ですが皆様いかにお過ごしでしょうか（笑）

そしてそして、今巻もびび先生のコミカライズドと同時発売となりました。びび先生いつも素敵な漫画をありがとうございます、そしてガルド編集のへび様もありがとうございました。

この11巻からは教国編となりまして、「手に汗握る潜入と、新たな出会いと感動と熱いバトル！」というプロットだった……あの頃が懐かしいなと遠い目で校正してたんですが、まあ例の如くですw

以降ちょっとネタバレになりますが、元々重苦しい鬱展開な最初期プロットに、あの頭いとおかしい主人公を入れたせいで……はい、遂《つい》にあの技が（笑）

あそこって残酷なシーンだったはずが、思いっきり全部吹っ飛ばされ……ありのまま起こった事を話すと、何故《なぜ》か脳内で急に逃げ場のない城塞の中で吹っ飛ばしちゃって何を言っているのかわからねーと思いますが……はい、書いてて頭がどうにかなりそうでした。今にして思うと、あの「厚い壁に覆われた逃げ場のない！」という設定こそがフリだったんだなあとw

そんなこんなで沢山の方にお買いあげ頂いて今巻も発刊することができました、ありがとうございます。そして現在でも追放系主人公されながらＷＥＢでも掲載させて頂いております が、そちらでも沢山の方々にお読み頂いていつもありがとうございます。

毎巻々々どうしてあとがき頁《ページ》が余るんだと罵り合いながら、結局毎巻々々お礼で頁がなくなるんですが……何故だか全くあとがきはなくならないんです！　と、御礼と共に、逆ギレ気味に〆切り1日遅れのあとがきでしたw

五示正司

マンガでも貫く
俺のぼっち道。
ひとりぼっちの
異世界攻略
LONELY ATTACK ON THE DIFFERENT WORLD
漫画 びび 原作 五示正司
コミックス①～以下続刊 好評発売中!!
COMIC GARDO
コミックガルド
オーバーラップ発
WEBコミック誌
連載はこちら

ひとりぼっちの異世界攻略 life.11
その神父、神敵につき

発　　行　2023年2月25日　初版第一刷発行

著　　者　五示正司
発 行 者　永田勝治
発 行 所　株式会社オーバーラップ
　　　　　〒141-0031　東京都品川区西五反田 8-1-5
校正・DTP　株式会社鴎来堂
印刷・製本　大日本印刷株式会社

©2023 Shoji Goji
Printed in Japan　ISBN 978-4-8240-0414-7 C0193

※本書の内容を無断で複製・複写・放送・データ配信などをすることは、固くお断り致します。
※乱丁本・落丁本はお取り替え致します。下記カスタマーサポートセンターまでご連絡ください。
※定価はカバーに表示してあります。
オーバーラップ　カスタマーサポート
電話：03-6219-0850 ／ 受付時間 10:00～18:00（土日祝日をのぞく）

作品のご感想、ファンレターをお待ちしています

あて先：〒141-0031　東京都品川区西五反田 8-1-5 五反田光和ビル4階　オーバーラップ文庫編集部
「五示正司」先生係 ／「榎丸さく」先生係

PC、スマホからWEBアンケートに答えてゲット！

★この書籍で使用しているイラストの「無料壁紙」
★さらに図書カード（1000円分）を毎月10名に抽選でプレゼント！

▶https://over-lap.co.jp/824004147
二次元バーコードまたはURLより本書へのアンケートにご協力ください。
オーバーラップ文庫公式HPのトップページからもアクセスいただけます。
※スマートフォンと PC からのアクセスにのみ対応しております。
※サイトへのアクセスや登録時に発生する通信費等はご負担ください。
※中学生以下の方は保護者の方の了承を得てから回答してください。